AF220805

Leb in der Vergangenheit,
wenn du traurig sein willst.
Leb in der Zukunft,
wenn du ängstlich sein willst.
Und wenn du glücklich sein willst,
dann genieße den Moment.
(Autor Unbekannt)

Gaby Bergbauer

Der Preis des Reichtums

Die Geschichte in meinem Buch ist frei erfunden.
Die darin vorkommenden Personen sind rein fiktiv und
stehen in keiner Verbindung mit lebenden Personen.
Ähnlichkeiten sind rein zufällig und nicht beabsichtigt.

*Bibliografische Information der Deutschen Nationalbibliothek:
Die Deutsche Nationalbibliothek verzeichnet diese Publikation in
der Deutschen Nationalbibliografie; detaillierte bibliografische Da-
ten sind im Internet über http://dnb.dnb.de abrufbar.*

© **2018 Gaby Bergbauer**

Illustration: **KELLEPICS**
Modell: **Reggi Tirtakusumah**

Herstellung und Verlag: BoD – Books on Demand, Norderstedt

ISBN: 978-3-7528-6764-0

Inhaltsverzeichnis

Kapitel 1	Seite 7
Kapitel 2	Seite 29
Kapitel 3	Seite 62
Kapitel 4	Seite 102
Kapitel 5	Seite 129
Kapitel 6	Seite 145
Kapitel 7	Seite 183
Kapitel 8	Seite 209
Kapitel 9	Seite 231
Kapitel 10	Seite 264
Kapitel 11	Seite 290
Danksagung	Seite 311
Buchempfehlung	Seite 313
Informative Links	Seite 314

1

Bin ich wirklich so ein Schweinehund? fragte sich David manches Mal. Er hat seine absolute Traumfrau zu Hause. Er ist treu wie Gold - wenn er Zuhause ist.

Im Gegensatz zu den vielen Geschäftsreisen, dort wurde es mit ihm heikel. Viele schöne willige Frauen schwirrten um ihn herum. Manchmal lagen sie als Gefälligkeit rein zufällig in seinem Bett im Hotelzimmer. So lassen sich Verträge besser aushandeln. Mit Champagner im Kühler und einer Schönheit auf dem Bett. Wer kann dazu schon nein sagen? Die Abmachung ausschließlich nur Sex zu haben, wurde von den Frauen immer akzeptiert. Einige Damen lebten sogar in einer Ehe.

Verschwiegenheit ist das Gebot der Stunde, dafür zahlt David fürstlich. Ist auch verständlich, dass er in seiner Position Schweigegeld zahlt. Das sichert ihm ein komfortables Leben mit der Weiblichkeit. Da ist von Zwang, nichts zu spüren. Das ist seine Maxime, dass die Frauen freiwillig zu ihm kommen und sie zusammen ein paar angenehme Stunden verbringen. David behandelt die Frauen in der Liebe anständig. Bei ihm kommen sie voll auf ihre Kosten, wie ihm immer bescheinigt wird. Das betont er gerne.

Nur einmal gab es Probleme, sinnierte er. *Dafür bin ich nicht verantwortlich. Diese hässliche Angelegenheit hoffte ich aus der Welt geschafft, zu haben. Nicht auszudenken, wenn Romy davon erfahren hätte. Wie hieß sie doch gleich? Richtig Antonia. Die Einzige, die sich in mir mehr versprach, als nur eine Gespielin. Mit einer ansehnlichen Summe stürmte sie aus meinem Hotelzimmer. Ich sah sie nie wieder.*

Romy ist für ihn sein ein und alles. Niemals könnte er sie verlassen. Wie rasant vergingen die Jahre ihrer Ehe. Gina seine älteste Tochter studiert in Köln. Und Jodi mit ihren 19 Jahren, wird ihrer Schwester bald folgen. Er und Romy haben kaum Streitpunkte, wie auch, wenn sie sich kaum sehen? Wie kommt es nur, dass Romy hin und wieder Depressionen hat? Lag es an ihm?, grübelte David. Das bringt sein Beruf als Investment Manager mit sich, in der Weltgeschichte herum zufliegen Es ist unmöglich, dass sie etwas mitbekommen hat. Auf Diskretion achtete er penibel.

Mit Depressionen kannte er sich kaum aus. Anders war es nicht zu erklären, wenn Romy in sich gekehrt ist. Er hat dann Schwierigkeiten an sie heranzukommen. Sie starrt dann immerzu Löcher in die Luft. Von Dr. Madison wusste er, dass es verschiedene Behandlungen von Depressionen gibt. Das waren Psychotherapien, Arzneimittel und Entspannungstherapien. Die ersten beiden lehnte Romy, strikt ab. Sie hatte große Angst, von solchen Pillen abhängig zu werden, wie sie mir erklärte. Damit stimme ich mit ihr überein. Entspannung half ihr bisher immer am besten. *Wenn wir uns ein Wellnesswochende gönnten, fühlte sie sich schlagartig besser.* Dr. Madison erklärte ihn, solange sie so schnell wieder aus ihrer Depression herauskommt, besteht kein akuter Behandlungsbedarf.

Davids Gedanken gingen auf die Reise, zurück in die Zeit, als er seine Romy kennenlernte.

Wann immer er im Schwarzwald zu tun hatte, zieht es ihn in den reizenden Ort Wolfach. Er liebt in Deutschland die Orte, mit den Fachwerkhäusern. Obwohl sie alt sind, strahlen sie eine Gemütlichkeit aus, die seinesgleichen sucht. Wenn David seine Kunden aufsuchte, logierte er immer im Naturparkhotel Adler in St. Roman. Sein absolutes Lieblingshotel. Das ist ein Hotel mit freundlicher Ambiente. Diese Herzlichkeit der Familie Haas und ihren Angestellten findet man selten in Hotels. Geschäftsreisende traf er oft im Wellnessbereich. Die Sauna belebt die müden Glieder, nach dem stundenlangen Sitzen im Flugzeug. Aus Japan kam er hier her. Seine Geschäftsreisen führten ihn um die ganze

Welt. Jedem empfahl er dieses Hotel, wenn man absolute Ruhe sucht um dem hektischen Leben für eine kurze Zeit zu entfliehen.

Der Rustikale, Wellnessbereich mit Außen- und Innenpool, Sauna und Fitnessbereich. Die Zimmer großzügig geschnitten und die Angestellten sprachen seine Sprache, obwohl er der deutschen Sprache mächtig ist. Man muss sich unbedingt als Top Abendesse das Naturparkhotel Adler gönnen. Das ist absolut Spitze. David liebt das deutsche Essen. Alles in allem ein edel geführtes Hotel. Er logierte gerne dort.

Seine Überlegung den Aufenthalt zu verlängern, setzte er augenblicklich um. Bis eine japanische Delegation in Deutschland ankam um sich mit ihm noch einmal zu einem Meeting zu treffen. David mietete dafür den Konferenzraum im Naturparkhotel Adler für 2-3 Tage. Das Geschäftliche fand einen erfolgreichen Abschluss und der Kunde war wie immer zufrieden.

Eines Abends stand er an der Bar, und sah SIE. Sein Glas drehte er im Gedanken mit den Fingern. Ihr strahlendes Lachen fiel ihm sofort auf. Noch heute hörte er gedanklich, wie sie mit ihren Freundinnen lachte und sie schienen Spaß zu haben. Blonde lange Haare, schlanke Figur. Unendlich lange Beine und sie verstand sich zu Kleiden. Alles farblich abgestimmt. Ein Hochgenuss sie anzuschauen. Sie schien in hohem Maße selbstbewusst zu sein. Das gefiel ihm an einer Frau. David beobachtete die kleine Gruppe von Frauen. Beim Kellner orderte er für sie eine Runde Champagner. Schmunzelnd vernahm er, wie erstaunt sie waren. Für ihn das reinste Vergnügen. Diese nette fröhliche Person bekam seine Karte vom Kellner überreicht. Der Kellner erklärte ihr, dass der Herr an der Bar die Runde spendierte, denn sie schauten in seine Richtung. David hob sein Glas, wie zu einem Toast. Seine Auserwählte hatte ein graziles Gesicht, wie eine Elfe. *Ich muss sie besitzen. Genau mein Beuteschema.*

Niemals zuvor hatte er eine Frau, wie sie gesehen. Er kannte seine Wirkung auf Frauen. Sein Denken bestand darin, herausfinden, ob sie vergeben ist. Es wäre jammerschade, fand er. Dann wäre sie tabu für ihn.

Romy sah zu ihm, sah sein lächeln. *Na holla, aus welcher Schönheitsfarm ist er gekommen? Er ist schon ein Anblick wert. Schlanke Figur, dunkle Haare und schick angezogen. Markantes Gesicht, süße Grübchen, wenn er lachte, große Gestalt. Der Mann versteht sich, zu kleiden.*

Und gleich dachte sie an ihre Letzte Beziehung mit Axel. Was ein Unterschied. Axel liebte seine Jogginghose. Selbst wenn sie zum Essen ausgingen. Sie schloss kurz ihre Augen.

Als sie sie wieder öffnete, setzte sie sich gerade auf. Sie wollte nicht glauben, dass alle Männer sind, wie Axel.

Ihre Freundinnen tuschelten: »Sie traut sich nicht, auf ihn zu zugehen.«

»Ihr traut mir so etwas nicht zu was?«

Alle sahen sie an und schüttelten unmerklich den Kopf. Nein dachte Rika, sie wusste, wie Romy unter Axel litt.

»Da kennt ihr mich aber schlecht«, erwiderte sie und lächelte.

»Soll ich ihn zu uns an den Tisch holen?« Romy stand auf, griff ihren Knirps und lief zur Bar, ohne die Antwort abzuwarten.

Die Freundinnen sahen, wie sie sich mit dem Mann an der Bar lebhaft unterhielt. Eva glaubte das fast nicht.

»Sagt mal Ladys, ist das die gleiche Romy, die ich kenne, oder hat sie eine Verwandlung durchgemacht?« Alle lachten darüber und schauten zu Romy und diesen Mann. Sie waren Mucksmäuschen still. Sie spitzen die Ohren, um zu hören, was an der Bar abging.

»Mein Herr, was verschafft uns die Ehre, dass unser Tisch Champagner von Ihnen bekommt?«

»Mir schien, dass Sie etwas zu feiern haben, und zu jeder Feier gehört Champagner.«

Eine Stimme zum Dahinschmelzen hat er auch noch.

»In der Tat haben wir etwas zu feiern. Wir feiern unser dreijähriges Bestehen im Lehreramt. Wir kennen uns alle seitdem Studium und wir treffen uns jährlich hier.«

»Oh sie sind Pädagogin? Bei Ihnen wäre ich gerne Schüler.«

Sie sah auf seine Karte:

»Herr Bennett, ich glaube, sie sind zu alt für die Grundschule«, dabei lächelte sie charmant.

»Nennen Sie mich David, so nennen mich meine Freunde.«

Wenn es Liebe auf den ersten Blick gibt, dann ist exakt dieses soeben geschehen. Und das gerade mir?

»Darf ich fragen, warum Sie den Regenschirm in der Hand behalten? Es sieht nicht nach Regen aus.«

»Also gut David, ich bin Romy. Darf ich sie an unseren Tisch bitten? Und das, sie deutete auf ihren Regenschirm, ist reine Vorsichtsmaßnahme«, und wieder lächelte sie ihn an.

»Ladys, ich habe unseren edlen Champagnerspender mitgebracht.«

Mit einem großen Hallo empfingen die Damen am Tisch David. Eine humorvolle Gruppe. Rika glaubte es kaum, wie Romy aufblühte. War das die Romy, die keinen Mann an sich ranließ, seit der Geschichte mit Alex?

»Sagen Sie, wie kommt es, dass Sie die deutsche Sprache hervorragend beherrschen. Ich kann einen Akzent heraushören.«, fragte Jenny ihm gegenüber.

»Ich bin amerikanischer Staatsbürger und 4-sprachig aufgewachsen. Da meine Mutter deutscher Abstammung ist, lag es nahe, dass sie mit mir viel Deutsch sprach und es gefördert hat.«

Dabei ließ David Romy nicht mehr aus den Augen. Er wandte sich zu ihr.

»Darf ich Sie morgen zum Abendessen einladen?«, fragte er mutig. *Süß, sie wechselt ihre Gesichtsfarbe ins Rötliche. Am liebsten würde ich sie küssen. Zurückhaltung ist angesagt – noch.*

»Ja gerne.«, erwiderte Romy und sah ihm in die Augen. Romy verstand nicht, dass sie sofort ja sagte. Ihre Stimme machte sich selbstständig. *Was hat dieser Mann an sich, dass ich alle Bedenken über Bord werfe?*

»Ich hole Sie um 19 Uhr ab, geben Sie mir bitte Ihre Adresse?« Daraufhin erhielt er ihre Visitenkarte. *Das ist eine illustre Gesellschaft.* Der Abend wurde noch sehr schön. Jede der Frauen versuchte, mit David zu flirten, doch er hatte nur Augen für Romy. Dann löste sich die Gesellschaft auf. David verabschiedete sich von den Damen, wünschte ihnen einen angenehmen Abend und lief gutgelaunt in seine Suite.

»Mensch Romy, wenn du ihn nicht willst, ich nehme ihn mit Kusshand. Das ist ja mal ein Sahnestückchen«, meinte Jenny.

»Und arm scheint er auch nicht zu sein, habt ihr seine Rolex gesehen? Was für ihn spricht, dass sie nicht so protzig war«, erklärte Rika. Die anderen stimmten ihr zu, alle lachten.

»Wartet doch erst einmal ab. Vielleicht ist er gar nicht der, den er vorgibt zu sein. Ich werde ihn für euch testen, Okay?« Ihre Freundinnen schauten sie ungläubig an.

Pünktlich am nächsten Abend stand David vor ihrer Haustür. Ein Vierparteienhaus, das auf ihn einen exzellent gepflegten Eindruck machte. Sie kam nach dem Klingeln herunter und sah atemberaubend aus. Sie trug ein blaues enganliegendes Vera Mont Etuikleid, das perfekt zu ihren strahlend blauen Augen passte. Dezent geschminkt, genau wie es ihm gefiel. Man hörte es knistern zwischen den Beiden. So hat ihn keine Frau je betört.

Was macht diese hinreißende Frau nur mit mir? Sie ist so ganz anders, als die Frauen, die ich sonst treffe, kam ihm in den Sinn. Er genoss ihre Gesellschaft. Sie fuhren zum Naturparkhotel Adler. David hatte vorab einen Tisch in einer Nische reserviert, wo sie sich ungestört austauschten. Ein kunstvolles Rosenbukett zierte den Tisch, bescheiden genug, um nicht den Blick zwischen ihnen zu stören, pompös genug, um die Schönheit des Arrangements nicht zu übersehen. Der Anblick auf dem Tisch verfehlte absolut nicht den Eindruck bei Romy. Sie war beeindruckt und bedankte sich bei David.

Beide fanden heraus, dass sie gerne im Adler einkehrten. Wie üblich bestellte David Champagner. Sie stellten fest, dass sie in vielen Dingen der gleichen Meinung sind. David roch über den Tisch ihren Duft nach Mandeln und Vanille. Romy war es von Alex gewohnt, dass sie für ihr Essen bezahlte. Das ließ David nicht zu.

»Das ist kein Gentlement, der eine schöne Frau zahlen lässt.«, meinte er. Er zog seine schwarze Kreditkarte und gab sie der Bedienung, ohne den Blick von Romy zu lassen. Für Romy war es ein kleiner Schock, die kannte die Besonderheit der aus Titan handgefertigten schwarzen Kreditkarte.

Nach dem Essen gingen sie spazieren. Bewunderten die teppichartig angelegten Blumenrabatten. Auf halbem Weg blieb David stehen und sie schauten sich an. Er sah in ihre himmelblauen Augen. David hauchte ihr zu: »Wartet jemand auf dich?« Sie schüttelte unmerklich den Kopf. Sein Prinzip - nie in eine Beziehung einbrechen. Das gab nur

Ärger, den er gerne vermied. Er freute sich innerlich wie ein König, dass sie nicht gebunden war.

»Wenn ich in deine Augen schaue, sehe ich ein blaues kristallklares Meer.«

Romy lächelte und wunderte sich. *Woher kommen die ganzen Schmetterlinge in meinem Buch. Der Mann lässt mich kaum klar denken. Was passiert mit mir?*

Er beugte sich zu ihr herunter und gab ihr einen Kuss auf den Mund. Sie ließ es geschehen. Das gefiel ihm. Ihre Lippen waren zart wie Seide. David spürte, dass sie vibrierte. Seine Gefühle sagten ihm, *sie will mich*. Durch seine stürmische Art hatte er angst sie zu verlieren, also schaltete er einen Gang zurück. Er spürte, sie hat etwas Besonderes an sich. *Ich muss mich zusammenreißen, um nicht über sie herzufallen. So törnt sie mich an.*

Seit diesem Abend blieben sie unzertrennlich. David koordinierte seine geschäftlichen auswärtigen Termine, sodass er eine weitere Woche frei bekam. Zu lange hatte er keinen Urlaub genommen. Es bedarf nur eines Telefonats. Die japanische Delegation hat ihr Treffen auf nächste Woche verschoben. Er hatte genügend Zeit. Romy hatte Ferien, und sie zogen durch die Gegend. Sie zeigte ihm ihre Heimat. David kam an Orte, die er vorher nicht kannte, obwohl er öfters Zeit im Schwarzwald verbrachte. Immer wenn er sich in Deutschland aufhielt.

Romy ist sehr tierlieb und zeigte ihm die Tierwelt im Schwarzwald. Ihm kam die Erkenntnis, dass er diese Frau wirklich liebte. Nicht nur das Bett hatte er vor, mit ihr zur teilen. Ernstlich dachte er darüber nach, mit Romy ein gemeinsames Leben aufzubauen. Vermag man das nach dieser kurzen Zeit zu sagen? Romy hat ihn komplett umgekrempelt.

Das glaubt mir niemand, der mich kennt. In Gedanken höre ich José, meinem besten Freund lästern. Wir zogen manche Nächte durch die Bars. David schmunzelte.

Als humorvoller Single wird David bezeichnet, der nichts anbrennen lässt. Und das mit Leidenschaft. Nie ließ er sich an die Kette legen. Eine Ehe schien ihm zu spießig. Jetzt hegte er genau solche Gedanken? Was geschah mit ihm?

Innerlich lachte David über Romy, wie sie ihm erklärte, dass sie jetzt ganz leise sein müssen, weil sie sonst die Tiere verschrecken.

Später erzählte sie ihm, dass ihr Vater Hobbyjäger sei und sie damit nicht klarkommt. Einmal nahm er sie mit, weil er anstrebte, ein Reh zu erlegen. Sie habe zur richtigen Zeit ganz fürchterlich gehustet und das Reh ist auf und davon.

Ihr Vater glaubte ihren Hustenanfall nicht und sie brauchte nie wieder mit ihm zur Jagd. Beide lachten herzlich darüber.

Zwei Wochen später lud David sie in seine Suite ein. Er orderte Rosenblätter und Champagner. Als Romy zu ihm kam, sah er sie sprachlos in seine Suite eintreten. Sie lief zu der immensen Fensterfront und schaute hinunter. Erst danach sah sie die Rosenblätter auf dem Boden, die bis ins Schlafzimmer führten. Sie küssten sich. David hielt es kaum aus, ihren Körper zu erkunden. Jeden einzelnen Zentimeter. Romy sah wie immer umwerfend aus. Sehr praktisch ihr Neckholderkleid. Er öffnete den Champagner und reichte ihr ein Glas.

»Schon am frühen Nachmittag?«, warf sie ein. David merkte, dass ihre Stimme vibrierte.

»Für eine schöne Frau kann es nie früh genug sein.«, flüsterte er ihr ins Ohr. Sie kicherte. Sie benahmen sich wie Teenager und wussten beide, dass es genau jetzt passieren würde. Man glaubte kaum, dass sie erwachsene Leute sind, die fest im Leben stehen.

Sie schlang ihre Arme um ihn. David passte auf, dass sie nicht umfielen voller Liebestaumel. Die Küsse wurden leidenschaftlicher und David öffnete ihr Kleid. Als sie wieder auf dem Boden stand, fiel es von ihrem Körper und sie stand in einem neckischen Slip vor ihm. Was er sah, gefiel ihm gut. Wohlgeformte Brüste nicht zu klein und nicht zu groß. Er war begeistert, dass sie nicht diese aufgeblähten Selikonkissen in sich trug. Ihm gefiel das Natürliche. Romy kam auf ihn zu und öffnete ganz langsam sein Hemd.

Er nahm sie auf seinen Armen und trug sie den Rosenblättern folgend ins Schlafzimmer und legte sie behutsam auf das mit Rosenblättern bedeckte breite Bett. Sie verlebten eine himmlische Nacht. Das Abendessen orderten sie auf ihr Zimmer, aber sie kamen kaum zum Essen, da sie mit sich selbst beschäftigt waren. Erst zum Morgengrauen schliefen sie ein.

Am nächsten Morgen wachte er auf und betrachtete seine Romy. Sie lächelte im Schlaf und er strich ihr eine Haarsträhne aus dem Gesicht. Da erwachte sie und lachte ihn an. David gab ihr einen Kuss auf die Nasenspitze, als er den Notfallton seines Handys hörte.

»Tut mir leid, da muss ich kurz ran gehen.« Sie nickte und lief ins Bad. Als sie wieder ins Zimmer kam, sah sie sein zerknirschtes Gesicht.

»Was ist los?«, fragte sie.

»Es tut mir leid, ich muss heute Abend nach Japan fliegen. Das Ticket ist bereits hinterlegt. Da gibt es mit einem Projekt ein Problem.«

Sie nickte still.

»Ich wusste ja, dass du irgendwann wegmusst, aber dass es so schnell passiert?« Sie blinzelte die aufkommenden Tränen weg. David lief zu ihr und nahm sie in seine Arme.

»Leider bringt das mein Beruf mit sich, dass ich viel auf Geschäftsreise bin, Darling. Als Investment-Manager muss ich nach dem Rechten sehen, wenn es Probleme gibt.« Davids Leben war immer auf der Überholspur des Lebens. Darum nahm er seinen ganzen Mut zusammen:

»Darling, könntest du dir ein Leben mit mir in Amerika vorstellen?«, fragte er sie. David hatte Angst vor ihrer Antwort und hielt die Luft an. Klar, diese Frage kam zu früh. Sie kannten sich noch nicht lange. Er wollte sie nicht verlieren. Diese Vorstellung konnte er nicht ertragen.

»Ich habe noch nicht darüber nachgedacht. Lass mir bitte etwas Zeit. Wir kennen uns wirklich noch nicht lange David. Ich brauche etwas Zeit. Das ist ein schwieriger Schritt für mich, ich liebe dich. Ich werde jetzt gehen, du musst bestimmt noch packen. Ich rufe mir ein Taxi.«

»Nein das erledige ich für dich«, meinte er.

David nickte und versprach ihr, sie am Nachmittag zu besuchen, bevor er nach Stuttgart zum Flughafen fuhr.

»Wir haben dann noch 1 ½ Stunden Zeit für uns.« Romy nickte tapfer.

Am Nachmittag fuhr er zu Romy. Als David klingelte, öffnete Romy sehr schnell die Tür. Er küsste sie stürmisch. Sie wunderte sich, warum er seine Reisetasche dabeihat.

»Nein, die Reisetasche ist für dich, sieh einfach hinein.«

Als sie den Reißverschluss aufzog, kam ein kurzer Schrei der Verzückung von ihr. Sie nahm ein kleines Bündel mit weißen Haaren heraus.

»Was bist du denn für ein kleiner Bambino?«, rief sie aus.

»Na ja, das ist dann eher eine Bambina.«, meinte David trocken. Das ist ein Girl, wie man mir versicherte.

Sie ließ den kleinen Hund herunter und kam stürmisch auf ihn zu. »David ich danke dir. Du hast mir einen Lebenstraum erfüllt. Was ist das für eine Rasse? Ist das ein Westi?«

»Ich weiß nicht, was ein Westi ist, aber das hier ist ein kleines Maltesergirl, wie man mir erklärte. Sie ist 13 Wochen alt. Ich wünsche mir, dass sie dich tröstet, wenn ich nicht bei dir sein kann.«

»Oh David, du verwöhnst mich.«, lächelte sie. Sie schaute erneut in die Reisetasche.

»Du hast an alles gedacht«, staunte sie. Leine, Halsband, Kuscheldecke, Spielzeug und Welpen Futter für mindestens eine Woche.

»Eine schöne Frau, wie dich muss man verwöhnen. Ich hoffe, ich habe nichts vergessen. Es laufen zu viele Chaoten herum, die Ansprüche an dich stellen könnten. Das kann und werde ich nicht zulassen.«, grinste er.

»David, ich liebe dich und ich vermisse dich jetzt schon. Weißt du, wie lange du fortbleiben musst?«

»Ich liebe dich auch mein Darling. Nein ich weiß es nicht genau, aber unter einer Woche wird es nicht gehen. Wir können so lange telefonieren und Gott sei Dank gibt es das Internet. Über Skype können wir uns sehen.«

Als Lehrerin lernte sie, mit dem Computer umzugehen. Und Skype hatte sie auf ihrem Rechner.

Dann wurde sie ernst. »David, ich habe es mir überlegt, ich könnte mir evtl. vorstellen mit dir in die USA zu gehen, aber ich möchte mir das Land vorher anschauen, bevor ich mich dafür entscheide. Du weißt, ich liebe meinen Beruf und meine Familie. Ich möchte herausfinden, ob ich mit dem Menschenschlag klarkomme und sie mit mir. Ich war noch nie in Amerika. Das Leben dort, wird sich unterscheiden, als in den Filmen die man hier sehen kann. Erst dann kann ich eine Entscheidung treffen.«

»Darling du machst mich sehr glücklich. Mach dir bitte keine Sorgen, Lehrerinnen werden auf der ganzen Welt händeringend gesucht.

Wenn du Fragen hast, frage mich, was ich nicht weiß, finde ich heraus. Wir müssten dann sowieso die Einreise-Papiere für dich beantragen. Du weißt, die Behörden mahlen langsam. Amerika ist da nicht viel anders als Deutschland. Und das klappt am schnellsten und besten, wenn du meine Frau wirst.«

Romy ist total verwirrt und starrte ihn an.

»David Bennett, war das eben ein Heiratsantrag?«

»Es war eine Feststellung. Könntest du dir vorstellen, meine Frau zu werden Romy? Ich liebe dich und ich weiß nicht, was du mit mir angestellt hast.«, lachte David.

»Wie war das mit dem Kniefall, Mr. Bennett? Oder macht man das bei euch nicht?«

»Du meinst so richtig, wie aus alten Filmen?«

»Ja genau so meine ich es«, lachte Romy.

Sie scheint Wert darauf zu legen. Gut das José nicht hier ist und mich sieht. Dass ich das einmal tun werde, hätte ich nie für möglich gehalten.

Er kniete sich nieder, winkelte ein Bein an und sah sie verliebt an. Dann fing er an:

»Geliebte Romy, ich weiß wir kennen uns noch nicht sehr lange. In der Kürze liegt die Würze. Wir konnten das Zusammenleben noch nicht testen. Aber die Zuneigung und Liebe, die ich für dich empfinde reichen aus, um die Frage aller Fragen zu stellen. Möchtest du mich heiraten?« Gebannt schaute er sie an.

»Ja«, sagte sie mit Tränen in den Augen.

»Ja ich will.«

Er nahm den Ring aus seiner Jackentasche, öffnete die Schmuckschatulle und steckte ihr den Ring an den Ringfinger.

»Oh David, der Ring ist wundervoll.«

»Und möchtest du auch die Mutter meiner Kinder sein?«, raunte er ihr zu.

»Ja ja ja, erwiderte sie. Moment, wie viele Kinder hast du denn?«, fragte sie schelmisch. David kitzelte sie dafür und meinte:

»Die werden wir zusammen machen, verlass dich darauf. Aber leider geht mein Flieger bald, leider muss ich jetzt gehen.«, meinte er zerknirscht.

Er stand auf und küsste sie lange.

»Mein Herz, wenn ich zurückkomme, besprechen wir alles genau und machen Nägel mit Köpfen, Okay?«

»Ja David und ich werde viele Fragen an dich haben. Verlass dich darauf.«

Sie nahm Bambina auf den Arm und knuddelte sie.

»Da haben wir uns einen angelacht, was Bambi. Ja ich werde dich Bambi nennen. Der Name passt zu dir.«

»Okay, also Bambi«, meinte er lachend. David stand schon in der Tür, als sie auf ihn zu kam und ihn küsste, mit Bambi auf dem Arm.

Er freute sich riesig, dass sie ja sagte. Es stimmte ihn traurig, weil er nicht wusste, wann er sie wiedersah. Als David im Flugzeug saß, spielte er gedanklich vieles durch.

Was hat diese Frau aus mir gemacht. Es interessieren mich keine anderen Frauen mehr. Das ist höchst bedenklich. Ich werde doch nicht etwa häuslich werden? Ausgerechnet ich? Wie werde ich das meinem besten Freund José erklären?

Und auf einmal musste er lachen. Der Passagier neben ihm schaute ihn erstaunt an. David zeigte nur auf seine Kopfhörer und seine Geste deutete an, als ob er verstand. David freute sich auf ein Leben mit Romy. Sie ist eine ganz besondere Frau. Mit diesem Gedanken schlief er ein.

In Tokio traf er sich mit seinem Freund und Partner José.

»Hey mein Buddy, schön dich zu sehen. Aber sage mal, bist du krank? Du bist hier in einem der größten Flughäfen Japans und du hast noch keine Frau angemacht? Und das, obwohl du der japanischen Sprache mächtig bist.

Warte mal, nee nee das ist unmöglich. Mein Freund, der daran schuld ist, dass die japanischen Frauen Hosen tragen, weil er hinter jedem Rock her war, ist verliebt? Ich sehe es an deinem Gesichtsausdruck. Ich fasse es nicht. Diese Frau musst du mir zeigen, die dich um 180 Grad gedreht hat. Sie ist garantiert eine Überfrau.«

David lachte, als er das hörte. Er schrie auf, als José ihn dafür in die Rippen knuffte.

»Hey Buddy, ist ja klar, du kennst mich wie kaum ein anderer. Ich weiß echt nicht, wie ich das verdient habe. Die Frau hat mich total durch den Wind geschoben. Ich weiß immer noch nicht, wie sie das gemacht hat. Da stimmt einfach alles. Ich hatte, seit ich sie kenne, kein Verlangen ein weiteres Bunny ins Bett zu holen.«

»Oh Boy, dich hat es aber schwer erwischt. Das kenne ich von dir nicht.«

»Man, ich doch auch nicht. Ich will sie nach Connecticut holen.«

»Ist das dein Ernst?«

»Noch schlimmer, ich habe ihr einen Heiratsantrag gemacht.«

»Nee, das ist nicht dein Ernst, oder? Lass uns in die Bar gehen, ich brauche jetzt einen Wiskey.«

»Komm, ich gib dir einen aus.«

»Einen? Ich brauch die ganze Flasche.«

2

In der Stadt traf Romy eines Tages Sina, ihre beste Freundin.

Sie begrüßten sich herzlich und beide hatten Zeit für einen Kaffee. In der Cafeteria in der Nähe des Marktplatzes, suchten sie sich einen Tisch aus, wo sich beide austauschten. Nachdem Sie ihre Bestellung aufgegeben hatten, fragte Sina ihre Freundin, was der Grund sei, dass sie so strahle. Ob es etwas mit dem schmucken Kerl im Adler zu hat?

»Oh man, ist die Buschtrommel im Ort wieder aktiv?«, lachte Romy.

»Du weißt doch, wie es in einem kleinen Ort zugeht«, meinte Sina.

»Nun erzähle schon«, drängelte die Freundin.

»Es ist noch zu früh, um was sagen zu können. Ja es hat mit David etwas zu tun. Er ist charmant und es macht Freude, sich mit ihm zu unterhalten. Und man kann mit ihm herzlich lachen. Oh Sina, das hat mir in der ganzen Zeit mit Axel gefehlt. Der Tag fängt ganz anders an, seitdem ich David kenne. Wir haben oft gemeinsame Ansichten. Viel mehr kann ich dir noch nicht sagen, es ist alles noch zu frisch. Er hat mich eingeladen.«

»Na holla, das ist doch schon ein Anfang. Ich habe gehört, er sieht unverschämt gut aus. Liebe Romy, ich wünsche dir das Glück der ganzen Welt mit ihm, nach der Katastrophe mit Axel.«

Eine Woche später trafen sich die Freundinnen erneut. Wieder bekam sie von Sina ihr Komplimente für ihr Aussehen.

»Ich danke dir. Liebste Sina, was machen deine Zöglinge? Wer liegt dir im Moment am Herzen? Du machst einen wundervollen Job mit den Kranken und Behinderten.«

»In der Tat beschäftigt mich eine starke Frau. Sie gab mir die Erlaubnis, von ihr zu berichten. Ganz im Gegenteil, sie möchte, dass ihre Story bekannt wird, damit andere Leute daraus lernen können. Ich lernte sie auf Facebook kennen. Dort hat sie einen Blog, wo sie von ihrer Krankheit erzählt. Danach trafen wir uns. Krebs ist grausam. Ich habe hier ihren Bericht. Hier lies das.«

»Ja lass mich bitte lesen.«

Mein Name ist Patricia, ich bin im zarten Alter von 20 Jahren im Jahre 2010, an Eierstockkrebs erkrankt, hier ist meine Geschichte: Oktober 2010 begab ich mich zu meinem Frauenarzt, weil ich immer wieder Bauchweh hatte und meine Linke Bauch Hälfte sehr dick war. Der Frauenarzt diagnostizierte eine Zyste am Eierstock und schickte mich ins Krankenhaus. Dort ging es dann los: Es hieß, ich sei schwanger, dann hätte ich eine Zyste. Es folgte eine OP in der unterhalb meines Bauchnabels bis zum Schambein, aufgeschnitten wurde, um die "Zyste zu entfernen". Schon beim Aufmachen kam das böse Erwachen, ich war bis zur Lunge voll mit Krebs, sie schnitten einen kleinen Teil als Probe raus und schlossen mich.

Als ich wieder wach wurde, erfuhr ich, was los ist: »Es tut uns sehr leid, sie haben Eierstockkrebs, wir wissen nicht, ob Sie es schaffen.

Ihr Bauchfell ist voll, Milz, Lymphknoten sind auch betroffen. Ein Teil des Darms, der Leber, des Zwerchfells, der Lunge. Ihre Blase steht auf dem Spiel, die Eierstöcke sind voll und die Gebärmutter. Wir müssen bei ihnen eine 14 stündige OP durchführen.«

Peng, da lag ich nun, zarte 20 Jahre und für den Tod bestimmt. Meinen heutigen Mann kannte ich zu dem Zeitpunkt 1 Jahr und 4 Monate. Er sagte sofort: »Wir schaffen das.«

3 Wochen nach der ersten OP kam dann die Mega-OP, 14 Stunden, in dieser großen OP entfernten sie Eierstöcke, Gebärmutter, teile der Leber, Lunge, Bauchfell, Zwerchfell, Lymphknoten, und des Darms. Es folgte eine offene Bauchchemo. Harnleiterstäbe, weil meine Nieren den Urin nicht richtig ableiteten. Ein künstlicher Darmausgang. Eine Menge Zugänge. Ich wachte mit einem Beatmungsschlauch auf der Intensivstation auf. Da lag ich also nun, der Kampf hat nun richtig begonnen. Ich hatte einen ZVK (Zentralen Venen Katheter im linken Unterarm, ich nannte ihn Tannenbaum. Ein Zebramuster am linken Handgelenk (vom Versuch während der Narkose eine Nadel zu legen). Einen ZVK im Hals rechte Seite, einen Zugang in der

rechten leiste. 4 Wundschläuche im Bauch. Einen Zugang am rechten Arm, einen Luftschlauch im Linken Nasenloch und eine Magensonde im rechten Nasenloch. Außerdem hatte ich einen riesen Schnitt, ab dem Brustbein genau zwischen der Brust bis zum Schambein. Was folgte, waren 10 Tage Intensivstation, davon waren nur 3 geplant. Eine Lungenentzündung, und die plötzlich herbei gerufenen Wechseljahre nur in dem Fall, was eine normale Frau in ca. 10 Jahren durchlebt, durchlebte ich innerhalb von 10 Tagen bis 6 Monate.

Es war die Hölle, der Kampf hat begonnen. Ich lag 6 Wochen in der Klinik, bis ich nervlich nicht mehr konnte und kurz heimdurfte. Zu dem Zeitpunkt hatte ich schon 10 Kilo verloren. Ich befand mich 1 Woche daheim, als ich mit dem Krankenwagen wieder in die Klinik für Wochen kam. Es folgte die Chemo Behandlung. Die Folgen der Chemo bewirkten: Kraftlos, kein Appetit, künstliche Ernährung, Rollstuhl, permanentes Kotzen, nebenbei Krämpfe und dieser beschissene künstliche Ausgang des Darmes, mit dem ich so gar nicht klar kam, weil er höllisch brannte. Da ich Neurodermitis habe war der künstliche Darmausgang nur wund. Ich wurde alle 3 Monate in Narkose gelegt um die Harnleiter Stäbe zu wechseln, und jedes Mal krampfte ich, weil ich das Narkosemittel nicht vertrug.

Nach 6-7 Monaten hatte ich die Chemo beendet, der Darmausgang wurde endlich, nach langen Qualen in denen ich nicht mal im Traum dachte, dass ich so weit komme, zurückgelegt. Ich trug bis heute Dauerdurchfall als Folgen dessen davon.
Ich muss eine Diät einhalten. Ich kämpfte mich mühsam aus dem Rolli. Ich begann wieder zu leben, es war ein harter Scheiß Kampf. Ein Kampf, der mir vieles nahm. Er nahm mir Freude, Kraft,

Stärke, mein halbes Leben, meinen Kinderwunsch. Nach einem Jahr konnte ich dann auch ohne Harnleiterstäbe wieder leben. Ich fing wieder an, mit insgesamt 14,5 Kilo weniger, wie zu Beginn der Erkrankung zu Leben. Das Leben zu genießen. Zu genießen wieder Haare auf dem Kopf zu bekommen usw., den Kampf beendete ich im Dezember 2012.

Januar 2014 bekam ich dann wieder so ein blödes Gefühl, ich ging zum Arzt, Blutabnahme, der Tumor-Marker viel zu hoch.
Peng, als der Anruf kam, ließ ich mich an meiner Wohnzimmer-Kommode runter sacken, fing an zu schreien, zu weinen, (mir kommen gerade wieder die Tränen). Ich konnte nicht mehr. Meine Welt stürzte ein, der Kampf begann von vorne. MRT CT, die Untersuchungen ergaben: Milz Darm und wieder die Leber waren betroffen. »Wir müssen operieren, Sie brauchen Chemo, einen künstlichen Ausgang.«

»Wie bitte? Ich brauche was? NEIN alles nur kein künstlicher Darmausgang.« Die Verhandlung ging los, letzten Endes kam heraus: Man kann mich nicht mehr operieren, der größte Tumor sitzt an der Milz, wenn man mich öffnet, kann ich verbluten und mein Herz ist zu schwach.

Es folgte eine Chemo, die erst an 10 Leuten getestet wurde, die angeblich leicht zu vertragen wäre. Ohne Übelkeit, ohne Erbrechen, ohne Haarverlust. Ich dachte nur: Ach ja wollen wir mal abwarten. Ich bekam einen Port, meinen 2. (den ersten ließ ich 2013 entfernen) dieser sitzt unter dem linken Schlüsselbein und ist dafür da, dass die Chemo nicht die Adern kaputt macht, der Schlauch des Ports führt zur Hauptschlagader des Herzens. Ich bekam also Chemo. Noch am selben Tag der Chemo kotzte ich *abends, verlor an Hunger, nahm rapide ab. 2 Wochen nach der ersten Chemo fielen meine Haare aus, nach 5 Chemo Blöcken mit je 6 Infusionen wurde die flüssige Chemo beendet, weil ich nicht mehr konnte und es folgte eine Tabletten Chemo.*

Mitte 2014 wurde diese dann auch beendet, weil mein Rückenmark so kaputt war und ist, da ich sonst für immer im Rollstuhl landen würde. Ich bekomme seit Januar 2014 eine Anti Körper Infusion zur Chemo. Diese Infusion trocknet meine Tumore aus. Ich werde nie wieder gesund, wir schreiben nun das Jahr 2015.

Es ist Oktober, ich erfuhr vor 4 Wochen das ich zum Krebs noch Osteoporose und Gicht habe, die Gicht sitzt in den Füßen, die Osteoporose in der Lendenwirbelsäule, und im rechten Oberschenkel und Hals. Ich bekomme alle 6 Monate eine Spritze, die den aktuellen Zustand soweit stabil halten soll. Ich muss jeder Zeit mit einem mega neuen Ausbruch rechnen. Ich lasse mir aber dennoch meinen Lebensmut und meine Energie nicht nehmen. Klar, ich habe eine Menge Narben und auch ich dachte im Traum nicht daran, dass ich soweit komme, aber ich habe es bis hierhergeschafft und schaffe es noch weiter.

Hier auf meiner Facebook-Seite könnt ihr mitverfolgen, wie es mir geht, wie es läuft, usw. Ihr seht meine Tiefs und meine Hoch-Fahrten. Diese Krankheit kostet so viel Kraft, das glaubt ihr gar nicht, aber ich bin so stolz, es bis hier her geschafft zu haben.

Mich hat, meine große Liebe, nach 6 Jahren Beziehung im Juni geheiratet. Ach dieses Leben, dieser Moment, ich lasse ihn mir nicht zerstören! Nächstes Jahr heirate ich kirchlich, ihr werdet auf tolle Bilder gespannt sein. Das ist meine Geschichte, das ist mein Leben. Teilt es, seid ein Teil meines Lebens! Verpasst nichts.

Krebs darf nicht totgeschwiegen werden, Krebs muss man angehen, es kann jeden von uns treffen!!! Ich bin eine Kämpferin und das ist mein LEBEN.

»Wow Sina, was für ein Schicksal und was für eine taffe Frau. Ich bewundere dich, wie du das alles meisterst. Sie ist nicht dein erster Fall, den du betreust. Obwohl ich da nicht von Fall sprechen möchte. Es ist eine tragische Geschichte und ich bete für Patricia, dass sie den Krebs endgültig besiegt. Aber so warst du schon immer und das liebe ich an dir.«

»Du hast recht Romy, das ist ein schönes Gefühl, wenn man sieht, es hat wieder jemand geschafft. Ich würde niemals sagen, es ist aussichtslos, wenn man die Frauen und Männer sieht, wie sie kämpfen.

Aber nun mal zu dir, was ist mit dem tollen Mann und dir geworden? Oh mein Gott, was hast du denn für einen Ring am Finger? Ist es das, was ich denke? Ein Verlobungsring?«

»Ja ich bin nicht dazu gekommen es euch zu erzählen. Versprochen, das wird nachgeholt. Nach dem Treffen mit meinen Eltern trommele ich euch zusammen und dort erfahrt ihr alles. Dann lernt ihr meine Bambi kennen.«

»Bambi? Hast du jetzt ein Rehkitz?« Romy lachte und schaute auf die Uhr.

»Nein, Bambi ist ein kleiner weißer Hund. Den hat mir David geschenkt. Sei mir nicht böse, Sina, ich habe einen Termin.« Sie legte Geld auf den Tisch.

»Nee lass mal stecken, ich lade dich ein.« Beide liefen zum Tresen, um zu bezahlen, und verließen das Café.

»Romy, lass uns nicht wieder so lange warten«, Sina schmunzelte dabei.

»Nein, versprochen, ich melde mich bald bei euch.«

Romy rief ihre Eltern an und ihre Mutter nahm den Hörer ab. Sie bat um ein Familientreffen. Bei wichtigen Entscheidungen trafen sie sich immer zu einem Familientreffen.

»Ist etwas passiert Romy?«, frage ihre Mutter.

»Nein Mutsch, ich möchte euch nur etwas mitteilen.«

»Hat sich Axel doch noch gemeldet?«, fragte sie erwartungsvoll.

»Nein Mutsch, das Thema ist bei mir durch.« Romy verdrehte die Augen. Ihre Mutter hat Probleme, sich damit abzufinden, dass sie von Axel getrennt ist. Nie wieder gibt es von ihrer Seite ein zurück.«

»Übermorgen sind Jörg und Melanie sowieso hier. Und dein Vater kann es einrichten.«

»OK Mutsch, dann bis Samstag. Hab dich lieb.«

»Ich dich auch mein Kind.«

Romy dachte sich:

Längst hatte ich vor, meinen Eltern von David zu erzählen. Am Telefon schien es mir unpassend. Dass ich evtl. in den USA leben werde, daran wird Mutsch, wie ich meine Mutter zärtlich nenne, zu knabbern haben. Meine Geschwister werden mich definitiv öfters besuchen. Was sie zu Bambi sagen?

Eine liebevoll gedeckte Kaffeetafel empfing sie, als Romy bei ihren Eltern ankam. Es roch lecker nach Apfelkuchen. Sie begrüßte alle mit Küsschen und Umarmung. Dann sahen sie Bambi, die sich Gehör verschaffte.

»Was ist das denn für ein süßer Hund?«, fragte Melanie ihre geliebte Schwester, und sie nahm ihr Bambi ab.

»Das erzähle ich euch gleich.«, schmunzelte Romy. Alle herzten Bambi und das kleine Girl genoss es.

Ihr Bruder Jörg hatte wie immer, ein Spruch auf den Lippen.

»Na Schwesterchen, nerven dich deine Kinder in der Schule, oder bist du am Drücker?«

»Brüderchen, nervt dich deine Dany, oder warum siehst du müde aus?« Romy zwinkerte seiner Frau zu. *Sie lässt uns unsere kleinen Neckereien.*

Melanies Neugier kannte keine Grenzen, das sah jeder. Mutsch sah Romy wissbegierig an. Sie brachte den Kaffee und schnitt den Kuchen an.

»Was ist das für eine Neuigkeit, Romy«, fragte ihr Vater.

Melanie sah Romys Ring, den sie etwas verdeckt hielt. Es schien nicht geholfen, zu haben.

»Schaut doch auf ihren Ring, ich glaube ich höre Glöckchen.«, erklärte Melanie schmunzelnd. Romy schaute sie lächelnd an.

Daraufhin erzählte sie ihnen von David. Romy sah die weit aufgerissenen Augen ihrer Familie. Glücklich nahmen sie es zur Kenntnis.

»Keine Bange, ihr lernt ihn bald kennen, sobald er hier ist.«

Ihre Mutter meinte: »Kind hast du dir das gut überlegt? Du kennst ihn kaum.«

»Ja, ich habe es mir überlegt. Wisst ihr, mit Axel damals hat es nicht geklappt. David weckt etwas in mir, was ich bei Axel in den vier Jahren nie erlebte.«

Ihr Vater erklärte:

»Romy ist alt genug, um zu wissen, was sie will. Du weißt, wir tragen deine Entscheidung, wie wir es bei euch dreien immer taten.«

»Danke Paps, sagte sie unter Tränen.«

»Ich liebe euch alle und ich werde euch schmerzlich vermissen.«

»Warum vermissen, Schwesterchen?«, warf Jörg ein.

»Es ist nicht leicht für mich, euch zu sagen, dass David mich bat, mit ihm in Connecticut zu leben.« *So, jetzt ist es raus.*

Ein Raunen füllte den Raum. Romys Mutter traten Tränen in die Augen.

Sie lief zu ihr und drückte sie.

»Ich verspreche euch, ich werde euch Besuchen.«

»Was ist mit deinem Beruf?«, fragte ihr Vater.

»Soweit ich weiß, muss ich mein Studium in Amerika anerkennen lassen. Das ist kein Problem. Ich muss mich erst genau informieren. David weiß, dass ich meinen Beruf liebe. Er sagte mir, sobald er zurück ist, werden wir alles in feste Tücher legen. Und Bambi hat er mir zum Abschied geschenkt, damit ich nicht alleine bin. Die Kleine ist total süß, wie ihr seht, hat sie Pfeffer im Po.«

Romys Mutter nahm Bambi auf den Arm und streichelte sie. Wenn es ums Streicheln geht, rührt Bambi kein Haar, weil sie es liebt. Sie weiß genau, wie sie zu schauen hat, um das zu erreichen, was sie begehrte. Hunde haben viel Zeit die Menschen zu beobachten. Seltsam, Hunde haben die Geduld der ganzen Welt, findet Romy.

»David möchte auf jeden Fall in Deutschland heiraten. Darüber freue ich mich. Ansonsten hätten wir euch nach

Connecticut eingeladen. Er sagte mir, dass ihm die Hochzeitsfeierlichkeiten in den USA nicht gefallen.«

»Wie muss ich mich denn mit Dave unterhalten?«, fragte Romys Mutter voller Zweifel.

»Na in Deutsch. Er kann perfekt deutsch. David ist viersprachig aufgewachsen. Er spricht unter anderem perfekt japanisch und dort ist er im Moment.«

Als sie alles erfuhren, kam eine hitzige Unterhaltung in Gang. Romy setzte sich mit ihrem Vater ins Wohnzimmer. Er erklärte ihr:

»Du weißt, wir unterstützen dich immer und überall. Sollte irgendetwas einmal sein, sollst du wissen, dass du immer zu uns nach Hause kommen kannst. Ich wünsche dir alles Glück der Welt.«

Romy drückte ihren Paps und gab ihm einen Kuss auf die Wange. Als Bambi das sah, bellte sie, weil sie zu den Beiden hochwollte.

»Ich danke dir Paps, ich habe das Gefühl, dass es dieses Mal für immer sein wird. Schau mal, Bambi ist ein bisschen eifersüchtig.«

Beide lachten. Ein herrlicher Abend fand sein Ende. Alle beglückwünschten Romy und erfreut warteten sie auf Davids Besuch.

Jetzt brauche ich dringend ein Treffen mit meinen Freundinnen, dachte sich Romy. *Bambi nehme ich mit. Ich liebe dieses kleine Wesen. Ein besseres Abschiedsgeschenk als Bambi, war für Romy nicht vorstellbar.*

Romy hat ihre Freundinnen in das Haus ihrer Eltern eingeladen. Dort hat Bambi einen großen eingezäunten Garten zum Toben. Am Rand waren Zypressen gepflanzt. Damit war der Garten blickdicht, von der Straße nicht einsehbar. Die Blumenrabatten sind von einem kleinen dekorativen Zaun umgeben. So sind die Blumen vor Bambi geschützt.

Ihre Freundinnen Sina und Petti haben ihr Kommen sofort zugesagt. Romy freute sich auf den Girlie-Abend. Bambi wird sich freuen, wenn sie den Garten sieht. Es dauerte nicht lange, da bogen Sina und Steffi um die Ecke. Zeitgleich kam Hanny angerannt. Sie verspätete sich meistens. Romy zwinkerte Sina zu.

»Oh man Romy, dass wir dich zu sehen bekommen, grenzt fast an ein Wunder. Du hast dich mehr als rar gemacht. Was hast du denn da auf dem Arm. Ist der niedlich.«

»Ist **die** niedlich, musst du sagen. Es ist eine SIE. Darf ich vorstellen, das ist Bambi. Sie ist ein Malteser-Girl. Und meine ganz große Liebe. Na ja, neben David.«

»Ja wo ist denn David. Habe mich gewundert dich solo zu sehen. Das hat Seltenheitswert.«

»Das ist ein Dilemma, er ist in Japan. Ich weiß nicht genau, wann er zurückkommt. Zum Trost hat er mir Bambi geschenkt. Ich erzähle euch die Geschichte. Kommt mit, ich habe im Garten gedeckt. Meine Eltern sind zu Tante Hedi gefahren.«

Sie ließ Bambi herunter und warf ihren kleinen Ball. Diese flitzte hinterher und brachte ihn Romy zurück. Sie spielte gerne mit ihrem Ball. Überall schleppt sie ihn herum, genauso wie ihr kleines Stofftier, den Esel. Bambi liebt ihn heiß und innig. In jedes Körbchen wird er mitgenommen. So manches Mal schmunzelte Romy. Ausgerechnet einen Esel.

Das stimmte, Romy hatte kaum Zeit für ihre Freundinnen. Hanny rief:

»Da schau her, ist das die Dame, die uns nicht sehen wollte.«, dabei zwinkerte sie Romy zu. Hanny kam auf Romy zu und gab ihr einen Kuss auf die Wange.

»Hey, du treulose Tomate, ich hoffe, du hast einen triftigen Grund uns sträflich zu vernachlässigen.« Sina zwinkerte ihr zu.

»Ich weiß, ich weiß, habe schon ein schlechtes Gewissen euch gegenüber. Es ist in letzter Zeit so viel passiert. Das glaubt ihr nicht und traut mir das auch nicht zu. Ich freue mich, dass bald Ferien sind. Ich brauche einen kleinen Urlaub. Bambi hat auch ihre eigene Geschichte. Ich werde euch Rede und Antwort stehen.

Ihr habt doch mitbekommen, dass ich David kennen gelernt habe. Es war wirklich Liebe auf den ersten Blick. Ich dachte vorher, so etwas gibt es nicht. Ich meine, ich bin 28 Jahre jung und die Verbindung zu Axel war eine Farce. Zwischen Axel und David liegen Welten, sage ich euch.«

»Wow, dich hat es schwer erwischt. Amor hat bei dir echt Überstunden gemacht.«, meinte Sina.

»Ich schmelze hin, es gibt sie noch, die Blitzliebe. Sie ist doch nicht ausgestorben.«, erwiderte Hanny.

»Sag, was macht dein David beruflich, dass er sogar nach Japan reisen musste?«, fragte Petti.

»Er ist Investment Manager für eine Große Firma in Connecticut. David muss eigenständige Identifizierung von Investmentmöglichkeiten erkunden. Analysen von potentiellen Investmentvorhaben auf Ertragspotential und

Wirtschaftlichkeit prüfen. Er muss Verhandlungen von Verträgen in Abstimmung mit allen relevanten Schnittstellen im Konzern und dem Vorstand führen.

Die Firma hat Niederlassungen in Japan, Großbritannien, Brasilien und Kanada. Sehr oft ist er auch in Europa.

Um eure Frage zu beantworten: er muss Vertragspartner betreuen und in Japan gibt es irgendwelche Probleme. Er hat auf seinem Handy ein Klingelton eingerichtet, die erreicht ihn nur im äußersten Notfall. Leider ist dieser Notfall eingetreten.«

»Wow, da hast du dir ein Sahnestückchen ausgesucht, liebe Romy,« erwiderte Petti.

»Wie hast du ihn kennengelernt? Kann es sein, dass es dort, wo du ihn kennengelernt hast, noch mehr von seiner Sorte gibt?« Alle lachten.

»Das weiß ich nicht. Ich habe ihn im Naturparkhotel Adler kennengelernt, als ich mit meinen Kollegen dort Essen war.«

Hanny meldete sich zu Wort: »Das hast du aber schnell gelernt, was er alles macht.«, grinste sie.

»Ich muss doch über meinen zukünftigen Ehemann Bescheid wissen.«, sprudelte es aus Romy hinaus. Da erst merkte sie, dass sie das unabsichtlich herausgeplappert hatte. Sie fühlte, wie sie rot wurde und nahm, ein Schluck Wein, um Zeit zu gewinnen um zu überlegen, was sie jetzt schon preisgeben wird. Ihr war klar, dass ihre Freundinnen mit dem Gesagten sich nicht zufriedengeben werden. Reihum schauten ihre Freundinnen sie mit offenen Mündern an.

»Waaaas?«, rief Sina, Ehemann? Alle sprachen durcheinander. Romy verstand fast nichts mehr.

»Hat er dir einen Heiratsantrag gemacht?«, fragte Hanny.

Alle schauten auf Romys Ring an der linken Hand.

»Oh mein Gott, sie ist schon verlobt. Schaut euch diesen Brilli-Ring an.«

»Romy, das ist ein Brilli, Wow, der hat was gekostet,« rief Sina.

Jetzt hatte Romy keine Wahl mehr, sie wird ihnen alles erzählen.

»Ach der Ring wird doch kein Brilli sein,« warf Romy ein. Das hätte sie niemals angenommen. Axel wäre das nie im Traum eingefallen, ihr große Geschenke zu überreichen.

»Oh ja meine Liebe, ich kenne mich aus. Schon vergessen? Mein Bruder ist Juwelier. Das eine oder andere blieb bei mir hängen. Aber ich freue mich für dich. Unsere Unnahbare traut sich bald zu Trauen. Wie genial ist das denn? Sorry liebe Romy, Unnahbare ist das falsche Wort. Du warst nur übervorsichtig, wegen Axel.«

»David möchte immer mit mir zusammenleben. Ja, er hat um meine Hand angehalten. Ich bin total glücklich, der einzige Wermutstropfen ist, David möchte, dass wir in Connecticut leben. Er hat mich gefragt, ob ich mir vorstellen kann, in den USA zu leben.«

»Och nein, was ist dann mit uns?«, fragte Petti.

»Ganz einfach, ihr kommt mich besuchen«, erwiderte Romy.

»Warum musste es ausgerechnet ein Amerikaner sein?«, meinte Hanny lachend.

Sina stupste Hanny an. »Wo die Liebe hinfällt.«

»Hanny, warum hast du einen Italiener als Mann?«, lächelte Romy sie an. »Ja das stimmt, aber der will nicht zurück nach Italien. Da hätte ich auch noch ein Wörtchen mitzureden«, lachte Hanny.

»Ich muss mich auch erst damit arrangieren. Zum Abschied hat mir David Bambi geschenkt. Sie hat Pfeffer im Po, kann ich euch sagen. Schaut doch nur, wie sie durch den Garten flitzt. Überall gibt es Interessantes zu entdecken. Ehrlich, sie ist ein kleiner Seelentröster. Wenn ich abends alleine auf der Couch liege, kommt sie, will hochgenommen werden und schmiegt sich ganz dicht an mich. Ich freue mich so, dass ich sie habe.

Ich brauche erst viele Informationen und vor allem, möchte ich mir Connecticut erst anschauen. Das sind meine Bedingungen. Ich will wissen, ob ich mit dem Menschenschlag auskomme und die mit mir. Diese Erfahrung ist sehr wichtig für mich. Außerdem ihr Lieben, ich bin noch nie geflogen und habe tierische Angst davor.

Wir möchten in Deutschland heiraten, mit allen Freunden und Verwandten.«

Petti fiel ihr gleich ins Wort. Romy lachte.

»Das wäre ja noch schöner, wenn ihr drüben heiratet. Nee nee, das geht nicht. Außerdem habe ich durch Bekannte gehört, dass drüben die Hochzeiten nicht toll sein sollen. Alles nur Schein. Oder dachte David an eine Hochzeit in Las Vegas? Dort ist alles möglich.«

»Ich weiß es noch nicht. David sagte, wenn er kommt, reden wir über alles. Er ruft mich immer um 23 Uhr an, dann ist es bei ihm 6 Uhr früh, oder wir schreiben über Whats App. Über Skype haben wir die Möglichkeit uns zu sehen. Das Warten auf ihn, fällt mir schwer.«

Sina kam auf Romy zu und drückte sie erneut.

»Kleines, ich wünsche dir alles Glück der Welt. Du wirst die richtige Entscheidung treffen. Würden wir in deiner Situation sein, die Entscheidung fiele gleich aus. Niemand kann vorhersagen, wo einen die Liebe trifft. Ich freue mich, David kennen zu lernen. Das muss ein dufte Typ sein.«

»Danke Sina, ja das ist er.«

Alle kamen zu Romy und wünschten ihr Glück. Sogar Bambi kam, bellte und bestand darauf, hochgenommen zu werden. Sie verlebten einen wunderschönen Tag, der erst spät am Abend endete. Romy bekam viele Anregungen, wie eine pompöse Hochzeit auszusehen hat. Sie bremste Ihre Freundinnen. »Erst muss ich mich mit David unterhalten. Und eine pompöse Hochzeit strebe ich nicht an.«

Unsere täglichen Anrufe sind zu einer lieben Angewohnheit geworden. Ich vermisste David. Bei seinem letzten Anruf sagte er mir, dass sein Aufenthalt in Japan noch ca. zwei Wochen dauert. Mir fiel es schwer, meine Tränen zurückzuhalten. In einer Woche fangen die Sommerferien an, seufzte ich.

In den nächsten zwei Tagen kam kein Anruf von David. Untröstlich schaute Romy immer wieder auf ihr Handy. Über Skype erreichte sie ihn nicht. Romy grübelte, was geschehen sei. Warum meldet er sich nicht? Romy versuchte, ihn anzurufen, aber sie hörte nur seine Mailbox. War das nur ein Traum, von dem sie sich zu verabschieden hatte? Sie schaute auf ihren Verlobungsring. *Den schenkt er mir doch nicht nur für ein paar Tage. David ist doch unmöglich so ein Typ wie Axel. Das glaube ich nicht.*

Große Zweifel plagten Romy. Sie war total aufgelöst. Romy versuchte sich abzulenken und fing an, ihre Wohnung zu putzen. Sie zog sich ihre alte Jeans mit den Farbspritzern an und ein Schlabber-T-Shirt. Es sah nicht berauschend aus, zum Putzen wird es reichen. Dabei brauchte sie laute Musik. Bambi schaute sie ungläubig an. Es fehlte nur noch, dass sie den Kopf schüttelte. Bambi brachte Romy regelmäßig zum Lachen. Sie hatten viel Spaß miteinander. Nach einer Weile wurde Bambi unruhig und sie setzte sich vor die Haustür und bellte. So hatte Bambi noch nie gebellt. Irgendetwas hörte sie.

»Bambi gib Ruhe, das ist bestimmt der Postbote, oder hörst du wieder das Gras husten?«

Bambi war nicht zu beruhigen. Romy nahm sie auf den Arm und knuddelte sie. Bambi zappelte, bis Romy sie runterließ. Bambi setzte sich wieder erwartend vor die Haustür. Romy war in der Küche, als es an der Haustür klingelte. Sie schaute ungläubig und runzelte die Stirn. Um diese Zeit erwartete Romy niemanden. Die Post kam erst am frühen Nachmittag. Folglich öffnete sie die Tür. Romy schaute in einen riesengroßen Blumenstrauß mit roten Rosen und erschrak. Bambi freute sich wie verrückt. Sie sprang und tänzelte herum. Romy hatte Probleme sie zurückzuhalten. Dann sah sie David. Romy ließ einen Schrei los und fiel ihm in die Arme. Bambi sprang an seinem Bein hoch und forderte ihr Recht ein, ganz schnell von David auf dem Arm genommen zu werden. Dort kuschelte sie sich erst einmal ein.

»Hast du mich vermisst, du kleine Lady?«

Als David Bambi genug knuddelte und sie ihn ablecken konnte, küsste er Romy und sie schmolz wie Wachs in seinen Händen.

»David, wo kommst du denn her? Warum hast du dich nicht gemeldet?«

David lachte und sprach:

»Mein Darling, wie du dir denken kannst, komme ich vom Flughafen Stuttgart und bin noch die 2 Stunden mit dem Auto gefahren. In euren Mercedes ist das Autofahren eine Wohltat.« Dabei schmunzelte David, wie immer, wenn er Romy neckte.

»Aha, ein Mercedes musste es sein. Ein Protzauto für den Protzer.«

Romy lachte. David kam zu ihr, drückte sie an die Wand und küsste sie heftig. Ihr blieb fast die Luft weg. Leidenschaftlich erwiderte Romy seine Küsse. Seine Hand wanderte unter ihr T-Shirt. David trug sie ins Schlafzimmer und legte sie behutsam aufs Bett.

»Stopp David, schau mich doch an, ich muss erst duschen.«

»Wenn ich mit dir fertig bin, hast du Grund zum Duschen. Komm her meine Schöne.«

Erst sah Romy an sich herunter und dann zu David. »Sexy sehe ich jetzt nicht aus.«, meinte sie.

»Du bist sexy, Darling. Du machst mich verrückt. Ich hatte solche Sehnsucht nach dir.«

»Ich auch nach dir.«, flüsterte sie ihm ins Ohr. Er roch so gut nach seinem Aftershave. Ein betörender Duft, den es nur selten gibt.

Wie vor seiner Reise hatten sie Spaß zusammen. Unter der Dusche stand auf einmal David hinter ihr und sie seiften sich gegenseitig ein. Es blieb nicht beim Einseifen und schon fielen sie erneut über sich her. Nach dem Duschen landeten sie wieder ermattet auf dem Bett. Bambi kam zu ihnen. Mittlerweile sprang Bambi von alleine auf das Bett. Schützend lag sie zwischen Romy und David. Beide lachten. Bambi leckte zuerst Romy, dann David. Sie rollte sich zusammen und schlief ein und schien sichtlich zufrieden. Nach drei Minuten sprang Bambi auf und wartete, um wieder bespaßt zu werden. Sie jagten sie lachend ins

Wohnzimmer. Romy lief anschließen in die Küche, die Cappuccino-Maschine anzustellen. David orderte etwas zu Essen, damit Romy mehr Zeit für ihn hatte, anstatt zu kochen. Dann fing er zu erzählen an:

»Ich konnte mich die letzten zwei Tage nicht melden, weil ich nicht mehr in Japan war. Ich musste noch etwas in Connecticut erledigen. Und außerdem hätte ich dich nicht überraschen können«, zwinkerte er ihr zu.

»Ich habe es endlich geschafft, meine Familie zu besuchen, und ihnen von dir zu erzählen. Sie freuen sich, dich kennenzulernen.«, erzählte Romy.

»Aber gerne. Mach einen Termin mit ihnen. Dann werden wir zu ihnen fahren.«

Wie schön, er hat keinen Horror davor, meine Familie kennen zu lernen. Das ist komplett anders, als bei Axel damals.

Romy »hast du darüber nachgedacht mit mir nach Connecticut zu kommen?«

»David, ich sagte dir, ich möchte mir die USA zuerst anschauen.«

»Das ist kein Problem, es sind Ferien und wir können dann dorthin reisen, wenn du möchtest.«

»Ja gerne, ich freue mich darauf. Ich habe noch viel zu tun. Ich muss vor dem Flug einkaufen und...« David legte ihr den Zeigefinger auf dem Mund.

»Schhh du brauchst nicht viel zu packen. Das machen wir in Connecticut. Mach dir keinen Stress.«

»Aber ich muss doch ...«

»Nein mein Liebling, das ist nicht nötig, es ist alles vorbereitet. In drei Tagen fliegen wir. Den Flug habe ich gebucht, da ich überzeugt war, dass du zustimmen wirst. Ich würde dir gerne meine Heimat zeigen und ich würde mich freuen, wenn sie dir zusagt.«

Es wäre mir lieber, wenn er mich gefragt hätte. Fliegen, oh je, ich habe die absolute Flugangst.

»Darling, nimm es mir bitte nicht übel, dass ich dich nicht gefragt habe, ich habe das zwischen meinen Terminen arrangiert.«

Und wieder hat er es geschafft mich zu beruhigen.

»Ich freue mich David, worauf ich mich nicht freue, meine Freunde und Familie, zurückzulassen. Weißt du, ich kenne hier tolle Menschen. Meine Freundinnen möchten den Übermann kennenlernen, der es gewagt hat, mein Herz zu stehlen.« Sie schmunzelte über sein erstauntes Gesicht.

»Darling, das verstehe ich und ich weiß, dass es für dich ein großer Schritt ist. Besuche deine Familie und

Freundinnen, wann immer du Heimweh verspürst, das ist kein Thema.

Aber mal etwas anderes. Wo feiern wir unsere Hochzeit. Ich würde dich gerne, so schnell wie möglich heiraten. Ich gehe davon aus, dass du es vorziehst, in Deutschland mit deiner Familie und Freunden zu heiraten. Ich auch, ihr macht es euch immer schön gemütlich, wenn ihr feiert. Die Hochzeiten in den USA sind wirklich nicht der Renner. Ich liebe eure Kirchen. Bei uns gibt es meistens nur die Friedensrichter und die meisten Churches sind sehr klein. Aus diesem Grund feiern viele Leute entweder am Strand, oder zu Hause. Viele wählen den Weg nach Las Vegas. Das ist nichts für mich. Ich mag es lieber traditionell.«

»David, hier muss man zuerst zum Standesamt und dann erst in die Kirche.«

»Ja ich weiß, mein deutscher Freund hat in Mainz geheiratet und ich war zugegen. Lass uns das bitte bald tun. Ich werde im Naturparkhotel Adler einen Raum mieten, damit alle deine Freunde und Familie reinpassen, oder soll ich für den Tag lieber das ganze Naturparkhotel Adler mieten?«

»David nein, das ganze Naturparkhotel Adler brauchen wir nicht.«

»Darling auch von mir werden ein paar Freunde, Familie und Kunden kommen. Ich gebe zu, ich war vor dir kein Kostverächter, und meine Freunde wollen nicht glauben, dass ich nur mit einer Frau auskommen kann. Du wirst ihnen das Gegenteil beweisen müssen«, dabei lächelte er.

»Hier habe ich eine Kreditkarte für dich, damit du dir das schönes Kleid kaufen kannst. Du kannst über jeden Betrag verfügen, da ist genug drauf.«

»Aber David, das ist doch nicht nötig.« Romy setzte an, etwas zu erwidern, aber da unterbrach David sie:

»Doch meine Liebe, das ist nötig. Ich heirate nur einmal und meine Prinzessin soll das Kleid tragen, was einer Prinzessin würdig ist. Dann lass uns alles erledigen, was vor dem Urlaub nötig ist.«

»Okay. Wie viele von deinen Leuten werden kommen?«, fragte sie David.

»Es werden nicht mehr als 25 Personen sein. Ich lade hier in Deutschland nur den harten Kern ein. Wir feiern später in Connecticut eine große Feier. Meine Familie und ein paar enge Freunde werden hierherkommen.«

»25 Personen?? Wie wird denn die Feier in den USA?«

»Darling, diese Feier wird ein bisschen größer. Ich heirate die schönste Frau der Welt.«

»Mr. Bennett, wenn du so schaust, heckst du doch etwas aus?«

»Ich??? Na gut, es wird eine größere Feier, schmunzelte er. Wie viel Leute werden es von dir sein?«

Ich merkte, wie ich im Gesicht rot anlief. David lächelte.

»Hmmm in der Kirche wird vermutlich der halbe Ort sein. Meine Familie ist groß und in ganz Deutschland verteilt. Ich muss mich mit Mama zusammensetzen, und nachfragen, ob alle eingeladen werden müssen. Mit allen könnten es 80 Personen sein. Ich würde gerne auch nur einen kleinen Teil einladen. Dann wären das überschlagen 20 Leute sein.«

»Na dann werde ich das Naturparkhotel Adler für drei Tage mieten. Dann sind genügend Zimmer frei, wenn meine Leute kommen und ein paar von dir. Es soll ein rauschendes Fest werden. Vielleicht kommen von dir auch welche von auswärts.«

»Oh je, David mir wird ganz schwindelig, bei dieser Größe. Du meinst, dass es klappt? Das Naturparkhotel Adler ist doch oft ausgebucht.«

»Mach dir darüber keine Sorgen, das regele ich.«

»David, ich habe mich erkundigt, wie das mit deutschen Lehrern in den USA ist. Du weißt, ich kann mir ein Leben ohne meinen Beruf nicht vorstellen. Es kommt darauf an, ob sie mein Studium akzeptieren.«

»Was das betrifft, habe ich eine Überraschung für dich.«

In der Zwischenzeit kam das Essen und sie saßen gemütlich in Romys Essecke.

»Nun erzähle, was für Neuigkeiten?«

»Es gibt eine deutsche Schule in West Hartford. Und sie akzeptieren dein Studium und würden dich mit Kusshand nehmen. Ich habe mit ihnen gesprochen. Oftmals kommt es auf die Schule an. Das war der Grund, warum ich von Japan nach Connecticut geflogen bin. Meine Mitarbeiterin hat die Schule für mich herausgefunden. Du musst nur lernen, dass es ein etwas anderes Schulsystem ist. Ich habe dir die Unterlagen mitgebracht.

Ich komme nicht ohne genaue Informationen zu dir meine Liebe.

Wir haben andere Schulferien als ihr:

Weihnachtsferien meistens vom 22. Dezember bis 2. Januar

Sportferien die sind um den 17. Februar bis 20. Februar.

Frühlingsferien von 17. April bis 21. April.

Sommerferien von ca. 15. Juni bis 18. August.

Herbstferien ca. 23. November bis 24. November.

Ich ging davon aus, dass du wie auch hier, in der Grundschule unterrichten möchtest.

Die Schule geht meistens in der Grundschule von:

8:30 – 15.30 Uhr.

Das Schuljahr ist anders als in Deutschland.

Anfang September bis Mai oder Juni (neun Monate).

Manche Schulen machen es quartals- und/oder semestermäßig. Dort gibt es dann drei Semester:

Herbst: September bis Dezember

Winter: Januar bis März

Frühjahr: April bis Mai/Juni

Manche benutzen das Semestersystem:

Herbst: September bis Dezember und

Frühjahr: Januar bis Mai.

Die Arbeit der Lehrer unterscheidet sich in der Qualität. Amerikanische Lehrer verbringen mehr Zeit mit der detaillierten Evaluierung der Schülerleistung. Grundschullehrer führen über jeden Schüler eine eigene Akte, in der alle Lernerfolge des Kindes protokolliert werden. In manchen Klassenstufen, ab der vierten Klasse, wird jede Woche mindestens ein Test geschrieben. Nur in den Fächern Kunst, Musik und Sport wird nur wenig evaluiert.

Nun meine liebe Romy kommt etwas schönes für euch Lehrer:

In der ersten Maiwoche wird bei uns alljährlich die Teacher Appreciation Week (Lehrer Wertschätzungswoche) begangen, in der Schüler und Eltern sich beim Personal der Schulen durch organisierte Mahlzeiten usw. bedanken. In derselben Woche wird sowohl der nationale als auch auf bundesstaatlicher Ebene alljährlich ein Lehrer des Jahres geehrt.«

»Wow, das gibt es bei uns nicht.«

»Woran du dich allerdings gewöhnen musst, ist der Treueschwur. Der wird jeden Tag abgehalten, bevor die erste Schulstunde anfängt. Daran werden schon die Kindergartenkinder gewöhnt. In Deutsch heißt der Treueschwur:

- Ich schwöre Treue auf die Fahne der Vereinigten Staaten von Amerika und die Republik, für die sie steht, eine Nation unter Gott, unteilbar, mit Freiheit und Gerechtigkeit für jeden.«

»Lieber David, das hast du alles für mich herausgefunden? Das ist teilweise präziser wiedergegeben, von dem, was ich gelesen habe. Nur das mit der deutschen Schule wusste ich nicht. Das wäre wundervoll. Ich lehre gerne die deutsche Sprache. Wie ich hörte, gehen die Kinder in den USA sehr früh in die Schule. ich glaube schon mit 5 Jahren. Ist das nicht ein bisschen zu früh?«

»Das stimmt. Die Kindergartenstufe, beginnt im Alter, von 5 Jahren. In diesem Alter wird schwerpunktmäßig auf die Leseförderung geachtet. Die Klassenräume verfügen über eigene Büchersammlungen. Die Kinder gehen mit einer Fachkraft regelmäßig in die Schulbibliothek. Fremdsprachen werden, außer in Metropolen, an Grundschulen nicht unterrichtet. Dafür wird sehr früh der Instrumentalunterricht angeboten.«

»Das finde ich traurig, dass die Grundschüler nicht mit einer Fremdsprache vertraut gemacht werden. Wir haben den Instrumentalunterricht zusätzlich.«

»Der Schultag ist straff organisiert und die Kinder haben nur eine Mittagspause am Tag. Die Kinder nutzen die Pause, außer in der kalten und regnerischen Zeit, auf dem Schulkinderspielplatz zu gehen. In manchen Schuldistrikten sind auch zwei Pausen üblich. In der Kindergartenstufe und an vielen Schulen von der ersten Klasse an wird der Unterricht durch freie Spielzeiten im Unterrichtsraum unterbrochen. Von der dritten Klasse an erhalten die Schüler an vielen Schulen auch Zeit zum freien Arbeiten, wo die Hausaufgaben erledigt werden können oder sie können zur Schulbibliothek gehen. Obwohl der Schultag selten vor 15

Uhr endet, werden von der ersten Klasse an, jeden Tag Hausaufgaben erteilt. Ich glaub, das war es, was ich dir vom Schultag sagen kann.

Ich möchte, dass unsere Kinder einmal die private Internationale Schule besuchen. Sie ist um ein Vielfaches besser als die staatlichen Schulen. Lieber zahle ich dafür das Schulgeld.

Wie in Deutschland haben auch wir das Drogenproblem, in den privaten Schulen wird mehr darauf geachtet.«

»David, hier werden die Kinder mit 6 oder 7 Jahren eingeschult. Es kommt darauf an, wann sie geboren sind. Mit 5 Jahren finde ich es recht früh. Obwohl wir unsere Kinder mit 3 Jahren in den Kindergarten geben können. Das ist allerdings keine Vorstufe, zur Schule. Die Eltern sind darauf angewiesen, wenn beide arbeiten gehen müssen.

Das ist lieb von dir, dass du mir die Auskünfte geben konntest. Ich werde mich noch damit beschäftigen.«

3

»**D**arling, soll ich dir eine Sekretärin für die Hochzeitsvorbereitungen zur Seite stellen.«

»Oh nein David, das müssen wir zusammentun. Das ist doch unsere Hochzeit.«

»Möchtest du wirklich 150 Einladungskarten und Bekanntmachungen schreiben? Ich denke, wir haben noch genug zu tun und wir haben noch unseren Beruf.«

Ich gab David recht, wann sollen wir das unterbringen?

»Hmm ja in Ordnung, aber nur für die Karten.«

»Und für die Überwachung der Rückmeldungen, Darling.«

»Ach übrigens, ich kann dich in Connecticut mit einem seltsamen deutschen Ehepaar bekannt machen. Sie wohnen nicht weit entfernt von uns. Ich liebe diese Beiden. Was die alles auf die Beine gestellt haben, ist der reine Wahnsinn. Sie ist Künstlerin und er baut und baut. Und der Typ macht sich nie Skizzen. Alle Nachbarn bewundern ihn. Ich glaube, sie sind Rentner, aber Karlo bekommt keiner klein. Die beiden halten zusammen, wie Pech und Schwefel.«

»Das hört sich gut an, was baut er denn?«

»Alles was du dir denken kannst. Möchtest du mitten im Garten eine Mauer haben, Karlo baut sie dir und die steht Bombenfest. Kein Hurrikan kann die umhauen. Neulich hat er für einen Kunden ein Pavillon gebaut. Nur vom Feinsten sage ich dir. Er nimmt nur erlesene Materialien. Da kann sich jeder Kunde sicher sein, dass er was gutes für sein Geld bekommt. Ich überlege schon, ob wir ihn später auch anheuern werden. Vor allem hat Karlo saugute Ideen. Du wirst es sehen. Karlo und seine Frau überwintern jedoch immer in Florida. Da lässt er sich auch gerne mal die Sonne auf den Bauch scheinen und schreibt dabei Bücher. Das konnte ich sehen, seine Anleitungsbücher sind beliebt.«

Wieder schmunzelte ich, wie David der Amerikaner mit bestimmten deutschen Wörtern umgeht – saugute. Sowie mit deutschen Schimpfwörtern. So ähnlich als wenn ein Japaner bayerisch redet.

»Ich glaube, das braucht er auch. Seine bessere Hälfte achtet sehr genau darauf, dass er mal nichts tut. Ich weiß nur nicht, ob ihm das gefällt. Vor ein paar Jahren waren sie auch im Winter in dem Staat geblieben. Sein Haus musst du Weihnachten sehen. Wir werden uns mit ihnen treffen, dann kannst du Bilder davon sehen. So langsam hat er die ganze Siedlung mit seiner Weihnachtsbeleuchtung angesteckt. Ja und jetzt haut er immer ab in den Süden.«

»Oh ja, ich freue mich, sie kennenzulernen. Was macht sie? Ist sie Malerin?«

»Nein Karlo sagt immer, seine Frau malt mit der Scrollsaw. Ihr sagt wohl Dekupiersäge dazu.«

»Das müssen in der Tat fantastische Leute sein. Ich bin gespannt auf sie.«

»Wir haben Glück, sie sind im Moment zu Hause.«

»David ich bin etwas nervös, wegen deiner Familie und dem Fliegen. Was ist, wenn ich deiner Familie nicht genüge? Und ich bin noch nie geflogen.«

»Darling meine Familie wird dich lieben. Mach dir keine Sorgen. Ich gehe jede Wette ein, dass du nach deinem ersten Flug nie mehr anders reisen möchtest. Vertraue mir, ich werde dich beschützen, dir wird nichts geschehen. Du wirst sehen.«

Wenn ich das nur glauben könnte.

Romy folgte David aufs Sofa und kuschelte sich an seine Brust. David nahm sie in seine Arme. Und schon fingen die Schmetterlinge in Romys Bauch wieder an. Abermals war es ihnen unmöglich, die Finger von sich zu lassen.

»David, du hast vor unserer Reise noch einen Weg zu tun. Meine Familie möchte dich gerne kennen lernen.«

»Okay Darling, kannst du einen Termin vereinbaren.«

»Ja klar das kann ich tun.« Romy lief zum Telefon und nach einer Weile traf sie David im Wohnzimmer und meinte zu ihm:

»Morgen können wir zu ihnen.«

»Wie ich dich einschätze, ist deine Familie sehr nett.«

»Und vor allem neugierig.«, erwiderte Romy. Er zog sie zu sich und küsste sie.

Romy hatte es nicht anders erwartet, der Nachmittag bei ihren Eltern war ein voller Erfolg. Sie liebten David. Charmant wie immer kommt er gut mit ihren Eltern aus. Melanie, ihre Schwester ist angetan von David. Sie hatten eine schöne Zeit zusammen. Romys Mutsch nahm ihre Tochter später zur Seite und meinte:

»Romy, da hast du dir einen schmucken Mann ausgesucht. Ich verstehe dich, dass du gleich ja gesagt hast. Wir wünschen dir alles Glück der Welt. Mach dir keine Sorgen, die Flugreise schaffst du locker mit David an deiner Seite. Ich habe gesehen, wie verliebt er dich anschaut. Er hat dir einen wunder schönen Ring geschenkt. Ich freue mich für dich.«

»Danke Mutsch. Ich bin glücklich mit ihm. Wenn er nur nicht so oft auf Geschäftsreise müsste.«

»Dafür trägt er dich auf Händen, Romy. Du wirst sehen, du gewöhnst dich daran und dann hast du deinen Beruf.

Bedenke, du hast Zeiten nur für dich. Ohne dass du pünktlich das Essen auf den Tisch haben musst. Viele Frauen haben das nicht. Versuche aus jeder Situation das Beste draus zu machen.«

»Ja Mutsch, das stimmt, was du sagst. Ich habe eine Freundin, wo der Ehemann verlangt, dass alles picobello ausschaut und das Essen pünktlich auf dem Tisch stehet. Da habe ich es besser.«

Als sie ins Wohnzimmer kamen, würde Romy ihrer Familie klar machen, dass sie ihren Lebensmittelpunkt in den USA verlegen werden.

Ihr Vater gab zu bedenken, was mit Romys Arbeit als Lehrerin wird. David erklärte ihnen sachlich, wie es die Schulen handhaben.

»Macht euch keine Sorgen, ich will mir dieses Land erst genau anschauen.«

»Wo wollt ihr denn heiraten?«, fragte Romys Mutter luftanhaltend.

David erklärte:

»Wir werden hier in Deutschland heiraten. Ich miete dafür das Naturparkhotel Adler. Ich mag die Hochzeiten in meiner Heimat nicht. Hier in Deutschland feiern die Leute viel lustiger und unterhaltsamer und vor allem länger. Dabei grinste er. Das gefällt mir an die Menschen hier.« Alle lachten, weil David das humorvoll hervorbrachte.

Auf der Fahrt zum Flughafen wuchs Romys Nervosität ins Unermessliche. David erklärte ihr, dass man mehrere Stunden vorher auf dem Flughafen zu sein hat wegen, den Sicherheitsmaßnahmen. Nur in der Class mit der sie fliegen, ergaben sich andere Regeln. Nach dem Einchecken eilten sie zur VIP-Lounch. Romy wunderte sich, dass sie zuerst ins Flugzeug stiegen. Da erst erkannte sie, dass sie First-Class fliegen werden. Nobel fand Romy das. Sie kannte Bilder von ihrer Schwester Melanie, die immer mit der Economy-Class flog. Die schmalen Sitze waren eine Herausforderung für die Passagiere.

Als Romy das Flugzeug betrat und die Stewardess sie zu den Plätzen begleitete, staunte Romy nicht schlecht. Breite Sitze aus weichem Leder. David zeigte ihr, wie man die Sitze auszieht, sodass man liegen kann, ohne den Vordermann zu belästigen. Wir hatten keine Sitze vor uns, sie wurden spiegelverkehrt angeordnet. Kaum saßen sie, reichte ihnen die Stewardess ein Glas Champagner.

Als Dave zu Romy sagte, dass es Zeit ist sich anzuschnallen, fing sie an zu zittern. Er nahm ihre Hand und küsste sie.

»Keine Angst Darling. Es passiert dir nichts.«

Romy lächelte tapfer. Als ein Film anfing und die Sicherheitsbestimmungen erklärte, war es mit Romy aus. Sie krallte sich an die Armlehnen fest, dass ihre Fingerknöchel weiß wurden. Dave redete beruhigend auf sie ein.

»Darling, dass müssen sie erklären. Das bedeutet nicht, dass wir abstürzen. Glaube mir, es geht alles gut. Schau, ich fliege ständig in der Weltgeschichte herum. Mir ist noch nie etwas passiert.«

Recht hat er ja. Dann merkte Romy, dass sich das Flugzeug bewegte. Sie versuchte, tapfer zu sein. Auf einmal stand das Flugzeug. David erklärte ihr, dass der Pilot auf die Starterlaubnis wartet.

Na das kann ja heiter werden.

Die Turbinen heulten auf und das Flugzeug setzte sich in Bewegung. Es ruckelte etwas. Romy zitterte und kniff die Augen zusammen, David hielt ihre Hand. Der Airbus A350 hob nach einer Weile ab. Das Flugzeug wurde leiser und Romy ruhiger. Durch diese Ambiente in der First-Class, verging der Flug schnell und angenehm. Der Service erstklassig. Zur Landung wurde es auf einmal unruhig. Romy fühlte sich besser. Dass sie nur ein Zwischenstopp hatten, sagte ihr David erst nicht. Auf dem Weg zu den Einreisebeamten erklärte er ihr, wie das mit der Einreise in die USA funktioniert. Schon im Flugzeug mussten sie die Einreisepapiere ausfüllen. Die Einreise dauerte lange. Dabei freute sich Romy, dass sie zum Schalter laufen konnte, gesessen hatte sie lange genug. Die Prozedur dauerte knapp 3 Stunden. David erklärte ihr vorher, dass sie bei Fragen unbedingt als Grund »Urlaub« anzugeben habe. Daran hielt sie sich. Die Frau vor ihr sagte, dass sie heiraten wolle und sie wurde festgehalten und wurde ins Büro geführt. Ihre Koffer holte ein Sicherheitsangestellter. Sie wurde peinlich genau überprüft.

Romy verstand, was David meinte. Die Frau bekam richtige Probleme, weil man ein langes Messer in ihrem Koffer fand. Sie vermochte es den Beamten nicht zu erklären, dass sie es für ihre Küche brauchte. Man fragte sie, ob sie glaube, dass es in den USA kein Messer zu kaufen gäbe? Das bekam Romy aus dem Augenwinkel mit. Ihr wurde angst und bange als sie beim Vorbeilaufen in das Büro einsah, und an einer Bank Handschellen sah. Es war keine normale Bank, der Sitz war etwas nach hinten geneigt.

Durch die lange Wartezeit flog ihr Anschluss-Flug ohne sie weiter. David kümmerte sich darum. Als Amerikaner brauchte David nicht an der langen Schlange stehen. Er nahm den freien Schalter für Citizen und wurde durchgewunken.

Als Romy zu David kam, sagte er zu ihr, dass sie eine Wartezeit von 5 Stunden hatten. Er nahm sie an der Hand und zog sie mit. Romy wunderte sich, als David den Ausgang ansteuerte und zum Flughafenhotel lief. Sie schaute ihn fragend an und er sah seine Romy lüstern an und sie schmunzelte.

»Ich dachte mir, dass du nach dem langen Flug eine kleine Entspannung brauchst.«

Sie sah in seine blauen Augen und wusste, was er meinte.

Ein nobles Hotelzimmer, als Romy ins Zimmer kam, sah sie, wieder eine Spur Rosenblätter als Wegzeichnung.

Wie hat er das denn wieder hinbekommen? Lass uns im Bad entspannen, schlug David vor.

Romy lief den Rosenblättern entlang und staunte nicht schlecht, als sie den Whirlpool blubbern sah. Innerlich lachte Romy. Sie lief zu David und küsste ihn. Er fing an, sie auszuziehen. Sie knöpfte langsam sein Hemd auf. Als sie seine Hose öffnete, sah sie seine Erregung. David nahm sie auf dem Arm und trug sie in den Whirlpool. Er ließ sie in angenehmes warmes Wasser gleiten. Die fünf Stunden bis zu ihrem Weiterflug vergingen wie im Flug und schon saßen sie wieder in einem etwas kleineren Flugzeug. Die Flugzeit betrug nur 2,26 Stunden. Langsam hatte Romy sich an die Fliegerei gewöhnt. Diesmal hatte sie keine Angst. Das lag nicht zuletzt an David, der sich rührend um seine Romy kümmerte.

David meinte zu ihr, dass sie sich nicht wundern brauche, ein Teil seiner Familie würde am Flughafen sein.

Auch das noch. Ich hoffe, ich kann mich vorher zurechtmachen. Sie lief zur Toilette und versuchte sich nachzuschminken. Ein recht enger Raum. Als sie aus dem Flugzeug ausstiegen, brauchten sie nicht mehr durch die Passkontrolle. Nervös lief Romy neben David und er merkte das. Er nahm sie in seine Arme und flüsterte ihr beim Laufen zu, dass seine Leute nicht beißen.

»Bleib einfach du und alle werden dich lieben.« Romy lachte verzagt, genau das strebte er an. Er lächelte zurück.

Als sie in der Empfangshalle ankamen, sahen sie eine Gruppe an der rechten Seite stehen und sie kamen auf die Beiden zu. Romys zukünftige Schwiegermutter hielt ein Schild in der Hand, auf dem »Herzlich willkommen« in deutscher Sprache stand. Selbst David staunte darüber.

»Schau meine Mutter hat dich jetzt schon ins Herz geschlossen.«

Romy fand das rührend. Sie kam zuerst auf sie zu und herzte sie.

»Thank you Mrs. Bennett.«, sagte Romy zu ihr.

»Nenne mich Eileen. Alle meine Freunde nennen mich so.«

Dann kamen Daves Geschwister zu Romy und nahmen sie in den Armen. David stellte ihr alle nacheinander vor.

»Das ist meine Lieblingsschwester Doreen.«

»Das ist mein Bruder Ben der Draufgänger. Vor ihm musst du dich in Acht nehmen.«, lachte David. Romy glaubte jedes Wort.

»Hey hey hey, Man soll doch nicht von sich auf andere schließen, kleiner Bruder.« Er knuffte David in die Seite.

Sie kamen alle freundlich und nett auf Romy zu. Zum Schluss kam ein Mann auf Romy zu.

»Wie hat mein Buddy nur so eine hübsche Frau verdient?« Verschmitzt schaute er zu David und knuffte ihn.

»Wie hast du David nur so gezähmt? Das wird mir ein ewiges Rätsel bleiben.« Großes Gelächter kam auf. Dave kam zu ihr, nachdem er seine Familie begrüßt hat.

»Darling das ist mein bester Freund José. Höre nicht auf das, was er von sich gibt. David knuffte seinem Freund in die Seite.

Nun hast du den harten Kern kennengelernt. Viel schlimmer kommt es nicht«, lachte er.

Romy strahlte David an. Seine älteste Schwester hatte sein Auto mitgebracht, so fuhren sie mit Davids Auto alleine und unterhielten sich über seine Familie. Sie erfuhr manches lustige, über seine Familienmitglieder. *Da kommt einiges auf mich zu, ich freue mich darauf,* dachte sich Romy. Beide fuhren zu dem Haus seiner Eltern. Der Anblick des Anwesens hat Romy enorm beeindruckt.

Das Haus hatte man seiner Zeit im Kolonialstil erbaut. Es ist ein Häuserkomplex. In der Mitte eine ansprechende Poolanlage mit Whirlpool und einer großen überdachten Gartenküche. Integriert mit einer Gas-Grillanlage.

In der Küche stand eine Kochinsel. Das hatte etwas. In Deutschland findet man das nicht oft. Da die Ausmaße der Küchen hier mit den deutschen Küchen für Romy nicht vergleichbar erschienen. Die Köchin von Eileen zauberte köstliche Gerichte.

Was Romy an dem Anwesen ausserordentlich gefiel, ist der Wald rings um das Grundstück. Es gab Natur in dieser Gegend, soweit das Auge reichte.

Sie erklärte David, dass sie solch ein immenses Haus nicht brauche. Obwohl Romy das Haus seiner Eltern fantastisch fand.

»Darling, sei unbesorgt. Wenn dir mein Haus gefällt, behalten wir es und wenn nicht, kaufen wir uns eine Liebesinsel.«, dabei nahm er Romy in den Arm und küsste sie zärtlich. *Ja das traue ich ihm zu. Was hat der Mann an sich, dass er mich immer wieder komplett aus der Bahn wirft?*

In den nächsten zwei Wochen lernte Romy eine Menge über das Land und die Leute kennen. Sie kam mit dem Menschenschlag zurecht und der Lifestyl beeindruckte sie. Dieses außergewöhnliche Lebensgefühl ist für Romy gigantisch.

David bemühte sich, ihre vielen Fragen zu beantworten.

Er zeigte ihr sein eigenes Haus, was ihr gefiel. Mit kleinen Erkern und einer Veranda. Selbst die obligatorischen Schaukelstühle fehlten nicht. Das lud zum Träumen ein, genau wie in den alten Filmen. *Ob sie so knarren, wie in den alten Filmen?*, dachte sie sich. Nach kurzer Zeit fühlte Romy sich ein wenig wie zu Hause. Sie liebte die begehbaren Kleiderschränke. Als sie das Schlafzimmer betrat, betrübten dunkle Gedanken ihr Gesicht. Es schien, als ob David ahnte, was sie dachte.

»Darling, was für schreckliche Gedanken gehen durch deinen hübschen Kopf?«

»Na ja, ich dachte, wie viele Frauen du schon in dein Haus eingeladen hast.« Sie hatte Angst vor seiner Antwort.

Er schob sein Finger unter ihr Kinn und hob es an, sodass sie ihn anschaute.

»Ob du es glaubst oder nicht, aber du bist die erste Frau, außer meiner Familie, die dieses Haus betreten hat. Oh halt, meine Putzfrau kommt auch ins Haus. Keine Angst, sie hat eine Hakennase.«

Romy lachte, weil David dabei eine Grimasse zog. Dafür küsste sie ihn und sofort landeten sie im Bett.

Die amerikanischen Betten gefielen ihr. Nur die Bettwäsche nicht. Die meisten haben eine Höhe von ca. 65 cm. Aufpassen wäre angebracht, dass niemand beim.... nicht aus dem Bett fiel. Was mit Schmerzen verbunden wäre, kicherte Romy in sich hinein. David belustigte das und er fragte sie nach dem Grund. Als er ihn erfuhr, lachte er lauthals.

Bambi kam angerannt und bellte, weil sie nicht ins Bett springen konnte. David hob sie hoch.

»Für dich kleine Maus lassen wir eine Hundetreppe bauen. Es soll meinen Damen hier an nichts fehlen.«

Romy freute sich über die Zärtlichkeit, wie er mit ihr und Bambi umging.

»Darling gehe bitte in den rechten Schrank.«, rief ihr David zu.

Oh was wird mich erwarten?, dachte sich Romy.

Sie öffnete die Tür und schon stand sie in einem begehbaren Kleiderschrank. Von wegen Schrank, das ist ein eigenes Zimmer. Romy bekam einen Schreck. Sie sah eine ganze Reihe neuer Kleider und Kostüme. Eins Eleganter als das Andere. Auf der linken Seite in den Schubladen fand sie Unterwäsche und Dessous. Sie drehte sich zu David um, er lächelte nur.

»Du bist doch verrückt«, meinte Romy.

»Ich habe dir doch versprochen, wir kleiden dich hier ein, weil du nicht die Zeit hattest, zu packen.«

Sie war sprachlos, um etwas zu antworten. David kam zu ihr, legte seinen Arm um ihre Schulter.

»Ich hoffe, ich habe deinen Geschmack getroffen?«

»Ja«, hauchte sie und küsste ihn.

Bambi lief neugierig umher und folgte Romy auf Schritt und Tritt.

»Kleine Lady für dich gibt es nur Winterkleidung.« Er schmunzelte.

»Darling öffne bitte mal die kleine Tür rechts.« Als sie die Tür öffnete, kam sie aus dem Staunen nicht mehr heraus. Dort hingen 10 Hundewintermäntel. Einer schöner, als der andere.

»David du bist verrückt.«, wiederholte Romy.

»Romy ich mag keine Hundekleidung an sich, aber im Winter brauchen sie einen Mantel.«

»Du bist dir bewusst, dass Bambi noch wächst?«

»Schau auf die Größen. Einige meiner Mitarbeiter haben auch kleine Hunde. Das war sehr hilfreich.«

»Du denkst wirklich an alles, David.«

»Wir können die Kleine doch nicht erfrieren lassen. Auch hier kann es im Winter recht kalt werden.«

Am nächsten Morgen beim Frühstück kam die Frage von David.

»Meine geliebte Romy, könntest du dir jetzt vorstellen, mit mir hier zu leben? Ich weiß, ich habe dir die Frage schon öfters gestellt. Konntest du dir ein Bild von den Menschen und dem Land machen? Ist das Haus für dich in Ordnung, oder wollen wir uns ein neues Haus kaufen?«

Sie druckste herum, sie ließ ihn ein bisschen zappeln. Er wusste nicht, wohin mit seinen Händen. Romy genoss es. Dann endlich kam sie mit der Sprache heraus.

»Ja David, das könnte ich mir vorstellen. Wenn das mit meinem Beruf in Einklang zu bringen ist. Dein Haus gefällt mir sehr gut, wir müssen kein neues kaufen.«

David kam zu ihr herüber und nahm sie zärtlich in seine Arme und küsste sie leidenschaftlich.

»Darling, du machst mich zum glücklichsten Menschen auf der ganzen Welt.«

David setzte sich wieder an den Esstisch und trank einen Schluck Kaffee.

»Ich habe auch eine Überraschung für dich«, schmunzelte er. Sie wartete auf seine Antwort.

»Was ist es, David, lass mich nicht zu lange warten.«

Er grinste: »Wer hat mich denn vorhin so lange auf die Folter gespannt?

Okay, wir haben heute Nachmittag um 15 Uhr einen Termin bei dem Direktor der Deutschen Schule. Nimm bitte deine Unterlagen mit«, zwinkerte er ihr zu.

»Ehrlich? Das ist ja Wahnsinn. Ich freute mich.«

Als sie zur deutschen Schule fuhren, spürte Romy ihre Gelassenheit. *Ich weiß, was ich kann. Ich bin eine ausgezeichnete Lehrerin.* Der Direktor Mr. Malcom kam ihnen freundlich entgegen. Romys Unterlagen reichten völlig. Sie passe gut in sein Lehrerteam, wie er ihr Versicherte. Er zeigte ihnen die einzelnen Klassen. *Ja ich glaube, dort wird es mir gefallen. Heute ist ein erfolgreicher Tag. Eine weitere Hürde beseitigte sich.*

Ein paar Tage später fuhren sie zu Davids Nachbarn Karlo und seiner Frau Goldie. Der Empfang fiel herzlich aus. Karlo schien ein lustiger Typ zu sein. Man sah ihn an, er hatte den Schalk im Nacken. David hat recht, wenn er von einem Spaßvogel sprach. Von Karlo bekam sie Komplimente, das rührte sie. Goldie erzählte ihnen, dass sie es hervorragend finden, ans Heiraten zu denken und gemeinsam planen. Sie selbst hätten nicht lange gewartet. Dabei lächelte sie David und Romy an. Sie blickte zu Karlo.

»Die drei Monate waren doch wirklich lange genug, meinst du nicht auch mein Schatz?« Goldie lächelte.

Überall im Haus sah man Goldies Holzarbeiten. Die Engel mit den Kindern gefielen Romy. *Ich werde das eine oder andere Kunstwerk in Auftrag geben.*

»Wow, das sind erlesene Stücke.«

Karlo erwiderte: »Goldie, zeig ihnen deine Galerie.«

David runzelte die Stirn. »Geht ihr nicht mehr auf Ausstellungen? Wie habe ich das mit der Galerie zu verstehen?«

»Nee«, erklärte Karlo, »Ausstellungen war gestern, heute kommen die Leute zu uns. Das ist gut, wir können das besser terminieren. Die meisten Ausstellungen sind im Herbst und Frühjahr. Mit der Galerie können wir auch die Snowbirds in Florida mit Goldies Kunstwerke erfreuen. Du glaubst doch nicht, dass Goldie in Florida, ihre Hände in den Schoß legt. Dort hat sie auch eine Werkstatt und eine Galerie.«

»Was sind Snowbirds, fragte Romy.« Man erklärte ihr: Einige Leute aus dem Norden überwintern in Florida. Viele kämen aus Kanada. Sie bleiben den Winter über in Florida und fahren anschließend nach Hause. Sie müssen nicht im Winter frieren, erwiderte Karlo.

»Goldie, zeigst du mir bitte deine Werke?«, fragte Romy.

»Gerne. Komm, wir gehen in die Galerie.«

Was Romy zu sehen bekam, erstaunte sie.

»Goldie, das ist deine Berufung.«

Ein Engel mit einem Rosenstrauß faszinierte sie. »Zwischen den Rosen ist das Holz extrem dünn, wie kann man das nur sägen?«

Goldie lachte.

»Mit viel Übung und Geduld. Darüber staunt Karlo immer. Er konnte mir zuschauen und hat immer damit gerechnet, dass ich durch die Rosen durchsäge. Das ist nie passiert. Viele fragen mich, wie viel Ausschuss ich habe. Bisher noch keins. Ich brauchte bisher nichts fortwerfen.«

»Das ist Klasse, darf ich ein paar Bilder für meine Freunde machen?«

»Hier hast du einen Katalog von mir. Ich habe einige Erklärungen zu den Kunstwerken gegeben. Ich war ein paar Mal in der Zeitung.«

»Ich danke dir herzlich.« An dem Mauervorsprung sah ich den Rahmen mit den Zeitungsberichten.

»Du kannst mit Recht stolz auf deine Arbeiten sein.« Beide kehrten dann zu den Männern zurück.

»Du bist doch eine Deutsche, wie kamst du zu deinem Namen, ich finde ihn sehr schön.«

»Das hat einen einfachen Grund, meine Mutter ist Deutsche und mein Vater Amerikaner. Ich habe meinen Namen von meiner Oma väterlicherseits.«

»Schau dir den herrlichen Kamin an Romy, meinte David zu ihr.«

»Karlo ich benötige deine hilfreichen Ideen, wenn wir hier leben.«

»Denk daran, dass wir in Florida überwintern«, schmunzelte Karlo.

Romy schaute auf einen Kamin, der bis zur Decke reichte. Im oberen Teil hing mittig ein Ornament aus Eisen geschmiedet. Es passte wie angegossen genau mittig. Karlo erklärte, dass er es nach eigenen Wünschen, hat schmieden lassen. Es freute Karlos, wenn sich Leute gegenseitig helfen und er hilft vielen anderen Leuten mit seinen Ideen. Auf diese Weise bekommt er seine Wünsche erfüllt, ohne eine Menge Geld auszugeben.

Sofort sah Romy, Karlo baute diesen Kamin mit viel Liebe zum Detail. Die Naturfliesen passten perfekt zum Design. Das Feuer Log sah dem echten Holz zum Verwechseln ähnlich. Das Geräusch und das Flackern kamen hin.

»Ich muss sagen, die Amerikaner verstehen es, alles echt aussehen zu lassen. Diese Perfektion habe ich vorher nie gesehen.«

Auf dem Kaminsims standen zwei Engel. Sie strahlten von einer exzellenten Schönheit.

»Ich sehe Karlo, Romy ist von eurem Kamin begeistert. Darling, du musst ihn in der Weihnachtszeit sehen. Da blinkt und glitzert alles und die Engel auf dem Kamin leuchten.«

»Ich kann nicht abwarten das zu sehen.«

»Wie es aussieht, müssen wir die Beiden, dann in Florida besuchen gehen,« lachte David.

David wandte sich an Karlo.

»Hey Buddy, hast du ein neues Projekt in Auftrag?«

»Du kennst mich, ich habe immer ein Eisen im Feuer.« Karlo grinste.

»Sag schon, was ist es dieses Mal?«

»Okay, ein Callcenter will von mir ein Tresen entworfen haben. Geld spielt keine Rolle. Ich habe einige Ideen. Der Kunde wird wie immer zufrieden sein. Hier wird langsam alles per Telefon erledigt und dadurch wachsen die Callcenter aus dem Boden. Ich komme kaum nach. Es ist faktisch gut, wenn man positive Mundpropaganda hat. Ich mache mich nicht mehr verrückt. In meinem Alter kommt eins nach dem Anderen.

Wollt ihr unsere Bar im Keller sehen? Karlo ging mit stolzgeschwellter Brust in den Keller. Es hat echt lange gedauert, aber jetzt ist alles fertig. Wir können die Bar mit euch einweihen«, dabei lächelte er.

»Führe sie uns vor«, erwiderte David.

»Wow, das Teil sieht echt gut aus. Mahagoniholz, in hohem Maße edel. Meine liebe Goldie, die Holzarbeiten hast eindeutig du gemacht denke ich mir. Es trägt deine Handschrift.«

Beide nickten.

»Wow, da ist euch ein Meisterwerk gelungen. Die Elemente unter Glas zu setzen und zu beleuchten, ist distinguiert. Alle Achtung.«

Goldie erklärte: »Ja die Bar ist aus Mahagoniholz. Mahagoni ist langlebig und hat ein edles Aussehen. Vor allem verzieht es sich nur minimal. Wie du Karlo kennst David, hat er gleich das echte Mahagoniholz genommen. Nur aus dem karibischen Raum wird es als echtes Mahagoniholz bezeichnet. Dieses Holz ist geschützt und darf nur unter spezifischen Auflagen gehandelt werden. Wir haben durch meinen Holzhändler die korrekte Adresse bekommen.« Dabei grinste sie Karlo an.

»Ich habe oben an der Bar Lichteffekte im Glasfaserdesign eingebettet. Die Lichter können wir an die Musikanlage anschließen. Dann ist der Farbwechsel im Rhythmus der Musik. Wartet, ich zeige es euch.

Liebling machst du die Musik an. Nimm etwas Fetziges.«

»Diese filigranen Ornamente in der Bar finde ich faszinierend.«

»Ist doch ausgezeichnet, einen sexy Holzwurm im Haus zu haben,« witzelte Karlo.

»Wie lange seid ihr verheiratet?«, fragte David schmunzelnd.

»Annähernd 48 Jahre und das glücklich,« meinte Karlo.

»Ja so lange habe ich das bisher mit dem Grobschlosser ausgehalten«, lachte Goldie.

David erklärte Romy:

»Die Beiden müssen sich immer foppen. Anders kenne ich sie nicht«, erklärte er schmunzelnd. »Das wäre mein Traum, auch so lange verheiratet zu sein und so glücklich.« Er schaute Romy verliebt an. Romy lächelte ihn an.

Zuhause angekommen, kam David zu seiner Romy.

»Darling ich habe eine Überraschung für dich. Ich möchte mit dir nach Key West fahren. Es ist ein wunderbarer Ort.«

»Oh je fliegen.«

»Ich habe dir - fahren – gesagt. Wir fahren mit der berühmt berüchtigten Amtrak.«

»David ich freue mich wahnsinnig. Das du Rücksicht auf mich nimmst, berührt mich. Ich habe von der Eisenbahn in den USA gehört. Das muss traumhaft sein.«

»Ich liebe dich, da ist es normal, dass ich Rücksicht nehme. Wir werden 27 Stunden fahren. Dort haben wir ein Schlafabteil. Nur das Beste für meine attraktive Frau. Wir fahren bis Miami und von dort fahren wir mit dem Auto nach Key West. Das wird dir gefallen. Mit dem Auto müssen wir ca. 4 Stunden einplanen. Morgen geht es los. Du wirst den Mallory Square lieben. Sie haben einen traumhaften Sonnenuntergang und viele Animateure. In erster Linie wird dir die Duval Street gefallen. Dort gibt es viele schnuckelige kleine Geschäfte. Da du einen Mann bekommst, der gerne shoppen geht, haben wir eine angenehme Zeit dort. Leider habe ich nicht immer Zeit. Der Urlaub erlaubt es mir.«

Ich habe Glück mit David. Wenn ich da an Axel denke...... Es wird ungewohnt sein, schaffen werde ich es. Mein Leben wird an Davids Seite aufregend und großartig sein. Erst schauen wir uns Key West an.

Als sie zum Bahnhof in Hartford ankamen, fuhr die Amtrak gerade ein. Sie kommen in ihr Abteil und Romy aus dem Staunen nicht mehr heraus. Es schaut wie ein Wohnzimmer aus. Ledersessel, TV. Als sie durch die Schwingtür lief, stand sie in ihrem Schlafzimmer. Zwei Hochbetten mit glänzender Satinbettwäsche bezogen, fielen in ihrem Blickfeld. »Wir werden mit Sicherheit nur eines benutzen«. Romy schmunzelte.

»David, das ist wundervoll.«

»Nur das Beste für meine wunderschöne Frau.«

Sie gab ihm einen Kuss. Die Amtrak fuhr an und Romy schaute aus dem Panoramafenster. David stand hinter ihr und küsste sie im Nacken. Sie wusste, was er damit bezweckte. Etwas später testeten sie das untere Bett aus.

Die Zeit verging wie im Flug. Romy verstand, warum die Amtrak beliebt ist. Der Speisewagen ist gemütlich eingerichtet. Meistens orderten sie das Essen in ihr kleines Reich. Endlich hatten sie mehr Zeit für sich, um konstruktive Unterhaltungen zu führen. Sie fanden heraus, dass beide gerne lesen, und die Genre glichen sich an, außer Davids Fachzeitungen. Romy sah, dass David nicht nur wissenschaftliche Bücher bevorzugte. Sie hatten eine harmonische Zeit.

Als sie in Miami ankamen, fühlte man gleich die Hitze. Den Unterschied zu Connecticut merkte man sofort. David mietete ein Auto. Sie steuerten ein Family Restaurant an. Romy hatte nie so leckere gebackene Bohnen als Beilage gegessen. Sie isst das Steak gerne durchgebraten und der Koch grillte ihr Steak auf den Punkt genau.

Auf der Fahrt nach Key West fuhren sie auf der berühmten Seven-Miles-Bridge und David erzählte ihr:

»Bis zu einem Hurrikan im Jahre 1935 waren die Inseln durch eine Eisenbahnlinie verbunden. Heute sind die Inseln durch 42 Brücken des Overseas Highway erreichbar. Auf der bekanntesten Brücke fahren wir gerade.«

»Schau nur David, das Wasser ist türkis und klar. Ich kann den Grund sehen.«

»Das liegt an den vielen Korallen hier, die leider in Gefahr sind. Die Umweltschäden findet man leider faktisch in dieser Traumgegend. Die Korallen bremsen die Flut. Sterben die Korallen, werden viele Inseln überflutet. Unter Wasser findet man das drittgrößte tropische Korallenriff der Welt.«

»David, das ist furchtbar, wie mit der Umwelt umgegangen wird. Die Natur ist außergewöhnlich, viele Menschen sehen das nicht. Die Hurrikane müssen schlimm sein. Ich habe es immer im Fernsehen verfolgt. Die armen

Menschen, die es trifft. Müssen wir in Connecticut Mit Hurrikane rechnen?«

»Nein Darling, im Winter sind Blizzards möglich. Darum überwintert mein Freund Karlo immer in Florida. Ein Blizzard ist ein Schneesturm, der hauptsächlich in Nordamerika vorkommt. Ein heulender Blizzard bringt unter Umständen Schnee bis zu 75 cm. Tornados sind möglich. Mach dir bitte keine Sorgen, ich habe mein Haus bombensicher bauen lassen.

Außerdem mein Darling, vergiss die trüben Gedanken Passieren kann immer und überall etwas. Das ist Bestimmung. Genieße das Zauberhafte hier in den Tropen. Du wirst es sehen, die Leute wachsen mit den Naturkatastrophen auf und lernen, wie sie sich zu verhalten haben. Ganz wenige Menschen haben Angst. Selbst Kinder wissen, was zu tun ist.«

»Ja lass uns die Zeit genießen. Ich bin beeindruckt von diesem klaren Wasser. Diese Klarheit habe ich noch nie gesehen, ich war aber noch nie zuvor in den Tropen. Im Urlaub war ich meistens in Europa.«

»Na dann muss ich dir die Welt zeigen.«

»David, du legst mir die Welt zu Füßen. Noch erlebnisreicher wäre es, wenn du nicht immer auf Geschäftsreisen müsstest.«

»Dann mein Darling, könnte ich dir die Welt nicht zu Füßen legen, wie es einer hübschen Frau wie dir gebührt. Noch eine Stunde und wir sind in Key West.« David zwinkerte ihr zu und nahm ihre Hand.

Nachdem sie im Hotel eingecheckt haben, fuhren sie zum Mallory Square. Es dämmerte langsam. Romy sah Animateure und Gaukler, die ihre Kunststücke vorführten. David zog sie weiter und dann standen sie am Meer. Noch nie hat Romy einen besseren atemberaubenden Sonnenuntergang gesehen. In diesem Moment fuhr ein Segelschiff hinten am Horizont vorbei. Der Moment war einfach perfekt dafür. Romy sah das live, was man sonst nur auf Postkarten sah.

Sie warteten, bis die Sonne im Meer versank. Die Leute um sie herum zückten ihre Kameras. Diesen Augenblick versuchten die Menschen festzuhalten. Sie versuchten, die Harmonie des Augenblicks einzufangen. Kein Bild der Welt kann das Naturschauspiel wiedergeben, was Romy in diesem Moment empfand. David stand hinter ihr und schlang die Arme um sie. »Gefällt es dir mein Darling?«

»Gefallen? Ich bin berauscht von dieser Herrlichkeit. Schau die Sonne ist nur noch halb zu sehen.«

»Das geht rasch. Als ob die Sonne ins Meer fällt. Beeindruckend.«

»Bist du oft hier?«

»Nein, zu selten.«

Sie suchten sich nach Einbruch der Dunkelheit ein gemütliches Restaurant und später kehrten sie in eine Bar ein. Viele Menschen spazierten auf den Straßen. Überall hörte man Musik.

David und Romy liefen am nächsten Tag durch die Duval Street. David hatte nicht zu viel versprochen. Es gab eine Menge kleiner Geschäfte. Romy zog David mit sich. Er kam ihr lachend nach. Viele deutsche Touristen hörten sie. Eine Eisenbahn fuhr auf der Straße. Sie sah lustig aus mit ihren bunten Farben. Sie erfreuten sich an dieser Farbenpracht. Dazwischen standen alte Häuser mit ihren Erkern. Das gefiel Romy, in den amerikanischen Filmen, sah man viele dieser Häuser mit Erker. Es ist bestimmt spaßig in ihnen zu wohnen. Romy stellte sich eine gemütliche Leseecke in einem dieser Erker vor.

David nahm sie in den Arm und schwärmte von diesem Ort. *Er wusste schon wieder, was ich dachte*, sinniert Romy.

»Schade, dass es diese Häuser mit den Erkern nicht in Deutschland gibt.«, erwiderte sie.

»Ihr habt diese exquisiten Fachwerkhäuser. Die gefallen mir. Stimmt, die Erker haben was. Jedes Land auf dieser Erde hat ihre Vor- und Nachteile. Man kann diese Häuser in

Deutschland nachbauen lassen. Wir nehmen uns aus allen das Beste heraus,« lachte David.

»Okay, so machen wir es.« Beide lachten herzhaft.

Key West war ein fantastisches Erlebnis für Romy. Jeder, der Florida besucht, sollte einmal Key West gesehen haben. Bambi kam voll auf ihre Kosten. Lange Spaziergänge unternahmen sie mit ihr. Bambi hatte keine Angst vor den vielen Touristen. Einige blieben stehen und sahen das kleine weiße Wollknäul mit den schwarzen Augen und der Nase. Bambi zeigte genau, wo es lang geht. Sie gab den Ton an. Dort gab es viele Gerüche für einen Hund. Nur ins Wasser sträubte sie sich. Sie sprang sogar über Pfützen. Wasser ist nicht ihr Element. Ansonsten war sie guter Dinge. Bis Unruhe in ihr aufkam. Romy und David ordneten das nicht ein. Bambi bellte öfters als sonst. Ihre Leckerlis ließen sie kalt. Romy sorgte sich und nahm sie auf den Arm. Ob sie etwas gefressen hat, was ihr nicht bekam, überlegten beide. Bambi nahm nie etwas von der Straße auf. Die Lösung kam ihnen im Auto.

In den Nachrichten hörten sie, dass man Key West verlassen sollte, weil ein Hurrikan sein Kommen angekündigt hat. David meinte:

»Lass uns unsere Zelte hier abzubrechen. Mit einem Hurrikan ist nicht zu spaßen. Darauf hat Bambi reagiert. Hunde haben eine feine Wahrnehmung.«

Sie fuhren ins Hotel und checkten aus. David fuhr tanken. Es erstaunte Romy, als sie die lange Schlange vor der Tankstelle sah. Einige Zapfsäulen waren ausverkauft, denn sie hatten Plastiktüten um die Zapfhähne. Auf einem Schild stand: »Out of order.« Niemand wagte eine Prognose, wann der Hurrikan auf Land trifft. Wenn David eilig wegwollte, hat es seinen Sinn, dachte sich Romy. Er ist kein Mann mit Ängsten. Nur an Bambis Verhalten merkte man, dass etwas nicht in Ordnung ist.

Sie kamen langsam voran. Viele Leute verließen Key West. Romy las früher in den Zeitungen, dass viele Hurrikane über Key West auf Land stießen. Von unterwegs buchte David einen Flug von Miami nach Connecticut. Mit seiner schwarzen Kreditkarte erschien alles kein Problem. David sprach zu Romy:

»Tut mir leid Darling, dass ich dir noch einen zusätzlichen Flug zumuten muss, aber wir sollten schleunigst hier wegkommen.«

»Mach dir keine Sorgen David, ich werde es überleben,« lächelte sie ihn an.

Sie fuhren dem Hurrikan sprichwörtlich voraus und kamen rechtzeitig in Miami an, um das Flugzeug zu erreichen. Unterwegs sahen sie das unruhige Meer. Wind kam auf. Am Flughafen sah Romy, wie Passagiere mit dem Personal der Fluglinie diskutierten, weil sie hofften, einen begehrten Platz im Flugzeug, zu ergattern. Die Flugzeuge schienen überbucht zu sein. David buchte ihre Flüge, schon auf Key West. Wie immer war er vorausschauend.

Romy hatte im Flugzeug keine Angst mehr. Sie sorgte sich, wegen dem Hurrikan. Es wird viele Unschuldige treffen, wie bei jedem Hurrikan. Später lasen sie in der Zeitung, dass der Wirbelsturm über Key West in Homestead erheblichen Schaden anrichtete.

Der Urlaub endete mit großartigen und aufregenden Erlebnissen. Romys Bedenken zwecks Davids Familie, fielen auf keinen fruchtbaren Boden. Sie nahmen sie herzlich auf. Romy hatte den Eindruck, dass sie froh schienen, dass ihr Sohn und Bruder endlich unter die Haube kam. Romy schmunzelte. Bevor Beide wieder nach Hause flogen, gaben Davids Eltern eine Grillparty. Alle freuten sich, eine deutsche Hochzeit zu erleben. Sie bekamen von allen eine Zusage. David überlegte, eine Maschine zu chartern, damit alle rechtzeitig ankamen. Die Mitarbeiterin von David hatte die Einladungskarten längst verschickt. Manche bekamen ihre Einladungskarte für Deutschland, und einige für die großartige Feier in Connecticut.

In Connecticut kühlte es merklich ab, oder kam es ihnen nur so vor, weil sie aus Florida kamen? Beide liebten den Sommer. Romy war klar, in Connecticut hieß es, sich wärmer anzuziehen. David und sein Vater grillten draußen und im Haus haben sie gegessen.

Das Hauptthema schien sich nur, um ihre Hochzeit zudrehen. Sie besprachen alles, was ihnen bedeutsam erschien. Nur wie Romys Hochzeitskleid aussehen wird, verriet sie nicht. Die Familie nahm Romy herzlich auf. Von Niemand gab es irgendwelche Probleme. Im Allgemeinen fand Romy, sind die Amerikaner freundlicher. Sie vernahm es einmal in einer Boutique in Key West: Sie hörte, wie sich eine deutsche Frau bei der Verkäuferin entschuldigte, weil sie nicht gut die Sprache versteht. Die Verkäuferin sagte spontan:

»Das macht nichts, ich spreche schlechter deutsch, als Sie englisch.« Damit ist der Bann gebrochen. In Deutschland hörte Romy gedanklich, wie man sich über Ausländer die Mäuler zerreißt, wenn sie nicht die Sprache verstehen.

Und dann kam der Rückflug. Romys Angst aushaltbar, oder besser gesagt, nicht vorhanden. David zeigte sich angenehm überrascht. Trotz allem hielten sie sich an den Händen. Die Zweisamkeit genossen sie.

Als sie in Deutschland landeten, fingen die Hochzeitsvorbereitungen an. Romys Schwester Melanie nahm ihr viele Wege ab, oder sie fuhren gemeinsam. Den Schreibkram erledigte die Mitarbeiterin von David von der deutschen Firma. Sie überwachte die Zusagen. Romy brauchte sich nicht darum zu kümmern.

Einige Zeit später hatte Romy es schriftlich in der Hand. David hat tatsächlich das Naturparkhotel Adler für drei Tage gemietet. Der Termin zu unserer Hochzeit ist der 30. Oktober. Das Aufgebot ist bestellt. Alle Papiere von David sind fertig. *Wie hat er das hinbekommen? Er muss mir das explizit erklären.* Das Naturparkhotel Adler hat das ganze Jahr über Gäste und ist rasch ausgebucht. Die Familie führt es seit Jahrzehnten mit viel Liebe und Freundlichkeit.

Schade, dass David erneut vor einer Abreise stand. Kaum betraten sie deutschen Boden, klingelte Davids Notfall-Handy. Als ob sie nur darauf gelauert hatten, stand David erneut fast in der Tür. Dieses Mal nur nach England, sodass er übermorgen zurückkommt. An diesem Punkt gewöhnte sich Romy nur schwer. David wird mehr auf Geschäftsreise sein, als bei ihr. Das wurde Romy bewusst und versuche es zu kompensieren.

Ich freue mich auf ihn. Dieser Mann zieht mich magisch an. Wenn ich in seine tiefgründigen Augen schaue, ist es um mich geschehen. Die Schmetterlinge flatterten in meinem Bauch. Bei ihm vergaß ich alle guten Vorsätze. Das habe ich bisher bei keinem Mann erlebt. Ich vermisse ihn in der Stunde, wo er nicht bei mir ist. Ob ich mich jemals daran gewöhne? Obwohl es bei seinem Beruf nicht anders geht, fällt es mir schwer. Meine Familie liebt David vorbehaltlos. Meine Eltern und Geschwister hat er im Sturm erobert. Klar, er ist charmant und kommt bei den Leuten immer gut an. Wir beide lieben unsere Familie, träumten schon immer von einer großen Familie. Je größer desto besser.

Mit Sina hat sich Romy ein Hochzeitskleid ausgesucht. A-Linie, schmal in der Taille, nach unten ausladend. Dass

Prinzessin Kleid schlechthin. Es musste etwas abgenäht werden. Sie hat in letzter Zeit etwas abgenommen. Der Urlaub hat ihr nicht geschadet. Vor dem Preis des Kleides schwirrten ihr die Sinne. Es ist ein wahres Traumkleid. Nein kein Trachtenkleid. Romy liebte das weiß/beige typische Hochzeitskleid. Für die standesamtliche Trauung wählte sie ein schickes Kostüm. Sie dachte sich: *David bestand auf eine Prinzessin, er bekommt mich als solche. Was er sagen wird?*

Am nächsten Tag, holte sie ihr Hochzeitskleid ab.

Romy freute sich, David hat sein Kommen angesagt. Er brachte ihr eine wunderschöne Halskette mit. Als er sie Romy anlegte, küsst er sie. Sie drehte sich um, und umarmte ihn stürmisch. Die Kette ist exzellent mit einem Rubinstein. Feingliedrig, wie Romy es liebte. Rubin ist ihr Lieblingsstein. Woher hat er das gewusst? Der Stein ihrer Halskette sieht wie eine Träne aus, fand sie.

Sie saßen vor ihrem Cappuccino und Romy fragte ihn, wie er das fertig brachte, das komplette Naturparkhotel Adler zu mieten?

»Mit Geld ist alles machbar auf dieser Welt, Darling. OK, nicht alles, aber man kann viel erreichen. Du musst dich leider damit abfinden, dass wir mehr Geld haben, als wir brauchen. Das bringt mein Beruf mit sich. Ich unterstütze auch einige Hilfsprojekte. Eins liegt mir sehr am Herzen, ich unterstütze schon sehr lange die Menschen die Asperger Autismus haben. Teilweise brauchen sie langwierige Therapien. AS wird zu den tiefgreifenden Entwicklungsstörungen gezählt. Sie haben eine eigene Art zu kommunizieren. Diese Menschen gelten als sehr intelligent. Sie haben nur Probleme in Gestik, Mimik und Blickkontakt. Durch ihre Intelligenz werden sie gerne als Wunderlich bezeichnet. Das ist eine unsichtbare Behinderung. Sie haben Probleme Freunde zu finden, wollen sich nicht gerne anfassen lassen. Eine Nichte von mir hat es. Das ist keine Krankheit. Die Menschen werden damit geboren. Sie haben Probleme, sich ein soziales Umfeld zu schaffen. Das ist zu komisch, Ella versteht uns oft nicht, von der Meinung her und wir sie nicht. Manches von ihr kommt ruppig rüber, obwohl sie es nicht so meint. Es wird aber immer besser. Du glaubst nicht, wie wir manchmal lachen müssen. Das eigentliche Problem ist, dass sie sich nur 1-2 Bezugspersonen aussuchen. Die anderen sind ihr nicht wichtig.«

»David, ich wette, du bist einer davon.«, schmunzelte Romy.

»Ja wenn ich im Lande bin. Ich besuche sie so oft wie möglich. Dann ist es Okay. Nur einladen ist fast nicht möglich. Sie meidet fremde Menschen. Auch

Restaurantbesuche kommen nicht gut an. Diese Menschen brauchen Rituale. Da eben greifen die Therapien. Bei Erwachsenen ist es schwierig das festzustellen. Sie machen oftmals eine lange Leidenszeit mit, weil sie anders sind. Und das unterstütze ich.«

»Das ist wirklich wundervoll David.«

»Um auf unser ursprüngliches Thema zurückzukommen, Darling, ich hoffe, du hast bei deinem Hochzeitskleid nicht auf den Cent geschaut. Man sagt, das soll der glücklichste Tag im Leben einer Frau sein und du sollst ihn genießen, mit allen Sinnen.

Auf deine Frage zurückzukommen, die Gäste vor Ort konnten wir mit einem Taschengeld für die drei Tage, in ein anderes Hotel unterbringen. Die Familie, die das Naturparkhotel Adler führt, war kooperativ« David lächelte dabei.

»Wir brauchen genügend Zimmer, bei mir haben bis auf meine Cousinen alle zugesagt. Wie ist die Resonanz bei dir?«

»Bei mir ist es genauso, bis auf ein paar Ausnahmen, haben alle zugesagt. Es gibt immer einige Leute, die mit der Entscheidung bis zum letzten Tag warten.

Nein, ich habe nicht das erstbeste Hochzeitskleid gewählt.« Romy blinzelte ihm zu.

David kam zu ihr, schlang seine Arme um Romy.

»Darling drei Monate nach unserer Traumhochzeit können wir deine Papiere bei der US Citizenship and Immigration Services in Frankfurt am Main beantragen. Wir werden uns einen Immigration Anwalt nehmen. Es sind eine Menge Formulare auszufüllen. Dann musst du nach Aufforderung der USCIS zu einem Arzt, du brauchst einen negativen HIV-Test, wovon ich überzeugt bin. Ein Interview in Frankfurt steht noch an. Sie wollen sicher gehen, dass wir keine Scheinehe eingehen. Wenn alles OK ist, bekommst du nach ein paar Wochen oder Monaten deine Greencard. Danach müssen wir innerhalb von 6 Monaten in die USA einreisen. Das heißt du. Könnte das Okay für dich sein?«

»Was ein Aufwand. Ich habe ja zu dir gesagt, dann machen wir das.

Innerlich war Romy nicht davon überzeugt. Das konnte sie aber David nicht sagen.

Ich muss nur alles geregelt bekommen.

Wo werden wir wohnen? Möchtest du für die Zeit mit in meine Wohnung kommen? Kann Mr. Bennett sich herablassen und in eine Wohnung leben?« Romy sah ihn an und schmunzele. David kitzelte sie, beide alberten wie Kinder herum.

»Yes, bald Mrs. Bennett, jawohl ich komme mit in deine Wohnung für eine Zeit wird es gehen. Wenn du das Opfer bringst und mit nach Connecticut kommst, werde ich das winzige Opfer schaffen.«

4

Die Hochzeit war traumhaft, keine Katastrophen passierten. David sah in seinem feinen Zwirn stattlich aus. Die Trauzeugen waren Davids Freund José und Romys Schwester Melanie. Im Standesamt Wolfach waren viele Leute. Es schien, der halbe Ort war auf den Beinen. Sie mussten in den Großen Rathaussaal ausweichen, der von der Bevölkerung liebevoll – Blauer Salon - genannt wird.

»Mein Gott habe ich eine berühmte Frau,« raunte ihr David zu.

»Du vergisst, dass ich in Wolfach geboren bin.«, antwortete sie.

Diesen Standesbeamten kannte Romy nicht. Er zauberte ein Lächeln in Romys Gesicht, weil er die einzelnen Worte extrem langsam sprach. Seine Mimik dabei sprach Bände. Romy merkte, David und ihre Trauzeugen belustigte das ebenso. Bei der entscheidenden Frage, sagte Romy schon ja, obwohl der Standesbeamte nicht fertig war. Wie üblich hatte Romy die Lacher auf ihrer Seite. Zur Feier fuhren sie zum Naturparkhotel Adler in St. Roman, wo die Feierlichkeiten nach der Hochzeit stattfanden. Davids Familie wohnte im Naturparkhotel Adler und schwärmte, von diesem

Ambiente. Anders kannte man das Hotel nicht. Man achtete genau, ob die Gäste Wünsche hatten. Das gesamte Personal stellte sich auf die Hochzeitsgäste ein. Es blieb kein Wunsch unerfüllt.

Als sie aus dem Großen Rathaussaal herauskamen, servierte ihnen eine Angestellte Champagner und Orangensaft. Draußen schickte man hunderte roter Luftballons mit guten Wünschen, für das Brautpaar in den Himmel.

Das Essen im Naturparkhotel Adler schmeckte fantastisch. Da waren sich alle einig. Das Personal gab sich wie immer Mühe, damit alle zufrieden sind.

Am nächsten Tag war die kirchliche Hochzeit. Romy zitterte vor Aufregung. Ihre Mutsch und Diana halfen ihr in das Hochzeitskleid. Den Schleier steckte die Friseurin fest. Romys Mutter sagte ihr, dass ihr Vater draußen nervös wartete. Romy lächelte, sie ahnte, wie er sich darauf freute. Sie war angetan, dass er sie zu David führte.

Eine große Ehre, für Romys Vater, seine Töchter zum Altar zu führen. Romy freute sich, ihn an ihrer Seite zu wissen. Ein Rolls Royce fuhr sie in die Kirche. Im Nebenraum blieben sie stehen. Als sie aus dem Zimmer kamen, blieb ihr Vater stehen und betrachtete seine Romy.

»Du siehst wunderschön aus Romy. Er küsste sie auf die Wange

Lass uns fahren und lass unseren David stauen, was er für eine reizende Frau bekommt«.

Sie warteten nicht lange im Nebenraum auf ihre Position, dann hörten sie die Orgel, ihr Zeichen. Bis auf den letzten Platz war die Kirche besetzt. Romy sah David in einem schneeweißen Anzug. Beide hatten Tränen der Rührung in den Augen. Als sie bei David ankamen, hatte auch ihr Vater feuchte Augen. Er sprach leise zu David:

»Gib gut auf mein Mädchen acht.«

»Keine Sorge, das werde ich tun.« David sah seine Romy verliebt an.

Ihr Vater setzte sich in die erste Reihe neben seiner Frau. Romy und David hörten ihre Mütter weinen.

Dann wandte sich David an Romy:

»Du bist wunderschön. Deine Wahl zu dem traumhaften Kleid ist exzellent.« Sie lächelte ihn verliebt an.

»Danke David, ich bekomme dafür einen gutaussehenden Ehemann. Was ich sehe, gefällt mir.«

Als sie nach der Trauung aus der Kirche kamen, wurden sie von dem Fanfarenchor der freiwilligen Feuerwehr empfangen. Sie liefen durch das Spalier, das man ihnen bot. Es folgte das obligatorische Baumstammsägen. Freunde von

Romy hielten ihnen ein großes Laken gespannt, auf dem ein großes Herz gemalt war. Beide bekamen je eine Nagelschere und man erwartete von ihnen, dass sie entlang des Herzens schneiden. Anschließend trug David seine Romy auf Händen durch das Herz. Zu dem Brautpaar kam der Fotograf. Die Innenaufnahmen wurden im Naturparkhotel Adler getätigt, wo eigens ein Raum dafür geschaffen wurde.

Die Gäste wurden mit kleinen Köstlichkeiten und Champagner verwöhnt. Von weitem bewunderten sie die Außenaufnahmen. Einige Gäste liefen zu ihnen, um ein paar private Fotos schießen zu können. So gelangten die Hochzeitsfotos in dieser Minute zu Freunden in die USA, die nicht anwesend waren. Die Party fand im Naturparkhotel Adler statt, wo es ausgelassen zuging.

Zwei Jahre Später.

Als David den Briefkasten leerte, fiel ihm sofort der Brief von der USCIS auf. Er bog ihn ein wenig und fühlte eine Karte. Endlich kam Romys Greencard. Es dauerte doch länger, als sie dachten. Drei Monate nach ihrer Traumhochzeit suchte sich David einen Immigration Anwalt, der den Papierkram erledigte. Eine gute Hilfe, wie sie feststellten. Sie hatten ein paar Termine. Romy bestand alles mit bravour. Es kamen diese seltsamen Interviews, wo sie erklärte, was David zum Frühstück gerne aß, was seine Lieblingsspeise sei, welche Zahnpasta er benutze. David fragten sie das Gleiche über Romy. Er legte dem Officer ein paar Hochzeitsbilder hin und fragte, ob er der Meinung ist, dass man so eine Hochzeit in dieser Größenordnung feiert, wenn man eine Scheinehe eingeht? Der Officer lachte ihn an und meinte: »Nein, ich glaube Ihnen, ich muss aber Ihnen die Fragen stellen. Der Fragenkatalog muss abgearbeitet werden.«

Draußen dachte David sich: Der Officer tut nichts anderes, als solche Fragen zu stellen. David schüttelte den Kopf.

Als er in die Wohnung kam, wedelte er mit dem Brief. Romy kam zu ihm und küsste ihn.

»Was hast du da?«, fragte sie David.

»Es ist der entscheidende Brief gekommen. Herzlichen Glückwunsch mein Darling.«

»Oh die Greencard, oder?«

»Darling, Freude sieht anders aus. Was ist los?«

»Na ja, ich freue mich.«

»Ich weiß, deine Eltern und deine Freunde. Komm bitte zu mir.«

Er drückte sie und strich ihr zum Trost über den Rücken. Tapfer lächelte sie und blinzelte die Tränen weg.

David wusste, dass Romy leidet, weil sie viele Sorgen um ihren Vater hatte. Man diagnostizierte bei ihm vor sechs Monaten Hodenkrebs. Ein Schock für die Familie. Nach der Operation und Chemo, erholte sich Georg. Jeder weiß, dass die Gefahr nicht gebannt ist. Es gilt die 5 Jahres Klausel. David versuchte, Romy abzulenken.

»Du weißt, in den nächsten sechs Monaten musst du in die USA einreisen.« »Ich weiß, wie müssen wir denn vorgehen?«

»Möchtest du deine Möbel mitnehmen? Dann nehmen wir uns einen Container. Zeige mir bitte, was alles mitsoll. Dann können wir die Größe des Containers bestimmen.«

»Ja meinen Sekretär möchte ich mitnehmen.«

Der schwerste Gang wird zu ihren Eltern sein. Als sie dort ankamen, kam ihre Mutter aus dem Haus.

»Ist es soweit, Romy?«, fragte sie ihre Tochter.

»Ja Mutch. Wie geht es Papa?«

»Er kommt zurecht, geh rein, er wartet auf euch.«

»Romy, dein Gesicht sagt mir, es ist so weit, oder?«

»Ja Paps. Wir werden Weihnachten noch bei euch verbringen. Das geht doch in Ordnung, David?«

»Darling auf jeden Fall. Mach dir keine Sorgen. Du musst nur bis April in die USA einreisen«. *Die blöden Bestimmungen. Am liebsten würde ich gar nicht mitgehen, aber das kann ich David nicht antun.*

»Wir machen für euch noch eine Abschiedsparty,« rief Davids Schwiegermutter. Sie versuchte, die Tränen zurückzuhalten.

»Ihr könnt uns jederzeit besuchen und wir kommen euch besuchen. Wir können nur in den Ferien wegen Romy.«

Die Familie und Romys Freunde, trauerten, dass sie Deutschland verlassen, obwohl sie es verstanden.

Ein Ereignis fand Weihnachten statt. Das Haus von Romys Eltern ist zu einen Tag der offenen Tür geworden. Viele Freunde kamen und gingen. Ihre besten Freundinnen Hanny, Petti und Sina vergossen mit Romy manche Träne.

Sina nahm Romy zur Seite: » Süße was du erlebst, davon träumen viele. In die USA mit einer Greencard. Nimm es nicht so schwer. Schau du hast einen tollen Ehemann, ihr werdet ein traumhaftes Leben führen. Irgendwann kommen süße Kinder. Wir kommen euch ganz bestimmt besuchen.«

»Ja ich weiß Sina, ich sollte glücklicher sein. Seit der Erkrankung von Paps hat sich vieles geändert.«, seufzte Romy.

»Romy er würde es aber auch nicht wollen, wenn du für ihn hierbliebest und auf dein Glück verzichtest.« Tapfer nickte Romy. Nein, das würde ihr Vater nicht gutheißen.

Bis März blieben sie in Wolfach. Das Schiff, das ihren Container in die USA bringt, lief vor drei Tagen aus. Aus diesem Grund mieteten sie sich ins Naturparkhotel Adler. Die restlichen Sachen von Romy lagerten sie bei ihren Eltern ein.

Romy verbrachte die meiste Zeit bei ihren Eltern. Ihre Freunde besuchten sie dort. David flog wieder auf Geschäftsreisen, versuchte, sie für Romy kurz zu gestalten. Für Romy ein Schock, wie schnell der März kam.

In der Schule, wo Romy unterrichtete, gaben die Kollegen und der Elternrat für Romy eine Feier. Es kam auch dort zu Tränen. Sie liebte die Arbeit mit den Kindern. Die Kinder hatten ein Lied einstudiert. Das rühre Romy zu Tränen.

David betete, dass seine Romy keinen Rückzieher machen wird. Dann hätte er ein Problem. Romy litt in den Tagen an Depressionen. In Davids Nähe nahm sie sich zusammen. Sie liebte ihn. Er merkte es, und half ihr, mit allem, was in seiner Macht stand.

Die Abschiedsparty, die man ihnen zu Ehren gab, war umwerfend. Alle Freunde von Romy kamen zur Party. Doch jede rauschende Party findet einmal ein Ende.

Romy hielt sich an ihr Versprechen und sie flogen nach Connecticut. Auf dem Flughafen kamen die Familie und Romys drei besten Freundinnen. Der Abschied gestaltete sich tränenreich. Erst als sie im Flugzeug saßen, beruhigte sich Romy. Sie lächelte tapfer. David hielt ihre Hand.

Die nächste Zeit entsprach ihren Vorstellungen. Romy nahm die Stelle in der Schule an. Die Kinder liebten sie. Jeder fühlte, wie gerne Romy ihren Beruf ausübte. Die Kollegen sind immer von Romy angetan. Mit welcher Leichtigkeit sie mit den Kindern umging.

David schmunzelte. Sie ist unermüdlich auch den dümmsten Kindern das Schreiben und Rechnen beizubringen, dachte er sich. Aus ihrer Klasse gab es zum Ende des Schuljahres keine Verlierer. Das war ihr wichtig. Was David am meisten faszinierte, die Kinder zog es nach dem einen Jahr bei ihr, gerne in die Schule. Sie hatten Spaß am Lernen. Für David völlig unerklärlich, wie sie das anstellte.

Sie richteten Davids Haus nach Romys Wünschen ein. Er ließ sie als Miteigentümerin für das Haus beim Notar eintragen, um ihr mehr halt und Sicherheit zu geben. Er schmunzelte, als sie ihren begehbaren Kleiderschrank einrichtete.

»Oh mein Gott, soviel Platz hatte ich noch nie.«, freute sie sich. David hatte seine Freunde, Romy dabei zuzuschauen.

Die Küche ist großzügig geschnitten und hatte einen Mitteltresen. Aus der gleichen glänzende Marmorplatte befand sich weiterführend eine Essecke mit Stühlen. Für das schnelle Frühstück ideal. Romy gefiel besonders, dass das Haus an einem Waldrand stand. Sie hatten viel Grün um sich. Das erinnerte Romy an ihre Heimat.

Sie erkundeten erneut die Gegend. Jetzt hatten sie mehr Zeit als im Urlaub. Sie besuchten den Bushnell Park mit dem Capitol. Romy fand das Gebäude beeindruckend. Erbaut 1872 – 1878 las Romy in einem Prospekt. Es wurde im Queen Anne Style gebaut. Das Capitol beinhaltete den Senat und Repräsentantenhaus. Sie hatten Glück, sie kamen zum Tag der offenen Tür.

Ein knappes Jahr nachdem sie in Connecticut wohnten, erlebte David eine fröhliche Romy, als er von einer Geschäftsreise nach Hause kam. Ihre Depressionen schienen vergessen. Romy arbeitete an sich, um den Zustand ohne fremde Hilfe zu bewältigen. Bisher schaffte sie es. David freute sich auf ein gemütliches Bad und ein Sofaabend mit Romy und Bambi, denn die Verhandlungen, die er führte, erwiesen sich als schwierig und anstrengend. Da durfte ihm kein Fehler unterlaufen. Logischerweise verdient David viel Geld. Romys Verdienst betrachtete er dagegen als Taschengeld. Nur sagte er es ihr nie.

Romy kam auf ihn zu und teilte ihm nach der Begrüßung mit, dass sie mit ihm zum Essen Ausgehen gedachte. Sie hätte schon einen Tisch bestellt. David war nicht in der Lage ihr einen Wunsch abzuschlagen.

»Du kleine Bambi bleibst heute mal zu Hause. Pass schön aufs Haus auf. Du bekommst auch deine geliebten Knabberstangen.« David schmunzelte.

Er wunderte sich, warum seine süße, ruhige Romy, auf einmal etwas nervös erschien? Ihm schwebten andere Dinge vor, die er am liebsten jetzt mit ihr anstellte. Er nahm sich zurück und gab sich Mühe, sich auf Romy zu konzentrieren.

David wunderte sich, dass Romy keinen Wein trank. Sie bestellte sich einen Orangensaft. Wein tranken beide gerne.

Sie fragte ihn, wie sein Tag verlief. Er erzählte ihr ein bisschen von der Arbeit und wartete, was da kam.

»David, wir sollten unser Haus etwas umbauen.«

»Warum Schatz, wenn deine Schwester zu Besuch kommt haben wir 3 Gästezimmer?«

»Das ist das, was ich meinte, brauchen wir gleich drei Gästezimmer?«

Jetzt verstand David nichts mehr, als sie das Haus einrichteten, herrschte Einigkeit und Romy freute sich über die drei Gästezimmer. Damit ihre Familie bei ihnen Platz fand.

David sah sie fragend an. Er verstand nicht ihren Beweggrund.

»Schatz, du weißt doch, dass du alles ändern kannst, wie du möchtest. Geld spielt keine Rolle.«

»Na ja, es gibt Veränderungen, die man besser zusammen gestaltet.« Dabei sah sie ihn sonderbar an.

»Was hältst du davon, wenn wir den Garten verändern. Das muss nicht sofort sein. Ich dachte in naher Zukunft.«

»Wenn dein Herz daran hängt, sollten wir es tun, verrätst du mir den Grund? Bisher war alles in Ordnung und es gefiel dir. Auch für Bambi ist bestens gesorgt. Den Zaum haben wir nur für sie anbringen lassen.«

»Stimmt, da wusste ich noch nicht, was ich jetzt weiß.«, sie
   lächelte.

Er stand immer noch auf dem Schlauch und begriff nichts.

Romy legte ihm ein Ultraschallbild hin. David schaute mit
   großen Augen auf das Bild, dann zu Romy.

»Ist das wahr, wir bekommen eine Prinzessin?«

David freute sich irrsinnig.

»Seit wann weißt du das?« Romy lachte, als er aufstand und
   zu ihr lief um sie in seine Arme zu nehmen. Laut sagte Er:
   »Wir bekommen ein Baby.« Alle im Restaurant
   applaudierten. Ihm ist klar, dass es für Romy zu peinlich
   ist.

»Seit dem Tag, als du zu deiner Geschäftsbesprechung
   flogst. Ich wollte erst abwarten, bis es feststand. Ist dir
   klar, dass es ein kleiner Prinz werden kann?«

»Ich hab's gemacht, das wird eine Prinzessin«, erklärte er
   ihr. Beide lachten.

David starrte nur immer auf das Ultraschallbild.

»Wo soll da ein Kind sehen?«

»Das ist leicht zu erkennen. Schau, hier ist der Kopf und da
   siehst du einen Fuß.«

»Romy, du machst mich zum glücklichsten Menschen.
   Wann kommt unser Baby?«

»Genau in 6 Monaten.«

»Wie herrlich, es wird ein Frühlingskind.«

Romy sah für David in hohem Maße sexy aus, in der Schwangerschaft. Er verlegte seine Termine, damit er zur vorraussichtlichen Geburt, Romy die Hand halten konnte. Nichts schien ihm wichtiger als bei der Geburt dabei zu sein. Die Zeit verging rasch. Am Ende der Schwangerschaft ist es für Romy beschwerlich. Als sie zu David eines Tages sagte, dass sie besser in die Klinik fahren sollten, brach bei ihm Panik aus. David versuchte, es ihr nicht zu zeigen. Sie merkte es ihm an. Als sie in der Klinik ankamen, wurde Romy noch einmal untersucht, dann fuhren sie in den Kreißsaal. Dann wurde sie wieder auf ihr Zimmer geschoben. Nach endlosen 26 Stunden ging alles schnell und Ihre kleine Prinzessin Gina erblickte das Licht der Welt. Romy weinte vor Freude und Anstrengung. David fand sie mehr als tapfer. Er hatte nie ein schöneres Baby gesehen. Das behauptet wohl jeder Vater von seinem Kind. Der Arzt, der zugegen war, meinte zu David, er solle die Nabelschnur durchtrennen.

Nur nicht umfallen, sagte ich mir. Ich wollte, die Standhaftigkeit der Männer hochhalten. Alles verlief gut mit mir, und ich schmunzelte. Das ist ein erhabenes Gefühl, wenn man das erleben darf.

Die Geburt schmiedete beide eng zusammen. Romys Eltern fliegen in diesem Moment zu ihnen. Das war ein Wunsch von Romy. Ihre Mutter wird sie in den ersten Tagen unterstützen. Ein Wunder der Natur, dieses kleine Wesen.

David holte seine Schwiegereltern einen Tag später vom Flughafen ab und sie bestanden darauf gleich ins Krankenhaus zu fahren. David schenkte Romy eine wunderhübsche Kette mit Brillianten und Gina bekam ein Armband. Nur Gina bekam es etwas später. Ihre kleinen Ärmchen waren noch zu klein. Seine Familie unterstützt Romy, wo es möglich ist. Sie zogen sich etwas zurück, als Romys Eltern kamen. David freute sich, dass beide Familienseiten verständnisvoll miteinander umgehen.

Gott sei Dank gibt es bei ihnen kein Neid. Alles lief ohne Probleme. Leider riefen die Geschäfte nach David und er fuhr zum Flughafen. Er versuchte, seine Geschäftsreisen, nicht über viele Tage zu gestalten. David wollte so viel wie nur irgend möglich von seiner Tochter mitbekommen. Er hatte seinen Vater noch in Erinnerung. Ihm fehlte er oft als Kind. David hörte oft, dafür war keine Zeit. Er gelobte sich bei seinen Kindern zur Besserung.

Trotz aller Elternliebe brauchte Romy ihre Arbeit. Sie kamen überein, dass Romy nur ein paar Stunden unterrichtete. Die Schule fand das in Ordnung. Romy teilte sich mit einer Kollegin eine Stelle. Davids Eltern nahmen Gina in der Zeit zu sich. Mit dieser Lösung fanden alle ihre Zufriedenheit. Gina entwickelte sich zu einem süßen kleinen Blondschopf. Bambi freundete sich schnell mit dem neuen Erdenbürger an. Romy erklärte ihr, dass man mit einem kleinen Baby nicht spielen kann.

In diesem Jahr hat man Romy an ihrer Schule als Lehrerin des Jahres gewählt. David zeigte seinen Stolz für sie. Nach so kurzer Zeit, hat er es nicht erwartet. Eine große Wertschätzung für Romy.

Zwei Jahre später kam Jodi auf die Welt, ihre 2. Tochter. Bei ihr hatte David wieder das Glück, bei der Geburt dabei zu sein. Romy blieb 2 Jahre zu Hause. In dieser Zeit merkte David, dass es Romy nicht gut ging. Sie litt wieder unter Depressionen. Das zweite Mal, dass er mit diesem Thema in Berührung kam. Zuerst vermutete man, dass Romy unter der Schwangerschaft-Depression litt. Sie glaubten, sie hat Angst überfordert zu sein. Wer sie genauer kannte, wusste, dass dem nicht so war. Sie liebte ihre Kinder und kam erstklassig mit ihnen zurecht. Sie war dankbar über ihren Babysitter. An manchen Tagen war sie nicht fähig, sich um die Kinder zu kümmern.

Es bereitete Romy große Probleme, dass David immer öfters und länger seine Geschäftsreisen wahrnahm. Darunter litt Romy und sie hatte wieder verstärkt Heimweh zu ihrer Familie und zu ihrem geliebten Schwarzwald. Sie fühlte sich einsam. David sorgte sich um Romy. Er versuchte, ihr zu helfen, wo es ihm möglich war. Nur Bambi kam in dieser Zeit an Romy heran. Das kleine Hundegirl hatte es im Gespür, wenn Romy sich nicht gut fühlte. Dann sprang Bambi auf das Sofa und lief zu Romy, um ihr nah zu sein, leckte ihr Gesicht. Schon lächelte Romy und herzte Bambi.

»Es ist so gut, dass ich dich habe«, sagte sie. Romy erzählte Bambi ihre Sorgen. Mit ihr gab es keine Diskussionen warum, wieso, weshalb. Es schien, als ob Bambi leicht grinste. Die kleine Hündin zeigte sich auch immer an der Seite von Gina und Jodi. Sie hatten eine Menge Spaß zusammen. Zu gerne spielte Bambi mit den Kindern. Der lange Flur schien ihnen zu gefallen. Im Garten gefiel es Bambi und den Kindern besser. Dort hatten sie das Recht zu toben. Die Kinder liefen Bambi hinterher. Einen besseren Babysitter gab es für die Kinder nicht, fand Romy schmunzelnd.

Erst als David Romys drei Freundinnen aus Deutschland einlud, holte das Romy schlagartig aus ihrer trüben Stimmung, als diese plötzlich vor der Tür standen. Sie hatten sich einiges zu erzählen. Die Kinder kamen angerannt. Vorneweg Bambi. Sie freuten sich alle, über das Wiedersehen.

»Wow Romy, ihr habt ein schönes großes Haus und so goldige Kinder. Da macht es bestimmt Spaß die Kinder heranwachsen zu sehen«, meinte Sina.

»Ja es ist ein schöner Schein. Man darf nur nicht hinter so mancher Kulisse schauen. Ich würde eher Scheinheilig sagen. Natürlich ist es schön, wenn die Leute dich fragen, wie es dir geht. Aber glaubt ihr, es interessiert die Leute wirklich? Ich habe neulich bei solchen: How are you, gemeint: Oh heute habe ich aber Kopfschmerzen. Ihr hättet die Verkäuferin sehen sollen. Sie wusste nicht mehr, wo sie hinschauen sollte.«

»Ja Romy bist du denn hier mit David nicht glücklich?«

»Wenn David mal zu Hause ist, ja, aber er ist es immer seltener. Ich wusste vorher, welchen Beruf er hat, nur habe ich mir das nicht so belastend vorgestellt. Mit der Zeit verliert alles seinen Glanz. Ich bin wirklich froh, die Kinder und vor allem Bambi zu haben. Sie lenken mich ab und ich will auch bald wieder arbeiten gehen.«

Petti meldete sich zu Wort: »Meine liebe Romy, das hört sich alles nicht so toll an, obwohl du ein schönes Leben hier hast.«

»Ach wisst ihr, ich möchte mich nicht beklagen, David legt mir materiell die Welt zu Füßen und er liebt mich auch. Das ist aber nicht alles im Leben. Ich hätte lieber einen Mann mit dem ich abends ins Bett gehen kann und morgens gemeinsam aufwache. Ich brauche nicht viel Geld zum Leben, auch diesen Prunk nicht«, dabei zeigte sie auf das Haus.

»Aber lasst uns nicht darüber reden. Soll ich euch die Gegend zeigen? Wir können auch shoppen gehen«, grinste sie. »Meine Schwiegereltern nehmen die Kinder.«

Eines Morgens saß sie mit Sina auf der Terrasse. Die anderen schliefen noch.

Sina erklärte Romy:

Als mein kleiner Bruder Paul den schweren Unfall hatte, wo meine Eltern und unser Bruder starben, trauerte Paul lange. Jetzt ist er erwachsen und mit sich im Reinen. Er trauert, aber ohne Schmerz und das hat mir geholfen mit meiner Trauer fertig zu werden. Niemand kann sagen, warum der Unfall passierte. Regen gab es an diesem Tag nicht, auch keine gefährlichen Kurven. Es gibt eine

Bestimmung für jeden Menschen, auch wenn wir es derzeit nicht verstehen. Mit jeder Erfahrung, die wir erreichen, ist es zwingend nötig, dass wir lernen, damit zu leben und das Beste daraus zu machen. Dass wir nicht daran zerbrechen. Das ist unser Weg. Wir dürfen nicht in Trauer und Zorn verharren, wir wachsen und lernen aus solchen Schicksalsschlägen. Das stärkt uns und wir müssen wieder vertrauen lernen. Es hat lange bei Paul gedauert, aber er ist Selbstbewusster geworden.

Romy schwieg, um das Gehörte zu verarbeiten.

»Das stimmt, Paul ist im Laufe der Jahre selbstbewusster geworden. Niemals hat er aufgegeben, er hat die Herausforderung angenommen. Sina, wie soll ich damit umgehen? Ich habe in den USA so viel Heimweh nach meiner alten Welt, die ich so liebe. War das meine Aufgabe? Und wofür ist das gut?«

»Wie es ausschaut, nein. War es wirklich dein Wunsch in den USA zu leben, oder nur der Wunsch von David? Vielleicht ging das für dich im Grunde viel zu schnell. Fühltest du dich überrumpelt? Du warst vermutlich noch nicht dazu bereit. Du hast heute noch Zweifel an David. Wie bereit warst du, oder hast du dich steuern lassen und bist ins Stolpern geraten? Vielleicht wäre es gut gewesen, wenn ihr die ersten Jahre in Deutschland verbracht hättet.«

Romy fing an zu weinen, weil sie innerlich Sina recht gab. Sie nahm Romy in den Arm.

»Sei dir darüber im Klaren, was du in deinem Leben möchtest. Es ist noch nicht zu spät. Du kannst noch viel erreichen. Pack es an. Das Leben besteht aus Klippen die zu umschiffen sind. Jeder Mensch muss seine Lektionen annehmen und bewältigen.«

»Manches ist nicht möglich«, erwiderte Romy leise.

»Romy, Unmöglich ist nur das, was du für unmöglich hältst. Erst wenn wir aufgeben, scheitern wir«, lächelte Sina.

»Beruhigend ist das nicht gerade Sina. Meine Lektionen reichen mir aus.« Romy schaute über das Land. *Ich muss das erst einmal verarbeiten, was Sina sagte. Im Prinzip gebe ich ihr recht.*

»Romy, wenn du es verstanden hast, dann schicke ich dir ein Buch.« - Das Gesetz der Resonanz. Dort kannst du alles nachlesen. Es ist wissenschaftlich bewiesen. Was du denkst, geschieht. Versuche dir das zu verinnerlichen. Versuche aus allem das Positive zu sehen.«

»Danke liebe Sina für deine Worte.« Sie drückte ihre Freundin. Romy stand auf, lief ins Haus, um das Frühstück herzurichten. Sina folgte ihr.

Leider verging der Urlaub der drei Freundinnen zu schnell. Sie hatten wieder viel Freude beim Shoppen. Es war lustig wie früher. Und wieder kam die Einsamkeit. Zu oft ist sie mit den Kindern allein. *Hat Sina recht, hat mich David anfangs überrumpelt? Es stimmt, es lief anfangs zu schnell. Sie liebt David, dessen ist sie sich sicher.*

Das Weihnachtsfest naht und die Kinder sind aufgeregt. Gina spielt am liebsten Ärztin. Sie sagt Romy ständig, wenn sie groß ist, möchte sie Ärztin werden und alle Menschen heilen. Bisher dachte Romy an ein Hirngespinst, aber ihre Weihnachtswünsche in diese Richtung sagten alles. Gina hat mit ihren 12 Jahren klare Vorstellungen. Mit ihrer Freundin hat sie sich schon erkundigt. Ihr Herz hängt an einer Puppe mit Organen, die herausnehmbar sind. Röntgenbilder. Lehrtafeln vom menschlichen Körper. Dann Bauteile von Herz, Haut, Auge und Sinnesorganen. Romy wusste nicht, ob es das für Kinder gibt. Sie musste sich eines Besseren belehren lassen. Das ist alles erhältlich. Für ein Alter von 8-99 Jahre. Sie hat ihren Paps darum gebeten. Sie benötigt auf keinen Fall ein Fahrrad, kein Puppenwagen und Barbies hasst sie. Romy fand die Wünsche ihrer Töchter seltsam. Wenn sie daran so großes Interesse haben, bekommen sie das. Romy und David wollen die Begabungen ihrer Töchter fördern. Sie waren gespannt, wie oft sich der Berufswunsch ändert.

Das ist überhaupt nicht Jodis Ding. Und beide haben schon ihre Wunschzettel geschrieben.

Jodi steckte Romy schon, dass es für sie eine Kleiderpuppe, eine Kindernähmaschine und Stoff sein sollte. Die Mutter ihrer Freundin ist Näherin. Sie wird ihr alles zeigen. Wo haben ihre Kinder das bloß her, grübelte Romy. Wie jedes Jahr zu Weihnachten trifft sich die Familie von David. Dieses Mal fand das Fest bei Romy und David statt, weil die nach deutschem Brauch das Weihnachtsfest begehen.

Als zur Bescherung das Glöckchen klingelte, stürmten die Kinder zuerst zum Weihnachtsbaum. Fünf waren es an der Zahl. Gina und Jodi suchten ihre Pakete. In den USA bekamen die Kinder viel zu viele Geschenke, fand Romy. Damit musste sie sich arrangieren. Gina schrie laut auf und rannte zu ihren Eltern.

»Schaut doch nur, was ich bekommen habe«, rief Gina und sie zeigte ihnen stolz die Puppe mit den Organen und die einzelnen separaten Organe. Dann nahm sie die Lehrtafel mit dem Geripppe und erklärte ihnen, wo was ist. David war beeindruckt, als sie ihm das erklärte. Seine Mutter stand neben ihm und rümpfte die Nase.

»Iiiih, wie sieht das denn aus?«, rief sie.

»Aber Oma, das ist doch nichts Schlimmes. Das haben wir schon in der Schule gelernt. Schau mal hier ist der Magen und hier der Darm. Und das hier ist die Leber. Soll ich dir das weiter erklären?«

»Nein mein Kind, das reicht mir schon. Gina du hast deine anderen Geschenke noch nicht aufgemacht.«

»Oh das mache ich Morgen.«, sagte Gina und setzte sich mit ihren Tafeln auf die Couch. Romy kam zu ihr.

»Gina, ich glaube, deine Omi ist enttäuscht, wenn du die Geschenke nicht aufmachst.«

»Muss ich Mama?«

»Na ja, es wäre eine nette Geste.«

»Okay, dann mache ich es.« Sie öffnete ihre Geschenke und schaute etwas enttäuscht. Ließ es sich aber nicht anmerken. Vom Onkel gab es Malstifte und ein Buch. Gina fragte sich, was sie mit einem Malbuch tun sollte. Von der Oma, ein Mikroskop.

»Danke Omi, wow ist das toll.«

»Ja eine Ärztin muss doch auch Untersuchungen machen.« Romy und David schauten Eileen erstaunt an.

»Was habt ihr? Wenn doch ihr Herz so dranhängt, kann ich mich doch nicht verschließen.«

David kam zu ihr und drückte sie. »Danke Mom.«

Jodi bekam auch ihre Wünsche erfüllt. Eine Schneiderpuppe mit allem, was dazu gehört. Von der Omi bekam sie die heißgeliebte Nähmaschine. Jodi war ganz aus dem Häuschen, als sie die schönen Stoffe sah. Am liebsten wäre sie gleich zu ihrer Freundin rüber gelaufen. Sie bekam ihre Geschenke erst am 25. früh, wie das in Amerika brauch ist. Jodi lief zu jedem und bedankte sich.

»Ihr habt mir eine große Freude gemacht. Wenn ich erst Modedesignerin bin, schneidere ich euch ein Kleid.« Alle lachten. Onkel Jim meinte:

»Bis dahin änderst du deinen Berufswunsch noch fünf Mal.«, lachte er.

»Du wirst sehen, das tue ich nicht«, schimpfte sie mit ihm. Alle lachten und es wurde noch lange gefeiert. Romy liebte die Feiertage und dann kam Wehmut auf. Wie gerne würde sie ihre Familie aus Deutschland bei sich haben.

Bambi bekam eigene Geschenke. Ein neues Körbchen und ihre geliebten Leckerchen. Sie liebte die Feiertage, da hatte sie viele Leute, die sie streichelten und mit ihr spielten. Das genoss sie.

Manchmal kam David zerknirscht nach Hause. Wann immer Romy ihn fragte, wiegelte er ab. Typisch Amerikaner, dachte Romy. Sich die Welt schönreden. Lieber lief er zu den Kindern, das lenkte ihn ab. Romys Sensibilität ließ sie schnell erkennen das dort mehr war.

»Frau Dr. Gina, haben Sie vielleicht eine Medizin für mich? Ich glaube, ich habe ein Burnout.« Gina kam auf ihm zu und schaute mit dem Fieberthermometer, ob er Fieber hatte.

»Mein Herr bei Burnout müssen sie eine Woche zu Hause bleiben und viel mit Mama kuscheln. Da braucht man keine Pillen.«

»Ach ich dachte, eine Pille und meine Sorgen wären weg.«

»Wenn Sie Sorgen haben kann ich sie zu einem Psychologen überweisen. Das ist nicht mein Fachgebiet«, erklärte sie altklug. Romy stand in der Tür und schmunzelte.

»Tja mein Schatz, unsere Ärztin nimmt ihren Beruf sehr ernst. Sie gehört nicht zu den Pillen Verschreiber.« Beide lachten.

»Frau Doktor, mir geht es schon viel besser. Ich danke Ihnen.« David gab seiner Tochter einen Kuss.

Manche Probleme ließen ihn kaum klar denken und er grübelte, wie er das aus der Welt schafft. Wie vermochte er Romy das zu erklären. Sie würde ihn niemals verstehen. Ihr denken ist immer gradlinig. Er wusste, er findet einen Weg, wie er ihn immer gefunden hat.

Romy wurde hellhörig. Davon ahnte David nichts. Sie fühlte sich von David übergangen. Warum hatte er kein Vertrauen zu ihr, grübelte Romy. Sie fühlte sich einsam und ausgeschlossen in einem noch immer fremden Land. Sie vermisste ihre Familie, Freunde und ihren geliebten Schwarzwald. David sorgte sich ernsthaft. Er versuchte, Romy zu helfen. Er ahnte nicht, dass er ein Teilgrund ihrer Depressionen war.

Hat er Probleme im Job? Wenn dem so sei, ist der Preis des Reichtums einfach zu hoch, dachte Romy. *Ich habe materiell alles, kann tun und lassen, was mir beliebt, aber das, was wirklich wichtig ist, habe ich nicht. Einen Mann an meiner Seite, wo Vertrauen das wichtigste ist.* Davon hatte David keine Ahnung, welche trüben Gedanken Romy belasteten.

5

D avids Gedanken führten ihn in die Vergangeheit
zurück.

*Romy hatte es nicht leicht, als wir von Deutschland in meinem
Heimatstaat Connecticut umzogen. Sie litt unter Heimweh in der
ersten Zeit. Ersten Zeit?, das hatte nie aufgehört. Romy war nur
eine Zeitlang abgelenkt. Sie ist mit Leib und Seele Lehrerin. Ich
dachte, das wird ihr helfen darüber hinweg zu kommen.*

David baute sich vor Jahren ein Traumhaus mit vielen
Erkern und Türmchen. Mit begehbaren Kleiderschränken,
die ein komplettes Zimmer darstellten. Er hoffte, Romy
findet Gefallen daran. So kommt sie schneller über ihr
Heimweh hinweg, dachte er sich. David las ihr jeden
Wunsch von den Augen ab. Sie ist die Frau, die er sich
immer für seine Kinder wünschte.

Sieben Zimmer nannten sie ihr Eigen. Ihre Putzfrau kam
drei Mal die Woche. Den Himmel auf Erden hatten Romy in
Hartford. Rocky Hill, eine Gegend, wo man gerne seine
Kinder aufwachsen sah. Hinter dem Haus fing der Wald an.
Beide liebten es, im Grünen zu wohnen und doch schnell in
der City zu sein.

Davids Arbeit als Investment-Manager lag nicht weit entfernt. The Hartford Group stellte für ihn eine gute Wahl dar. 1810 gründete man die Firma. Durch sein Studium öffneten sich bald Tür und Tor für David. Schnell arbeitete er sich in die Materie ein und schaffte bald den Sprung in die oberen Etagen. Genau dort gehörte er hin. Dort sah er sich immer im Traum.

Romy ließ ihr Studium anerkennen. Was relativ schnell gelang. Mit der englischen Sprache hatte sie keine Probleme. Und Lehrerinnen suchte man von je her. Das scheint ein weltweites Problem zu sein. Er sah es seiner Romy an, wie glücklich sie ihren geliebten Beruf aufnahm. Fast zwei Jahre vergingen, bis sie endlich die Papiere hatte, und sich eine Stelle als Lehrerin suchte. Die Bürokratie in den USA hinkt der Deutschen kaum hinterher. Romy kam zurecht, selbst wenn sich einiges anders herausstellte, als sie es von Deutschland kannte. An ihrer neuen Schule unterrichtete sie unter anderem in Deutsch. Das freute Romy. Die Schulbehörde nahm sie mit Kusshand an.

Beide liebten ihre Kinder. Und beide hatten sie die Gabe, den Kindern Entscheidungen zu erklären und nicht nur stur zu bestimmen. David lernte anfangs viel von Romy. Sie sind ein gutes Team. Einige andere Lehrerinnen sahen Romy gerne zu, weil sie merkten, die Kinder verstanden das Gesagte besser.

Romy litt unter Davids vielen Reisen, die ihn fast durch die ganze Welt führten. Später kam Dubai hinzu. Die große Einsamkeit zehrte an ihren Nerven. Obwohl nach Dubai und Ras Al Khaimah lud David Romy so manches Mal ein. Romy liebte Ras Al Khaimah. Sie logierten dort im Hilton Hotel, wo David seine Konferenzen abhielt. Eine Hotelanlage, die keine Wünsche offenlässt. Alleine schon die Auffahrt zum Hotel beeindruckte Romy. In der Mitte ein langgestrecktes Wasserbecken. Auf beiden Seiten wiegten sich saftig grüne Palmenblätter im Wind. Die Anlage wird akkurat gepflegt. Sie haben eine Kinderbetreuung, dass die Eltern ausreichend Entspannen finden. Action und Spaß für Jedermann. Romy gefielen die Bars im Wasser. Sie saß gerne dort mit einem Cocktail. Lange weiße Strände. Die Hotelzimmer waren mehr als luxuriös eingerichtet. Einfach traumhaft.

Dort tätigte David einige Geldgeschäfte, die außerhalb der Firma liefen. Er hatte in Dubai ein Offshore-Konto. Da durfte ihm kein Fehler unterlaufen. Auf diese Art finanzierte er sich sein schönes Leben neben seiner Frau und Kinder.

Gina und Jodi wurden auf eine private internationale Schule angemeldet.

Romy fühlt sich gut, wenn sie in Davids Nähe ist, auch wenn sie die Kinder dabeihaben. Gina und Jodi wuchsen zu zwei reizenden Persönlichkeiten heran.

Romy macht einen großartigen Job.

Auf Geschäftsreisen sieht Davids Leben anders aus.

Es gibt viele hübsche Frauen auf dieser Welt. Ich habe schon viele Nationalitäten kennen gelernt. Am hingebungsvollsten sind die polnischen Frauen. Antonia ist eine Klasse für sich. Nichts gegen Romy, aber im Bett ist Antonia unschlagbar. Manchmal denke ich, sie hat ein Suchtproblem. Sie lässt sich nicht in die Karten schauen. Bei ihr muss ich immer mehr zahlen, als normal. Schon einmal hatte ich mit ihr eine Diskussion, weil sie mehr anstrebte. Das werde ich keiner Frau, außer Romy geben. Mit Geld ist alles machbar. Antonia bot ich eine Summe an, damit sie sich von den Gedanken befreit, mich als Lebenspartner zu bekommen. Kurze Zeit später erfuhr ich, dass Antonia Drogen nahm. Mit aller Macht versuchte ich sie daran zu hindern, wollte ihr helfen. Sie sagte mir:

»Das sind keine harten Drogen.«

»Mädchen, pass bloß auf dich auf«, erwiderte ich. Damit verlor ich sie aus den Augen. Mein Gewissen beruhigte sich, sie schien sich abgefunden, zu haben.

Meine Geschäfte führten mich öfters nach Dubai. Was mir mehr Diskussionen mit Romy einbrachte. Sie warf mir so manches Mal vor, ich sei zu oft und zu lange weg. Meine beiden Mädels waren nicht glücklich und schimpften mit mir auf ihre kindliche Art. Zu dieser Zeit, war ich nicht bereit, mein Leben zu ändern. Die süßen Früchte hingen noch immer greifbar herunter. Ich verwöhnte Romy mit teurem Schmuck als Ausgleich. Bis sie ihn mir vor die Füße warf. Da wusste ich, dass ich angemessen reagieren musste. Das ist mir nie passiert, dass eine Frau mir den teuren Schmuck vor die Füße warf. Und Romy meinte es ernst. Ich war geschockt. Romy zu verlieren, nein, das war nicht möglich. Sie ist mein Fels in der Brandung. Sie hält mir den Rücken frei. Durch sie kann ich mein Leben nach meinen Neigungen ausleben.

Und schon kamen ihre Depressionen wieder. So langsam wirkte sich das auf ihre Arbeit aus. Die Kinder litten mit und wegen ihr. Mein Gott, sie wusste doch, was ich für einen Beruf habe. Dann kam der Tag, wo sie nicht mehr konnte. Ich war fassungslos. Romy hatte immer mehr Probleme mit unseren Kindern. Manchmal war ihr alles zu viel. Gut das meine Eltern einsprangen. Für die Kinder war es wichtig, dass alles seinen gewohnten Gang hatte.

Mit 44 Jahren war es Romy nicht mehr möglich in der Schule zu unterrichten. Nach einem Nervenzusammenbruch wurde sie in eine Klinik eingewiesen. Ab diesem Zeitpunkt war sie zu Hause. Ich musste mir überlegen, was zu tun ist. In dieser Zeit brach so

*einiges zusammen. Meine erste schwere Krise. Von allen Seiten
kam es auf mich zu.*

*José kam eines Tages zu mir und teilte mir mit, dass ich mit
meinem, schwarzen Geschäften aufzupassen habe.*
*»Hey Buddy, ich konnte den letzten Deal abwenden, aber wie lange
noch? Es geht nicht ewig. Sollten wir unseren Standpunkt nicht
ändern? Wolltest du mit Romy nicht wieder zurück nach
Deutschland?«*

»Ja schon, aber eigentlich nicht so bald. Obwohl es Romy
aufbauen könnte und sie eventuell ihre Depression sich
verbessert«, erklärte ich ihm.

»Denk darüber nach Buddy. Es wird langsam zu brenzlig.«
*So langsam wurde ich nervös, ich erlaubte mir keine Fehler, dessen
war ich mir sicher. Ich grübelte, woran es lag. Wenn José das schon
erwähnte, war Gefahr in Verzug.*

In den ganzen beruflichen Schlamassel kam der Anruf von
Romy. Erst vor einer Woche kam sie etwas gestärkt aus dem
Krankenhaus. Die Kinder freuten sich, ihre Mama endlich
wieder zu Hause zu haben. Romy war am Telefon sehr
aufgeregt und sie verlangte zum 1. Mal, das David nach
Hause zu kommen habe. An ihrer Stimme erkannte er, dass
etwas schlimmes passiert sein musste. Er nahm den
nächsten Flieger und kam nach Stunden ins Haus. Er sah

seine Romy tränenüberströhmt, sie hielt Bambi an ihr Herz. Die Kinder weinten herzzerreißend. Jodi kam auf ihren Vater zu gerannt und schluchzte.

»Hey Baby was ist los?« Er schaute von einem zum anderen. Romy sah ihn an und meinte unter Tränen:

»Mein Vater ist gestorben. Der Krebs hat ihn besiegt. Wir müssen sofort nach Deutschland fliegen.«

Romy sah ihn kalt an: »Ich erwarte von dir, dass du mit uns fliegst, oder haben wieder deine Geschäfte Vorrang?«

»Natürlich nicht mein Darling.« Er löste sich von Jodi und kam auf Romy zu. Da bekam sie einen erneuten Nervenzusammenbruch. David telefonierte sofort mit Dr. Brown, er möge bitte sofort kommen. Er hatte Angst um seine Romy, die er immer noch unsterblich liebte. Romy bekam eine Beruhigungsspritze. Nach Rücksprache mit Dr. Brown buchte er die Flüge. Dr. Brown rief ihm ins Gewissen.

»So kann es mit Ihrer Frau nicht weitergehen. Sehen sie nicht, wie sie leidet, Mr. Bennett? Das hat nicht nur mit dem Tod ihres Schwiegervaters zu tun. Sie sollten ihren Beruf etwas zurückschrauben. Ihre Frau kann das nicht ewig aushalten.«

»Keine Sorge Doc, ich habe das heute schon mit meinem Partner besprochen. Ohne dass ich vom Tod meines

Schwiegervaters wusste. Es wird sich in naher Zukunft etwas ändern.«

»Das ist gut für Ihre Frau. Hier habe ich noch ein paar Beruhigungstabletten für ihre Frau. Sie wird sie brauchen.«

»Danke Doc für alles.« Der Arzt nickte nur und sah ihn an. Auf einmal fühlte sich David schuldig. Das waren Gefühle, die er nicht kannte und sie taten weh.

David rief seine Schwiegermutter an und teilte ihr mit, dass sie am nächsten Tag ankommen. Karin wirkte auf ihn recht gefasst. David reservierte Zimmer im Naturparkhotel Adler.

Er erfuhr, dass es für seinen Schwiegervater eine Erlösung war. Sie hätte nicht alles Romy erzählt, weil sie an ihren Vater so hing. Als Romy wieder aufstand, nahm er sie einfach in seine Arme.

»Alles wird gut mein Darling.« Ungläubig schaute sie ihn an.

Ihre Haushälterin packte die Koffer. Heute Abend werden sie fliegen. Der Mietwagen wurde mitgebucht.

Die Ereignisse überschlugen sich. Romy legte sich noch einmal auf die Couch. David setzte sich auf die Terrasse. Er bedachte alles genau und grübelte, ob er Romy erzählen sollte, dass sie wieder nach Deutschland ziehen. Ohne Frage, das wäre das Beste für Romy. War es auch das Beste für ihn?

Sein lockeres Leben war dann zu Ende. Geld hatte er genug, er kann sich zur Ruhe setzen und nur Beratertätigkeiten annehmen. Sein guter Ruf folgte ihn über die Landesgrenzen. Würde ihm das genügen? Auf der anderen Seite fühlte er sich schon oft erschöpft, von den vielen Reisen. Der Jetlag nagte so langsam an ihm.

Er dachte an seinem Schwiegervater. *Georg, alter Knabe, du hast es hinter dir und keine Schmerzen mehr. Ich bin froh, dass ich dich kennen lernen durfte. Mit Romy ist dir ein Glanzstück gelungen. Ich passe auf deine Familie auf. Darauf kannst du dich verlassen.*

David stellte die Weichen für seine Entscheidung, nach Deutschland umzusiedeln. Es wird für seine »Nebengeschäfte« besser sein, wenn das aufhört. José hatte recht, man darf es nicht auf die Spitze treiben. Obwohl er sich nicht direkt schuldig fühlte. Er hatte jeweils ein paar Millionen nur anders verteilt und einiges gespendet. Wer will ihm daraus einen Vorwurf machen? Er knüpfte schon Kontakte für sein weiteres Leben. Er wird es Romy bald mitteilen. Sie muss nur etwas zu Kräften kommen. David wusste, da bekäme er Romy aus ihren Depressionen. Der Tod des Vaters nahm sie sehr mit. Sie liebte ihn. Wie seine Kinder den Umzug aufnehmen werden, steht in den

Sternen. Sie freuten sich auf Oma und Opa, aber ob das für immer reicht?

Zu Georgs Beerdigung war erwartungsgemäß, der ganze Ort zusammengekommen. Die Familie ist geachtet. David stand immer an Romys Seite. Die Kinder trösteten ihre Oma, sie wichen nicht von ihrer Seite.

Nach dem anschließenden Treffen im Naturparkhotel Adler löste sich die Trauergemeinschaft am späten Nachmittag auf. An diesem Tag wird David nur für seine Romy da sein.

»David, wann müssen wir zurückfliegen?«

»Darling, wenn du möchtest können wir noch ein paar Tage hierbleiben.«

»Das wäre schön, so kann ich für Mutsch da sein«, antwortete Romy.

»Du wirst dich auf jeden Fall, um deine Familie kümmern wollen. Ich hätte in Stuttgart einen Termin, ist das für dich in Ordnung?«

»Wenn du nicht wieder so lange wegbleibst!«

»Darling, wenn ich zurückkomme und das wird heute sein, habe ich eine Überraschung für dich. Ich bleibe nicht über Nacht, versprochen.« David zwinkerte ihr zu und gab ihr einen Kuss.

Ich hoffe, sie glaubt mir dieses eine Mal.

David hatte alle Unterlagen zusammen. Zuerst führte sein Weg zum Bauamt.

»Sagen Sie Frau Kern, das Grundstück hier, ist das inzwischen Bauland?«, David zeigte auf einen Plan.

»Da haben Sie aber Glück. Das wurde gestern in der Gemeindesitzung als neues Bauland einstimmig genehmigt. Hinter diesem Grundstück bleibt der Wald.«

»Fantastisch, wann ist damit zu rechnen, dass die Straßenführung angeglichen wird?«

»Das wird vermutlich in einem Jahr fertig sein.«

»Okay, ich plane, das Grundstück zu kaufen. Eine Frage noch, bin ich an einem bestimmten Baustil gebunden? Ich plane, so ein Haus zu bauen. Gibt es damit ein Problem?« David zeigte ihr sein Haus in den USA.

»Es ist zwar nicht üblich, aber so nah am Wald gibt es keine Probleme. Auf eins muss ich Sie hinweisen, das sind zwei Baugrundstücke.«

»Perfekt, ich liebe große Grundstücke. Können Sie mir bitte die Kontaktdaten zum Kauf des Grundstückes geben. Meine Assistentin werde ich damit beauftragen.«

»Ich werde Ihnen die Information zukommen lassen. Eins ist wichtig: Sind Sie in der Lage, das Grundstück innerhalb von 2 Jahren zu bebauen und werden sie das Wohnhaus in den anschließenden 5 Jahren selbst nutzen?«

»Ja ich starte mit dem Bau, sobald alles geregelt ist. Ich gedenke selbst in dem Haus zu wohnen. Vielen Dank Frau Kern.«

Als David herauskam, grinste er. *Mein Darling wird glücklich sein. Zuvor habe ich mit den Kindern ein Gespräch zu führen. Ich hoffe, für ihre Mutter werden sie zustimmen.*

Wie er sich das dachte, willigten Gina und Jodi ein. Nicht, ohne ein bisschen traurig zu sein, weil sie ihre Freundinnen verlassen müssen. Wenn es mindestens 2 Jahre dauert, ist das kein Problem. Seine Kinder, das wusste David, sind selbstbewusst, dass sie ohne Schwierigkeiten hier neue Freunde finden.

Drei Tage später fuhr David mit seiner Frau und den Kindern zu dem Grundstück. Er und die Kinder verrieten nichts. Als Romy merkte, dass David in Richtung des Möbelgeschäftes Vivell GmbH fuhr, verstand sie es nicht.

»David du möchtest ins Möbelgeschäft?«

»Noch nicht Darling, aber bald«, und er bog auf die linke Straßenseite ab. Romy schaute ihn verständnislos an. Die Kinder kicherten. Was habt ihr denn da hinten. Gina und Jodi zeigten, dass ihr Mund verschlossen sei. David hielt an und drehte sich zu seiner Frau um.

»Können wir aussteigen?«, und er lächelte sie an.

»Darling, was hältst du von diesem Grundstück?«

»Was soll ich davon halten? Ein großes Grundstück wie es viele hier gibt. Es steht nichts drauf.«

David legte seinen Arm um Romys Schulter. Und wieder kicherten die Kinder, weil ihre Mutter das nicht begriff.

»Darling, könntest du dir vorstellen, hier zu leben?«

»Was hast du eben gesagt? Sage das bitte noch einmal.« Und er wiederholte seinen Satz.

»Ich habe schon lange gemerkt, dass du in Conneticut nicht glücklich bist. Es ist unser Grundstück. Ich war heute beim Notar. Es dauert allerdings ca. 2 Jahre, bis alles fertig ist.«

»Ist das dein Ernst?« David nickte nur und sah ihr tief in den Augen.

Romy fiel ihrem Mann um den Hals.

»Oh mein Gott, ich freue mich so. Du meinst es doch ernst, oder?«

»Ja mein Darling, ich meine es wirklich ernst.«

»Aber was sagen die Kinder?« Sie drehte sich zu ihnen um. Sie lachten und erklärten sich bereit. Romy nahm Gina Bambi ab und hob sie hoch.

»Meine Kleine, deinen Lebensabend können wir gemeinsam in der alten Heimat verbringen. Ist das nicht schön?« Sie küsste Bambi. Zu David gewandt meinte sie:

»Unser schönes Haus werde ich ein bisschen vermissen.«

David lächelte nur und nahm sie in den Arm.

»Lass uns zu Mutsch fahren, ich bin gespannt, was sie sagen wird. Wenn sie möchte, kann sie bei uns im Haus leben.«

Romy war über die Neuigkeiten aufgeregt. Die ganze Familie freute sich und bedankte sich bei David.

Wenn sie wüssten, dass das nicht der alleinige Grund ist. Das ist mein Geheimnis, niemand wird davon erfahren. Mit dem neuen Haus wird Romy sprachlos sein.

Später im Bett sprachen sie noch einmal darüber. David erklärte ihr?

»Darling, das wird aber 2- 3 Jahre dauern, bis alles fertig ist.«

»Ich weiß David, wir haben drüben unser Leben, das wir ordnen müssen. Man überstürzt so etwas nicht. Ich freue mich für Mutsch. Die Mädels werden sich freuen, wenn sie eine Weile mit ihren Freunden abhängen, wie man das heute sagt. Ich freue mich riesig, dass du das in Erwägung gezogen hast David. Kommst du damit klar?«

»Ja Darling, für dich tue ich das gerne.« *Wenn sie wüsste. Ich lasse sie gerne in dem Glauben.*

»Romy ich werde dir jetzt ein Versprechen geben, dass ich mich geschäftlich etwas zurückziehe. Ich plane nur noch, ein paar Beratertätigkeiten auszuüben. Ich habe dann mehr Zeit für euch. Ich bin genug in die Weltgeschichte herum gedüst.«

»Sage mal, träume ich das alles nur? Ich wache Morgen auf und alles ist nicht wahr?«

»Nein Darling, ich möchte dich wieder Lachen sehen, wie früher. Lass uns wieder mehr Spaß am Leben haben.«

»Das ist zu schön, um wahr zu sein.« Sie wandte sich ihm zu und küsste ihn, wie sie ihn schon lange nicht mehr küsste.

6

Drei Jahre Später

David fand eine Firma, die ihm sein Haus Originalgetreu nachbaute. Er konnte es kaum erwarten, Romy alles zu zeigen. Sie wird Augen machen, da war er sich sicher.

Einige Faktoren kennzeichnen den amerikanischen Baustil in Deutschland. Das betrifft den Grundriss, Ausstattung, aber auch den Baustil. Die hierzulande vorgeschriebenen Energieeffizienzstandards erreicht man mit einer Dämmung im Kern der Holzrahmenkonstruktion. Man nimmt normalerweise keine Dachziegel, sondern Dachschindeln. Sie sind leichter, aber nicht sehr langlebig. Sodass man in Deutschland auf eine herkömmliche Dacheindeckung zurückgreift. Der Energiestandard wird dem Deutschen angepasst. Ebenso die Kühlflüssigkeit für die Klimaanlage im Haus wird dem deutschen Standard angeglichen. Ähnlich wie die Fertighäuser, die es in Deutschland zu kaufen gibt.

Romy liebt ihre begehbaren Kleiderschränke und dass die Klimaanlage in jedem Zimmer einen Ausgang hat. Der Nachbau ergab kein Problem. Alles wurde originalgetreu gebaut. Immer mehr Neubauten sah David, die mit Klimaanlagen ausgestattet wurden. Mit der großen Außenanlage, wie er es aus den USA kennt. Dadurch ist die Klimaanlage im Hausinnern nicht so laut wie die kleineren Anlagen.

David musste sich nur mit den Hausfarben der Umgebung anpassen. Das war für ihn kein Problem. Sie beide liebten die Erker und Türmchen. Es wurde langsam Zeit, fand David, denn Romy fiel immer wieder in die Depression. Wenn er 2 Nächte auf Reisen blieb, war ihr das schon zu viel.

Ein schwerer Schlag war es für sie alle, als Bambi so krank wurde, dass sie erlöst werden musste. Sie hatte einen großen Tumor im Bauch, der inoperabel war. 15 Jahre ist sie geworden. Das brach Romy fast das Herz. So lange begleitete sie Bambi durchs Leben.

Für die ganze Familie brach eine Welt zusammen. Bambi zeigte nie Schmerzen, obwohl der Tumor auf alle Organe drückte. Sie merkten es nur, wenn sich Bambi unbeobachtet fühlte. Man hatte den Eindruck, ihr Gesicht fällt zusammen. Kaum bemerkte sie, dass Romy sie beobachtete, strahlte ihr Gesicht. Das tat Romy weh. Als der Tierarzt meinte, es geht nicht mehr lange, riefen sie den Familienrat ein. Schwere Entscheidungen wurden immer zusammengetroffen. Die

Kinder weinten, sie wollten jedoch nicht, dass Bambi unnötig leidet. Das verstärkte Ginas Wunsch, Ärztin zu werden, um armen Lebewesen zu helfen. Schweren Herzens vereinbarten sie einen Termin beim Tierarzt. Bambi spürte, dass ihre Menschen darunter litten, so lehnte sie in den letzten beiden Tagen die direkte Nähe ab. Sie lehnte es ab, gestreichelt zu werden.

Sie gab uns damit zu verstehen, dass es Zeit ist zu gehen. Mit ihrer Geste wollte sie es uns so leicht wie möglich machen. Wir alle vier waren bestürzt, dass es doch so schnell ging. Die Tränen konnten wir nicht zurückhalten. Romy kochte noch einmal ihr Lieblingsessen. Bambi fraß es mit Appetit. Dann legte sie sich hin und wir fuhren zum Tierarzt. Romy hielt Bambi in den Armen, als sie die Betäubungsspritze bekam. Sie schaute uns noch einmal an, und schlief mit einem Lächeln ein.

Die ganze Familie trauerte um Bambi. Sie war der Mittelpunkt in der Familie. David ließ ihre Asche in ein dekoratives Herz als Urne füllen. Vorne standen ihr Name und ihre Geburtsdaten darauf. Sie brachten es nicht übers Herz, sie zu begraben. Sie fand einen Platz auf dem Kamin mit immer frischen Blumen. Jodi litt am meisten darunter. Sie war untröstlich. Sie konnte sich nicht vorstellen, dass in dem Herz Bambi drin war. Sie weinte immer wieder bitterlich.

»Mom, das hätte Bambi nie gewollt, dass sie in ein Gefäß gequetscht wird«, meinte sie.

»Jodi, der Tod gehört zum Leben dazu. Stell dir vor, Bambi ist nur eine Tür weiter gegangen. Sie ist da, nur kannst du sie nicht sehen.«

»Mom, ich will aber, dass es ihr gut geht, niemand kann mir sagen, ob es so ist.«

Romy sorgte sich über Jodi und lief in Davids Büro.

»David, wir haben mit Jodi ein Problem. Sie leidet fürchterlich, dass Bambi nicht mehr hier ist.«

»Darling, sie wird sich daran gewöhnen.«

»Ich habe eine andere Idee. Jodi will wissen, ob es Bambi auch gut geht. Wir könnten ihre Ängste nehmen mit einer Tierkommunikation. Du weißt, ich glaube daran. Was hältst du, wenn wir mit Jodi zu einer fahren.«

»Glaubst du, dass wir das brauchen, oder das Jodi es braucht?«

»Ja ich glaube schon, dann wird sie es eher akzeptieren. Gina macht sich nicht solche großen Gedanken.«

»Dann lass es uns tun, Romy.«

»Okay ich kümmere mich drum.«

David war froh, dass Romy ihm das abnahm.

14 Tage später trauerte Jodi immer noch sehr um Bambi. Romy erzählte ihr:

»Jodi komm bitte zu mir.« Mit verweinten Augen stand sie vor Romy.

»Jodi, du möchtest wissen, ob es Bambi gut geht, richtig?« Jodi nickte.

»Ich gehe heute mit dir zu der berühmten Tierkommunikation Cassandra Lee.«
Jodi konnte nicht glauben, was sie hörte.

»Zu der Cassandra Lee vom Fernsehen?«

»Ja genau zu dieser. Glaubst du daran was sie macht.«

»Oh ja, ich schaue mir jede Sendung von ihr an. Sie kann sich mit Tieren unterhalten. Das ist schon richtig abgefahren.«

»Cassandra Lee kann sich auch mit verstorbenen Tieren unterhalten. Ich habe mit ihr einen Termin vereinbart. Bist du bereit, dir das anzuhören?«

»Aber sicher Mom.« Romy sah ein Strahlen im Gesicht ihrer Tochter. »Mom, du bist die Beste. Darf ich ihr auch Fragen stellen?«

»Wir werden sie fragen.«
Zur vereinbarten Zeit standen sie vor dem Haus von Cassandra Lee. Ein altes Steinhaus das wie ein Papagei aussah. Die grellen Farben konnte man schon von weitem sehen. Die Fensterbretter in Pink, der Fenstersims in Blau.

Das Haus war in zwei Farben gestrichen. Die eine Seite in Gelb, die andere in Grün.

»Mom, das Haus habe ich mal im Fernsehen gesehen.«

»Na dann lass uns reingehen.«

Romy klingelte und eine Frau mittleren Alters öffnete ihnen die Tür. Sie war ebenso bunt gekleidet, wie ihr Haus.

»Herzlich willkommen in meiner bescheidenen Hütte. Du musst Jodi sein, die nicht glauben kann, dass es ihrem Hund gutgeht.«

Jodi nahm ihren ganzen Mut zusammen und fragte:

»Darf ich auch Fragen stellen?«

»Aber natürlich darfst du das. Ich muss mich erst auf Bambi einstellen und sie fragen, ob sie bereit ist, uns Antworten zu geben.«

Sie wurden in das Besprechungszimmer geführt. Dort stand ein runder Tisch mit 6 Stühlen. Auch der Raum war in bunten Farben getaucht. Jodi kicherte. Sie wurde von Cassandra gefragt, was so lustig sei. Jodi erklärte ihr das.

»Ach du meinst die lustigen Farben. Du musst wissen, Tiere mögen helle Farben. Wenn sie zu mir kommen, finden sie gefallen an den Farben und sind eher bereit mit mir zu kommunizieren.« Das Medium reichte ihr ein Blatt Papier und einen Stift.

»Bitte schreibe mir deine Fragen auf, die du an Bambi hast.«

Jodi traute sich, nur 2 Fragen zu stellen.

- Bambi was hast du immer von mir bekommen?

- Wie geht es dir und fühlst du dich nicht eingeengt, in dem Herz?

Cassandra erklärte ihr, dass sie ein kurzes Gebet sprechen würde und kurz meditiert, um Bambi zu rufen.

Nach kurzer Zeit begrüßte sie Bambi.

»Bambi, Jodi ist hier und möchte gerne wissen, was du von ihr immer bekommen hast.

Jodi, Bambi zeigt mir kleine Stücke von Entenstreifen, die mochte sie wohl gerne.«

Jodi flüsterte: »Mom das stimmt.«

Bambi zeigt mir ein Sofa, wo du drauf sitzt und sie klettert auf die Rücklehne und leckt dir am Ohr.

Jodi wurde ganz aufgeregt. Sie konnte nur nicken.

»Bambi Jodi ist traurig, weil sie nicht weiß, ob es dir gut geht. Sie meint, du bist eingeengt in dem Herz.«

Nach einer Weile bekam sie die Antwort:

»Bambi zeigt mir eine grüne Wiese mit bunten Blumen, wo sie ausgelassen mit anderen Tieren herumtobt. Jodi soll sich keine Gedanken machen, mein Körper war nur ein alter Mantel, als ich starb. Das war nicht mehr ich. Das Herz sieht allerliebst aus. Ich bin immer in ihrer Nähe und eines Tages sehen wir uns wieder.«

»Jodi, Bambi hat sich verabschiedet. Waren die Angaben richtig, die Bambi machte?«

Jodi konnte die Tränen nicht mehr zurückhalten.

»Ja, Bambi kam oft zu mir auf mein Sofa und es kitzelte sehr, als sie mich leckte.«

Romy bedankte sich bei Cassandra. Jodi gab ihr auch die Hand zum Abschied.

Draußen fragte Romy zu ihr, was sie davon hält.

»Mom das stimmte alles, was Cassandra erzählte. Ich bin noch ganz verwirrt.«

»Jodi, es gibt mehr zwischen Himmel und Erde, was wir uns nicht erklären können.«

»Ja Mom, das glaube ich jetzt auch.«

Als sie nach Hause kamen, berichtete Jodi ihrer Schwester Gina, was sie erlebte.

»Oh echt?«, fragte Gina.

»Ich habe so etwas Ähnliches im Fernsehen gesehen. Stimmt das Haus war Kunterbunt.«

Nach ein paar Wochen war Jodi wieder wie früher. Sie sprach ab jetzt öfters mit Bambi, wenn sie im Bett lag. Manchmal konnte sie Bambi riechen. Das erzählte sie aber niemanden.

»David war Romy dankbar, dass sie es schaffte, Jodi ihr Lachen wiederzugeben.«

Da Romy nicht mehr in der Lage war, ihren Beruf auszuüben, war sie lange krankgeschrieben. Eine Therapie lehnte sie immer wieder ab.

Die Kinder sorgten sich um ihre Mutter. Diese Antriebslosigkeit ging ihnen schon zu lange. Bambi fehlte allen. Sie dachten, sie käme gleich zur Tür hineingestürmt, aber es blieb still im Haus.

Als der Termin des ersehnten Umzugs nach Deutschland näher rückte, konnte es Romy kaum erwarten, dass ihr Traum in Erfüllung ging. Gedanklich reflektierte sie noch einmal die Jahre, die sie hier lebte.

Nein ich werde dich nicht vermissen Connecticut. David hat eine tolle Familie, keine Frage. Im Winter diese Blizzards werde ich am wenigstens vermissen. Sie erschreckten mich das eine oder andere Mal. Wenn man kaum vor die Tür kam. Für die Kinder war das spaßig, so viel Schnee zu sehen. Wir haben im Schwarzwald immer viel Schnee, nur er ist nicht so gefährlich. Die Lebensart in den Staaten ist einfacher, sie sind freundlicher. Nichts kann sie aus der Ruhe bringen. Die Menschen hier brauchen nichts weiter, bis auf ihren TV und Chips. Um 21 Uhr ist der Tag für sie zu Ende. Das macht aber nicht das Leben aus. Jede Stadt und jedes Land hat ihre Vor- und Nachteile. Ich habe all die Jahre, meinen geliebten Schwarzwald vermisst und noch mehr, meine Familie und meine

Freundinnen. Ich kann es kaum erwarten, bis ich wieder deutschen Boden berühre. Meine Kinder finden in Deutschland neue Freunde. Es ist nicht so, dass wir hier nie wieder herkommen. Im Urlaub ist das in Ordnung. Ich gestehe, ich habe hier wunderschöne Orte gesehen. Nicht weit vom Meer. Key West fällt mir spontan ein. Wäre der Hurrikan nicht, wären wir länger geblieben. Und ich hatte David ganz für mich. Das war die Hauptsache. Wir werden ein neues Haus finden. Es wird nicht so komfortabel sein, wie hier, mit dem großen begehbaren Kleiderschrank. Die vielen Erker und Türmchen hier gefallen mir. Wir haben schöne Häuser im Schwarzwald. Es wird sich etwas finden. Tschüss Connecticut.

Das Haus am Stadtrand von dem zauberhaften Luftkurort Wolfach sticht durch seine Extravaganz hervor. Es erinnert an amerikanische Filme längst vergangener Zeiten. Das Haus liegt verträumt am angrenzenden Waldesrand mit seinen vielen Erkern und Türmchen. Es ist das letzte Eckgrundstück. Die urgemütliche Veranda mit Schaukelstuhl lädt zum Verweilen ein. Auf der anderen Seite ist eine Schaukel angebracht. Sie wird gerne benutzt. Die Kinder lieben sie. Für das letzte Bierchen vor dem Schlafengehen war es ein geeigneter Ort den Tag ausklingen zu lassen. Die gelbe dezente Hausfarbe passt perfekt zu dem kräftigen blauen Dach. Es bildet eine attraktive Einheit. Der amerikanische Stil ist in der Gegend um Wolfach nicht gebräuchlich. Alle Nachbarn beglückwünschten sie, zu diesem Haus.

Als sie nach Deutschland flogen, waren die Container mit ihren Sachen schon unterwegs. Es war geplant, dass sie Zeitgleich in Deutschland ankommen. Einen Tag nachdem sie im Naturparkhotel Adler eincheckten, kam der Anruf, dass die Container schon in Bremerhaven angekommen sind. Davids Assistentin leitete alles in die Wege, dass das Haus eingerichtet wurde. Die Order hatte sie von ihrem Chef schon bekommen.

Romy war bei ihrer Mutsch, sie tranken Kaffee und aßen Romys Lieblingsapfelkuchen. David kam ins Haus und bat darum, seine Frau kurz zu entführen. Romy wunderte sich, warum die Kinder im Auto saßen. Es wurde vereinbart, dass alle zum Kaffee kamen. David verband Romy im Auto die Augen. Als er auf die Einfahrt zu ihrem Haus fuhr, wurde Romy neugierig.

»Nicht schummeln Darling«, meinte David. *Er hat bestimmt einen Grund, warum er das alles veranstaltete.*
Es stiegen alle aus und die Kinder waren fast geschockt, als die das Haus sahen. David nahm Romy die Augenbinde ab.

»Oh mein Gott David. Das ist ja unser Haus. Bis auf die Hausfarben ist alles wie in Connecticut«, rief sie aus.

»David, du hast mich wirklich sehr überrascht. Das schönste Geschenk, was du mir machen kannst. Ich liebe unser Haus und ich danke dir.«

David gab ihr die Hausschlüssel. Sie lief zur Eingangstür und schloss sie auf. Ungläubig schaute sie sich alle Räume an.

»Wie hast du das gemacht Dave? Sogar mein Ankleidezimmer ist hier, mit den gleichen Schränken.« Alles war wie in Connecticut eingerichtet. Das große Wohnzimmer mit dem Kamin. Im Schlafzimmer das hohe Bett, allerdings mit deutscher Bettwäsche und Decken sowie Kissen.

»David, du hast es dir gemerkt, dass ich die amerikanische Bettwäsche nicht mochte. Das ist fantastisch.«

Im Flur die Wandeinlässe mit ihrem Engel darin. Romy war überwältigt. David freute sich, in die leuchtenden Augen seiner Frau zu schauen. Wie hatte er das die letzten Monate vermisst.

Die Kinder rannten in ihre Zimmer und glaubten es fast nicht. Gina schrie laut, als sie ihre Fototapete mit ihrem Lieblingspferd sah. Und Jodi fand ihre Lieblingsstars genau an der Stelle wieder, wo sie in den USA hingen. Beide liefen auf David zu und umarmten ihn.

»Danke Dad. Das ist mega-cool.«

»Girls, ich hoffe, ich habe alles zu eurer Zufriedenheit arrangiert.«

»Mehr als das Dad.«, riefen sie fast gleichzeitig.

»Romy hatte Tränen in den Augen, aber dieses Mal vor Freude. David, dass das alles überhaupt machbar war, finde ich erstaunlich.«, erwiderte Romy.

»Darling, dass hast du dir mehr als verdient. Ich kann leider nichts rückgängig machen und ich weiß, dass ich euch oft alleine lassen musste.«

»Ja David, so manches Mal habe ich gedacht: Der Preis des Reichtums ist zu hoch.«

»Liebste Romy, ich hoffe, ich habe auch deinen Geschmack getroffen. Ich weiß, dass du einiges in unserem Haus in Connecticut so gernhattest. Wenn man Geld hat, ist vieles möglich.« Ich hatte viele Helfer, schmunzelte er.

Wie immer muss er das stets hervorheben.

»David, was ist mit unserem Haus in Connecticut?«

»Was soll damit sein? Es steht noch dort.«

»Aber nun ist es leer, denn die Möbel stehen hier.«

»Nein Romy, ich habe die Möbel nur für hier nachbauen lassen.«

Romy und die Kinder waren schwer beeindruckt.

Nachdem sich alle mental in Deutschland eingewöhnt haben, wurden Gina und Jodi in der Schule angemeldet. Wie zu erwarten war, kamen sie gut mit der Situation klar. Sie freuten sich, dass sie nicht mehr so lange Schule hatten, wunderten sich, über den Mittagstisch. Der anders war, wie in ihrer alten Schule. Hier wurde mehr Wert auf gesunde Lebensmittel gelegt. Die Eingewöhnung verlief schnell. Und schon hatten sie Freunde, die begeistert waren, weil sie aus Amerika kamen. Da gab es viele Fragen und Antworten. Manche sagten, dass es anders sei, als was man in den amerikanischen Filmen sah. Da trifft sich Wirklichkeit mit dem Drehbuch. Und doch fanden es ihre Schulkameraden cool.

Romy und David saßen gemütlich im Naturparkhotel Adler. Die Kinder waren in der Schule. Sie erinnerten sich an einige Urlaube, die sie tätigten. Romy wusste, im Urlaub gehört David ihr ganz alleine. Die Kinder freuten sich auf die Zeit, wo ihr Vater nur Zeit für die Familie hat.

So dachten David und Romy an einem Urlaub in Fort Lauderdale, in Florida vor vielen Jahren. Sie besuchten Bekannte von David. Diese mieteten sich in ein Motel ein. Romy erinnerte sich gut daran, weil sie den Sommer für extrem heiß empfand. Davids flüchtige Bekannte hießen

Dalia und Pete. Aus Frankreich kam Pete, lebte aber sein halbes Leben in Deutschland, wo er Dalia kennenlernte. Sie liebten die Urlaube in Fort Lauderdale. Als sie eines Abends mit ihnen gemütlich bei einem Glas Wein saßen, erzählt ihn Pete, dass er es für eine Frechheit findet, dass die Amerikaner im Restaurant Trinkgeld berechnen.

»Die müssen doch meinen Umrechnungskurs bedenken.«, äffte Romy Pete nach. Für sie war das unverständlich. Die Klagen von Pete fanden kein Ende. Mit Romy fing Pete einen Dialog an. Sie traten aus dem Zimmer, standen an der Brüstung und schauten direkt aufs Meer. Vor ihnen war der weiße Strand. Ein herrlicher Ausblick wie Romy fand:

»Pete, ihr habt wirklich ein tolles Motel gebucht, direkt am Meer. Das reinste Paradies.«

»Ist ja ganz schön und gut, nur nachts müsste das Meeresrauschen abgestellt werden.«

»Aber Pete, das ist doch gerade das schöne, das lullt einen doch erst richtig ein.«

»Nein, mich stört es.«

»Dann schließe das Fenster.«

»Geht nicht, es wird dann zu warm.«

»Schalte die Klimaanlage an.«

»Ich kann dann nicht schlafen. Dieses Motel nehmen wir nicht mehr. Bei diesem Gebrumme vom Kühlschrank kann man auch kein Auge zu tun.«

So langsam wurde Romy ärgerlich.

»Pete, warum verbringt ihr euren Urlaub nicht im Schwarzwald, wenn euch hier alles stört? Dann fehlen euch bestimmt auch die Bild-Zeitung und deutsche Brötchen«, mutmaßte Romy.

»Dort gibt es nicht das Klima von Florida. Du hast recht, eine deutsche Tageszeitung wäre schon von Vorteil. Hier versteht man doch kaum einen. Es gibt ja beim Publix Brötchen, aber die kann man doch nicht mit deutschen oder französische vergleichen.«

»Aber Pete, wenn ihr diese Rolls kauft, die schmecken fast so, wie die deutschen Brötchen.«

Romy erschien sichtlich genervt. Wie freute sie sich, als, David und Dalia mit den Kindern zu ihnen kamen. Wie üblich schämte sich Dalia für Pete. Sie hatte sich ein bisschen an Pete angepasst. Leider fand Romy.

Romy fragte Dalia: »Wart ihr schon mal am schönen Strand in Sarasota? Dort wird der Sand niemals heiß. Das hat etwas mit den Quarzen zu tun. Ein sehr beliebter Strand.«

»Dorthin fahren wir auf keinen Fall mehr, dort ist es so windig. Pete hat extra einen Windschutz gekauft, aber der hat den Wind nicht abhalten können und dann der Sand.«

»Am Meer ist es immer etwas windig, auch in Dubai war es so«, meinte David.

Romy fiel dazu nichts mehr ein. Abends kehrten sie noch einmal mit ihren Bekannten in eine Pizzeria ein. Das Trinkgeld übernahm David, weil sie von Pete eine Einladung bekamen. Alle waren froh, als sie endlich wieder nach Hause fuhren. Im Auto meinte Gina: »Papa warum sind manche Menschen mit nichts zufrieden?«

»Weil sie mit sich selbst nicht zufrieden sind. Irgendetwas in ihrem Leben scheint ihnen aus dem Ruder zu laufen. Man sollte mit dem, was man hat, zufrieden sein.«
Heute schmunzeln sie darüber.
David erklärte: »Es gibt Menschen, die sind mit nichts zufrieden. So schlecht drauf, kannte ich Pete nicht. Ich hörte damals schon, dass es um ihre Ehe nicht gut bestellt war. Er war hinter jedem Rock her. Klar das Dalia davon erfuhr. Er muss sich wie ein Gockel aufgeführt haben. Vielleicht war das der Grund seiner Unzufriedenheit.« *Hoffentlich bin ich nicht so ein Chaot wie Pete.*

»Ich kann nicht verstehen, dass Dalia das alles mitmacht. So einen Typen zu haben, muss die Hölle sein.«, meinte Romy.

Romy darf das nie erfahren, wie ich mein Leben manchmal lebe. Ich habe Angst, dass sie mich verlässt. Sie ist so eine wundervolle Frau.

Familie Bennett ist ein fester Bestandteil in der Stadt Wolfach geworden. Sie sind beliebt und sie werden immer gerne zu Rate gezogen.

David zog alle Register um sich zur Ruhe zu setzen. Er nahm sich mehr Zeit für seine Familie. Zu lange war er auf Reisen, den wahren Grund verriet er niemanden. Seine kleinen Gaunereien sind nie herausgekommen. Das hatte er José zu verdanken. Das blieb das Geheimnis zwischen seinem besten Freund und ihm. David nahm einzelne Beratertätigkeiten wahr. Das viele herumreisen, hatte ein Ende. Aber auch seine Damenbekanntschaften außerhalb seiner Ehe.

Viele Jahre überließ er Romy alles und merkte kaum, dass er sie damit überforderte. Die Erziehung der Kinder, den Haushalt und vieles mehr. Okay, sie hatten eine Putzfrau, aber es blieb doch vieles an Romy hängen. Oft plagte ihn das schlechte Gewissen. Nebenbei war Romy Lehrerin, sie liebte ihren Beruf. Die Arbeit mit Kindern ließ sie aufblühen und so manchen Ärger vergessen. Bis ihre Depressionen ihr einen Strich durch die Rechnung machten.

Es betrübte David, dass er nicht alles von seinen Töchtern Gina und Jodi miterlebte. Die Zeit vergeht so schnell. In der Schule kamen seine Kinder gut mit. Jetzt erst sah er, womit sich Romy manches Mal herumärgerte. Als es Ärger mit einer Lehrerin gab, kümmerte sich Romy darum. Davon bekam er kaum etwas mit. Jetzt erkannte er, dass er mit seiner Frau an einem Strang ziehen sollte. Damit ließ er sie alleine. Für ihn hat seine Familie gut funktioniert. Die Jahre vergingen und nun sind Gina und Jodi erwachsen. Mit all ihren Fragen kamen die Kinder stets zu Romy. Nicht dass es ihn gestört hat, ein kleines Bisschen nagte es schon in ihm. Jetzt sind seine Kinder erwachsen und er leicht ergraut.

Gina ist 22 Jahre alt und studiert in Köln Humanmedizin. Unser Nesthäkchen Jodi ist 19 Jahre alt und steht kurz vor dem Abitur. Ihre Neigung sind ganz sicher nicht in der Medizin zu finden. Sie wird eindeutig die künstlerische Laufbahn einschlagen.

Mehr in der Modebranche. Jodi zeichnet ausgezeichnet Modellkleider. Dafür bewundere ich sie, wie leicht ihr das fiel.

Seine Gedanken gingen zurück in die Zeit, wo die Kinder klein waren.

Als sie 5 Jahre alt waren, zeichnete sich ab, was sie später einmal werden. Obwohl Kinder viele Berufswünsche haben. Bei Gina und Jodi war das anders. Jodi bediente sich oft an dem Kleiderschrank von Romy. Er schmunzelte, wenn er daran dachte, was für Storys Romy ihm erzählte. Wenn Romy ihre Kleider suchte, brauchte sie nur in Jodis Zimmer zu schauen. Dort fand sie alles. Manchmal erzählte Romy David kleine Storys über ihre Kinder. Oftmals blieb ihnen nur das Telefon.

»Du wirst es nicht glauben David, Jodi hat mit ihren 5 Jahren das totale Farbverständnis. Von wem sie das hat? Sie weiß genau, was zusammenpasst und was nicht.«

»Darling, das kann sie doch nur von dir haben.«

»Ich weiß schon, dass sich Kinder an einem orientieren, aber Jodi macht das mit so einer Freude und Hingabe. Wenn ich sie frage, woher sie das weiß, bekomme ich zur Antwort: - Ich weiß das eben.- «

David dachte an Gina. *Sie wünschte sich diese Puppe so sehr, wo man die Organe herausnehmen kann. Wir hätten ihr keinen größeren Gefallen tun können. Und dann der Arztkoffer. Den wagte nicht einmal ihre Schwester zu berühren. Nur manchmal spielten sie zusammen Arzt und Patient. Dieses Weihnachtsfest werde ich nie vergessen. Wir lebten damals in Connecticut und meine Familie rümpfte die Nase, weil so ein Geschenk nichts für Kinder sei. Besonders meine Mutter und meine Cousine echauffierten sich darüber. Die üblichen prüden Menschen und das war meine Familie. Natürlich gehörten die Geschlechtsorgane zur Biografie der Spezies Lebewesen, egal ob Mensch oder Tier. In der Beziehung waren die Deutschen lockerer. Für Romys Familie war das durchaus normal, weil Kinder neugierig sind und alles wissen wollen.*

Gina hat es auf keinem Fall geschadet. Sie hat ein gesundes Verhältnis zu ihrem Körper und zur Sexualität. Kann man sich etwas schöneres für seine Kinder wünschen? Bei Gina und Jodi gab es nie einen anderen Berufswunsch. Gina machte ihren Traum wahr und Jodi ist im Begriff das Gleiche für sich zu tun. Sie haben ihre Kinder zur Selbständigkeit erzogen. David rief sich zur Ordnung, er schweifte gedanklich ab. Das gönnte er sich hin und wieder.

Hauptsächlich Romy macht ihm Sorgen. Er möchte für sie da sein, wann immer sie ihn braucht, das hat er ihr bei der Hochzeit geschworen und das gedachte er für alle Zeit zu tun. Niemals ist ihm in den Sinn gekommen, Romy zu betrügen. Sie war und ist seine Traumfrau. Darum verstand er nicht, warum sie in Depression fiel. Die Ärzte konnten ihm die eine Erklärung geben – seine ständige Abwesenheit. Sie braucht keine Not zu leiden, aber Romy ist labil und hat mit Depressionen zu kämpfen. Seitdem Gina ausgezogen ist, wurde es heftiger. Jodi wird auch nicht mehr lange hier wohnen bleiben. Sie ließ es andeuten, dass sie gegebenenfalls zu ihrer Schwester in die WG zieht. Jodi hat ebenso wie Gina, ein Faible für Köln. David verstand das, Köln ist eine Großstadt. Da gibt es mehr Partys, da ist Leben. Wenn er an die Karnevalszeit dachte. Dabei schmunzelte er.

Er als Amerikaner kannte Karneval nicht. Erst durch Romy lernte er es kennen. David war immer wieder erstaunt, wie in den Straßen der Großstädte gefeiert wurde. Besonders an Altweiberfastnacht. In den Staaten wurde nur Halloween mit Maskierung gefeiert.

Wegen Romys Depressionen konnte sie nicht mehr arbeiten. Sie hatte immer öfters Probleme das zu kompensieren. David ist mit ihr nicht zum ersten Mal durch diese schwere Zeit gegangen. Er weiß, auch jetzt werden sie es zusammen schaffen. Leider war David nicht unschuldig an ihren Depressionen. Wenn sie ihn brauchte, war er auf Reisen. Mit der Treue nahm er es manchmal nicht so genau. Nur das wusste Romy nicht.

Das durfte Romy auch nie erfahren. Darauf war er immer bedacht. Lieber zahlte er den Frauen Schweigegeld. Das fiel nie auf, weil David gut verdiente und seine Schwarzkonten hatte. Durch das Schwarzgeld war das kein Problem. Die Versuchung war zu groß für ihn. Da er sehr erfolgreich war, war er auf der Hut, dass die Konkurrenz nichts mitbekam. Das war hin und wieder nervenaufreibend. Neider gibt es mehr als genug. Aber geliebt hatte er immer nur seine Romy. Nicht auszudenken, wenn eine Frau an die Öffentlichkeit geht.

Die großen Depressionen kamen, wenn er auf Reisen war und fast schlagartig verschwanden sie, wenn er wieder zu Hause war. Romy setzte alles daran, dass er es nicht merkte. Er war nicht gedankenlos, er nahm es wahr.

Jetzt sind sie beide zu Hause und Romy scheint manchmal in ihrem Körper gefangen zu sein. Sie reagiert kaum auf Ansprache. Es zerreißt David das Herz, wenn er ihr nicht helfen kann. Er ist fast ständig bei ihr. Er wusste sich keinen Rat. Seine Beratertätigkeiten führten ihn nie mehr weit weg. Er kam jeden Abend nach Hause.

David bat Sina, Romys langjährige Freundin, um Mithilfe. Er sah ein, dass mit Romy etwas passieren muss. Sie braucht wieder eine Aufgabe. Dann fiel es ihm wie Schuppen von den Augen, ein kleiner Hund hatte ihr schon einmal geholfen. So einen, wie Bambi es war. Bambi verstand es, Romy immer schnell abzulenken. Das ist schon so viele Jahre her, das Bambi über die Regenbogenbrücke ging.

Einen Tag später fiel Romy wieder in eine schwere Depression. Aus der sie nur schwer wieder herauskam.

Ich nahm mir für sie frei und tat, was in meiner Macht stand. Meine Hoffnung schwand immer mehr. Ich hatte Angst meine Romy zu verlieren. Nach endlosen Wochen begann Romy eines Tages zu erzählen. Wir redeten viele Nächte. Da bekam ich erst mit, wie sehr sie unter meinen Reisen litt. Das hatte ich nicht

kommen sehen. Ihr war das Geld egal, das warf sie mir an den Kopf.
Geld war Romy nie wichtig.

Ich merkte, umso mehr sie erzählte, umso besser ging es ihr. Ich
war in dieser Zeit ein guter Zuhörer für sie. Auf einmal bekam ich
Angst, sollte Romy von meinen Nebeneinnahmen und meinem
Leben auf den Reisen erfahren haben? Nicht auszudenken. José
bekräftigte mir: »Woher sollte sie es erfahren. Ihr seid jetzt in
Deutschland.«

Noch immer ist David gefragt, wenn es um Investment
geht. Sie sind per Du mit dem Bürgermeister. Romy als
frühere   Lehrerin   gab   nebenbei   immer   gerne
Nachhilfestunden. Ebenso, wie es ihre Gesundheit erlaubte.
Romy fand die amerikanischen Häuser schön und sie liebte
den Lifestyle. Nach einer Weile merkte sie dennoch die
Oberflächlichkeit des Landes. Anfangs wollte sie nicht
glauben, dass so viele Leute zufrieden waren, wenn sie ihren
TV und Chips hatten. Romy glaubte an ein Klischee. Sie
musste erkennen, dass es die Wirklichkeit war. Wenn alle
freundlich waren, schien ihr vieles aufgesetzt zu sein. Sie
liebte Dave und dadurch nahm sie so einiges hin. Bald
kamen die Kinder, ihr Glück schien fast perfekt. Romy
sorgte dafür, dass die Kinder dreisprachig aufwuchsen. Sie
lehrte sie in Deutsch, Englisch und Französich. Das klappte
gut. Die Kinder hatten in der Schule deutsch, aber das wurde

nicht so gelehrt, wie in Deutschland. Da genügte es fast schon, wenn sie Guten Tag sagen konnten.

Was aber Romy brauchte, war ihre Heimat. Jetzt sind sie hier und es wird nicht besser mit ihrer Gesundheit. David war ratlos.

Als Sina zum Hauseingang lief und die breite Fensterfront sah, die durch weiße Holzgitter unterbrochen sind, dachte sie daran, wie schön dieses Haus in der Weihnachtszeit geschmückt aussah. In der Beziehung kam Amerika näher an Deutschland heran.

Sina sah besorgt zu Romy, die wiederholt in sich gefangen schien. Sie lief zu ihr rüber und legte ihren Arm auf Romys Schulter. Die beiden Frauen begrüßten sich.

»Romy, was hast du?«, fragte Sina sie besorgt.

Romy sah sie nur mit ausdruckslosen Augen an. Doch sie sah durch Sina hindurch. Nach einer Weile sprach sie.

»Ich mache mir Sorgen Sina. Was würdest du tun, wenn du Kinder in dieser Welt hättest? Schau dir die Welt doch an. Schlag die Zeitung auf. Man liest nur noch von Kriegen, Morden, Vergewaltigungen und Krisen. Wir steuern im Moment auf einen 3. Weltkrieg zu. Das geht nicht gut aus. Nein, das geht nicht gut aus.

Was für eine Zukunft haben meine Kinder? Sina ich habe Angst um sie. Ich habe nichts gegen Flüchtlinge, die meisten sind wirklich arm dran und brauchen unsere Hilfe. Aber es gab noch nie so viele missbrauchte Opfer. Denk an Köln in der Silvesternacht. Meine Tochter Gina lebt in Köln, wie du weißt. Die Angst, die ich Silvester um sie ausgestanden habe, kann ich dir gar nicht beschreiben. Und haben die die Täter dingfest gemacht? Nein.« Romy fing an zu schluchzen.

»Nun will auch Jodi zu ihrer Schwester ziehen.«

»Romy, sieh die Welt nicht zu grau. Ich weiß, wir haben Probleme und nicht alles ist gut, nur dürfen wir uns nicht zu sehr herunterziehen lassen. Genau das wollen diese Chaoten doch erreichen. Auch wenn ich keine Kinder habe, weiß ich um die Angst der Eltern. Ich habe viele gute Freunde die Kinder haben. Sie versuchen ihre Ängste den Kindern nicht zu zeigen.«

»Du hast gut reden, hier in der Gegend passiert kaum etwas. Gina erzählt mir manchmal Horrorgeschichten, was in Köln passiert. Und sie erzählt mir garantiert nicht alles. Die Großstädte sind sehr gefährlich geworden. Ich habe nichts gegen Flüchtlinge. Die wirkliche Not haben, denen soll auch geholfen werden. Nur gibt es seitdem unsere Kanzlerin alle rein gelassen hat, mehr Missbrauchsfälle, auch wenn das angeblich alles Einzelfälle sein sollen. Die Politiker haben längst die eigenen Bürger vergessen. Noch nie gab es so viele Menschen, die von der früheren Sozialhilfe leben müssen. So viele Kinder sind auf die Tafel angewiesen. Da läuft doch so vieles nicht mehr rund. Sina, du weißt, wir spenden an viele Hilfsorganisationen, mir scheint es, als wäre das nur ein Tropfen auf dem heißen Stein.«

»Ich weiß Romy, die Zeiten sind im Moment nicht leicht. Aber schau, ihr habt ein schönes Leben. David ist jetzt die meiste Zeit zu Hause. Ich weiß, du hast mit deinen Depressionen viel mitgemacht. Kannst deinen Beruf nicht mehr ausüben. Ich möchte dir gerne eine Geschichte aus meiner Familie erzählen:

»Als mein Patensohn Paul den schweren Unfall hatte, wo seine Eltern und sein kleiner Bruder starben, trauerte er lange. Jetzt ist er erwachsen und mit sich im Reinen. Er trauert immer noch, aber ohne Schmerzen, die ihn herunterziehen und das hat ihm geholfen. Niemand kann sagen, warum der Unfall passierte. Regen gab es an diesem Tag nicht. Es gibt eine Bestimmung für jeden Menschen, auch wenn wir es im Moment nicht verstehen können. Mit jeder Erfahrung, die wir machen, müssen wir lernen zu leben und das Beste daraus zu machen. Dass wir nicht daran zerbrechen. Das ist unser Weg. Wir dürfen nicht in Trauer und Zorn verharren, wir wachsen und lernen aus solchen Schicksalsschlägen. Das stärkt uns und wir müssen wieder vertrauen lernen. Es hat lange bei Paul gedauert, aber nun ist er viel selbstbewusster.«
Romy schwieg, um das Gehörte zu verarbeiten.

»Das stimmt, Paul ist im Laufe der Jahre selbstbewusster geworden. Niemals hat er aufgegeben, er hat die Herausforderung angenommen.

Sina, wie soll ich damit umgehen? Ich hatte in den USA so viel Heimweh nach meiner alten Welt, die ich so liebe. Jetzt bin ich hier, schau was daraus geworden ist. War das meine Aufgabe? Ich habe einen so tollen Beruf und kann ihn nicht mehr ausüben. War das mein Lebenswerk, Ängste zu haben und Heimweh, all die Jahre? Die viele Zeit, die ich alleine war mit den Kindern? Dadurch hatte ich die vielen Depressionen, die mir viel an Lebensfreude nahmen. Ich bin ein anderer Mensch geworden, in all den Jahren. Geld bedeutet mir nichts, auch wenn David es gerne betont. Manchmal glaube ich, die Leute, die weniger haben, leben letztendlich glücklicher.«

»Wie es ausschaut war das nicht unbedingt deine Aufgabe, nein. War es wirklich dein Wunsch in den USA zu leben, oder nur der Wunsch von David? Vielleicht ging das für dich im Grunde viel zu schnell. Du warst vermutlich noch nicht dazu bereit. Du hast heute noch Zweifel an David. Wie bereit warst du, oder hast du dich steuern lassen und bist ins Stolpern geraten?«

Romy fing an zu weinen, weil sie innerlich Sina recht gab. Sie nahm Romy in den Arm.

»Sei dir darüber im Klaren, was du in deinem Leben möchtest. Es ist noch nicht zu spät. Du kannst noch viel erreichen. Pack es an. Das Leben besteht aus Hürden, die zu umschiffen sind. Jeder Mensch muss seine Lektionen annehmen und bewältigen.«

»Manches ist nicht möglich,« erwiderte Romy.

»Romy, Unmöglich ist nur das, was du für unmöglich hältst. Erst wenn wir aufgeben, scheitern wir.«, lächelte Sina.

»Beruhigend ist das nicht gerade Sina. Meine Lektionen reichen mir aus.«

»Sina, wie kannst du so positiv denken? Du bist für krebskranke Menschen da, du hilfst Menschen, wo du nur kannst. Ich kenne dich nicht anders, als für andere da zu sein.«

»Romy genau diese Menschen geben mir Kraft. Solche Menschen wie Patricia, die täglich um ihr Leben kämpfen. Du musst sie mal erleben. Sie hat große Schmerzen und fragt dich, wie es dir geht. Meistens lächelt sie. Ganz selten jammert sie. Sie will leben Romy. Von diesen Menschen lernen wir. Dann merken wir, dass unsere Probleme verschwindend klein sind.

Oder Susan, die man körperlich kaputt operiert hat. Sie sitzt im Rollstuhl und kann ohne Morphium nicht mehr leben. All diese Menschen haben einen Lebensmut, der seines Gleichens sucht. Ich nehme dich gerne einmal mit, wenn ich meine Leute besuche. Sie zeigen uns Gesunden, was Lebensmut bedeutet. Vor diesen Leuten ziehe ich meinen Hut liebe Romy.« Romy trat ans Fenster. *Ich muss das erst einmal verarbeiten*, dachte sich Romy.

Romy hat das Gespräch mit Sina geholfen. Sie weiß, sie muss sich über einiges im Klaren werden. Sie braucht ein bisschen Zeit.

»Sina, ich bin froh, dass ich das alles ohne Psychopharmaka ausgehalten habe. Die hätten mich wohl ganz kaputt gemacht. Gott sei Dank hat mich David nie dazu gedrängt.«

»Romy, David liebt dich von Herzen, er würde nie etwas tun, was dir schaden wird.«

»Ja ich weiß. Sage mal, wie geht es, wie hieß sie doch gleich?, ach ja Patricia? Du kümmerst dich, um eine Vielzahl von Menschen und versuchst ihnen zu helfen. Deine Agentur ist bemerkenswert. Wie unterhältst du sie? Ich stelle mir vor, dass das alleinige Zuhören schon hilft.«

»Na ja, meine Mitarbeiter sind selbstlose Menschen, die anderen helfen wollen und tun das alles ehrenamtlich. Die Agentur trage ich fast alleine. Wie könnte ich Krebskranken Geld abnehmen, oder Menschen, die schon am Boden liegen? Ich versuche es über Spenden, aber viel kommt da nicht rein. So leidlich hilft mir Klaus mein Mann. Er sieht es zwar nicht gerne, aber er hilf mir manchmal. Wenn ich kann, erfülle ich auch kleine Wünsche von Krebskranken. Manche möchten nur noch einmal das Meer sehen. Wenn es ihre Gesundheit erlaubt setzte ich sie ins Auto und fahre mit ihnen ans Meer. Da ist mir doch das Benzingeld egal. Irgendwie ging es immer weiter.«

»Sina, nimm eine Spende von mir an. Du würdest mich glücklich machen. David sagt doch immer, wir haben mehr als genug, da kann ich dich unterstützen. Du betreibst eine so wertvolle Agentur und die Menschen können dich Tag und Nacht anrufen. Lass dir von mir helfen.«

»Romy, du hast schon genug Probleme, ich bin gekommen, um dir zu helfen. Das ist mir peinlich, von dir Geld zu nehmen. Wir sind die besten Freundinnen. Ich weiß nicht...«

»Genau aus diesem Grund, weil wir beste Freundinnen sind, möchte ich dir finanziell mit einer Spende helfen. Bitte gib mir deine Kontonummer.«

Schweren Herzens gab Sina ihrer Freundin ihre Visitenkarte mit ihrer Kontonummer. »Du musst das aber nicht tun, Romy.«

»Ich weiß. Was ist jetzt mit Patricia?«

Sina wurde traurig.

»Leider ist der Krebs zurückgekommen. Sie wurde wieder operiert und gleich wieder zugenäht. Der Krebs war wieder in einigen Organen. Jetzt macht sie wieder eine flüssige Chemo. Sie hat mir von ihrer Liste erzählt. Vorher kann sie nicht abtreten. Romy, diese Frau erstaunt mich immer wieder. Was sie für ein Lebensmut hat. Sie kämpft jetzt schon 8 Jahre gegen den Krebs an.

Eine Reise nach New York steht auf ihrer Liste. Auf fast allen Bildern ist sie am Lachen. Ein Bild fand ich besonders schön. Sie hat sich geschminkt und unter das Bild geschrieben, - es muss nicht jeder sehen, dass ich schwerkrank bin. Stimmt, sie sieht auf dem Bild nicht krank aus. Sie ist schmal im Gesicht, aber ansonsten eine bildschöne Frau. Alle drücken ihr die Daumen, dass sie den Krebs endlich besiegen kann. Meine Probleme wurden ganz klein, als ich mit ihr kommunizierte.«

»Sina, sie sollte ein Buch schreiben, wenn sie sich danach fühlt. Sie könnte vielen Menschen damit helfen«, meinte Romy. »Unterbreite ihr den Vorschlag.«

»Ja das werde ich in Angriff nehmen. Romy, ich habe noch so einen tragischen Fall. Ich kannte einmal eine Polin, leider war sie drogenabhängig und sie hatte ganz miese Dealer. Letztendlich hat sie das Carfentanyl genommen. Das ist ein starkes Zeug. Es wird in China legal hergestellt und trotz seiner tödlichen Wirkung online in alle Welt verkauft. Als Heroinbeimischung tötet das Rauschgift immer mehr Menschen. Carfentanyl ist 10.000 Mal stärker als Morphium. Vor Carfentanyl kam Fentanyl, das hat dem Rockstar Prinz getötet. Fentanyl ist 50 Mal stärker als Heroin. Antonia hat genau dieses Carfentnyl mit Heroin genommen und ist daran gestorben. Sie war gerade mal 28 Jahre alt. Nur hatte sie einen kleinen Jungen und der ist jetzt ein Waisenkind. Er ist total verstört redet nicht und scheint ein Analphabet zu sein. Antonia hat noch vor ihrem Tod ein Schreiben aufgesetzt, dass Jonas bei mir leben soll. Es wurde geprüft und genehmigt. Er müsste eigentlich auch deutsch sprechen, seine Oma ist deutsche, sie kann ihn aber nicht zu sich nehmen. Glaubst du, dass du dich seinem Problem Annehmen kannst? Ich weiß, du bist eine hervorragende Pädagogin.«

»Ja ich weiß nicht, interessieren würde mich das schon. Wie alt ist der Junge?«

»Jonas ist 9 Jahre alt.«

Romy lächelte. »So jung und hat schon seine Mutter verloren. Und sein Vater?«

»Der ist nicht bekannt.«

»Was eine Tragik. Bitte gib mir eine kleine Bedenkzeit. Ich muss meine Gedanken erst einmal sammeln.«

»Jede die du brauchst, meine Liebe. Ich rufe dich an.«

Sina freute sich, dass sie Romy aus ihrer trüben Stimmung herauszog. Und vielleicht wird Jonas ein bisschen geholfen. Der Kleine berührte sie. Es würde sogar Romy helfen.

Sina war sich nicht im Klaren, dass sie damit in ein Wespennest gestochen hat.

»Ich muss mich leider verabschieden, ich habe noch einen Termin. Ich rufe dich an. Bleib nur sitzen, David kann mich zur Tür begleiten.« Beide Freundinnen umarmten sich.

David kam auf Sina zu. »Konntest du etwas erreichen, Sina.«

»Ja ich glaube schon. Ich habe ein Pflegling und ich habe Romy dazu ein wenig begeistert, sich ihn anzuschauen. Ich bräuchte dringend eine pädagogische Hilfe in dem Fall.«

»Können wir dir irgendwie helfen?«

»Lass das Romy angehen, möglicherweise erreichen wir etwas.«

»Sina, was hältst du davon, wenn ich Romy noch so einen kleinen Hund kaufe. Wird das gutgehen? Damals hatte sie Bambi immer bei sich. Sie war ihr Seelentröster.«

»David, das ist bestimmt eine gute Idee. Dann hat sie jemand, um den sie sich kümmern muss.«

7

Eines Tages brachte es David auf den Weg. Er kaufte Romy wieder einen kleinen Malteser. Romy war von Bambi so begeistert, dass er sich wieder für einen Malteserhund entschied. Er besuchte die gleiche Züchterin. Dieses Mal war es ein kleiner Rüde. Er schlich mit einer Box zu Romy.

»Darling das wurde gerade für dich abgegeben. Lese den Brief.«

Halli Hallo, ich bins, der kleine Snoopy. Ich komme von weit her, um dir zu gefallen und alle Traurigkeit zu nehmen. In der Hundischen Post war zu lesen, dass du nicht mehr glücklich bist. Sieh nach, wie ich aussehe, denn ich bin jetzt dein.

Romy schaute David verschmitzt an. »Was hast du wieder angestellt?« Er hob seine Hände in die Höhe. »Ich? Nichts, ich bin unschuldig.« Dabei lachte er. Romy lief zu der Box und öffnete sie. Heraus sprang ein kleiner Wirbelwind. Er lief sofort auf Romy zu. »Was bist du denn für ein süßer kleiner Kerl?«

Sie nahm ihn in den Arm und ein Strahlen zog sich über ihr Gesicht. »Snoopy heißt du? Das ist ein schöner Name. Sie setzte den Hund wieder runter und lief auf David zu.«

»Ich danke dir David. Wie schön, dass nach Bambi wieder ein kleiner Wirbelwind im Haus ist.«

»Bitte pass auf, meine Liebe, wenn du mit ihm in den Garten gehst. Erst Morgen kommen die Handwerker und setzen einen Zaum, um das Grundstück. Dann erst kann Snoopy im Garten wetzen.«

»Oh das ist eine gute Entscheidung. Hat Sina mit dir gesprochen?«

»Ja das hat sie, wenn du den kleinen Jungen meinst. Das wäre zu schön, wenn du ihn ein bisschen auf die Sprünge helfen kannst.«

»Ich werde ihn mir anschauen. Ich möchte Sina gerne mit einer Spende finanziell unterstützen. Sie hilft so vielen Menschen, die auf ihre Hilfe angewiesen sind. Wusstest du, dass Sina auch krebskranken Menschen versucht zu helfen? Sie kann den Krebs nicht besiegen, aber sie ermöglicht es Menschen, ihren fast letzten Willen zu erfüllen. Weißt du noch, als sie den kleinen Krebskranken Jungen verhalf, mit den Delfinen zu schwimmen? Das war damals sein größter Wunsch.«

»Ja ich erinnere mich, das stand sogar in der Zeitung. Lass mich das bitte übernehmen. Da helfen wir doch sehr gerne.«

»Danke David.«

Jodi kam ins Wohnzimmer und staunte, als sie Snoopy sah.

»Ach Gott, wie niedlich. Wir haben wieder einen Wirbelwind im Haus.«, freute sie sich.

»Komm her du kleiner Wirbelwind. Mom, wie heißt er?«

»Er heißt Snoopy.«

»Ha ha Snoopy, das passt zu ihm. Schaut doch nur, wie er wetzt. Paps, das war eine deiner besten Taten.«, schmunzelte sie ihren Vater an.

»Und das, wo ich bald wegziehe. Mom Paps, ich kann in die WG zu Gina ziehen, wenn ich das Abi in der Tasche habe. Ich habe mich schon erkundigt, wann das Herbstsemester startet. Ich werde einmal eine berühmte Designerin.«

»Du willst also auch nach Köln.«, fragte Romy änstlich.

»Mom, mach dir keine Sorgen, Schau, Gina ist nichts geschehen, sogar nicht in der Silvesternacht, wo du so viel böses gelesen hast. Noch bleibe ich euch erhalten. Ich will erst das Abi in der Tasche haben und dann wird der nächste Schritt gegangen. Ich denke an einen kleinen Urlaub.«

»Jodi, du weißt, wir unterstützen dich bei deinem Berufswunsch.«, erwiderte David. Er drückte die Hand von Romy.

»Wir sind immer in Sorge um Gina und dich. So sind Eltern nun einmal. Wir leben in schwierigen Zeiten. Gleichwohl lassen wir euch die Freiheiten die ihr braucht.«

»Danke Mom und Paps, das wissen wir zu schätzen. Und auch, dass wir in privaten Hochschulen studieren können. Dafür sind wir euch sehr dankbar. Wir müssen nicht unbedingt für die Uni arbeiten gehen. Das gibt uns schon sehr viel Freiheiten. Ihr bezahlt sogar unsere Unterkunft. Ihr wisst, dass das nicht sein muss. Ein bisschen können wir selber beisteuern.« Jodi zwinkerte ihnen zu.

»Aber wir genießen es. Ihr könnt euch sicher sein, dass wir aufpassen.«

Jodi lief zu ihren Eltern und herzte sie. »Uns ist sehr wohl bewusst, dass wir die besten Eltern auf der ganzen Welt haben. Ich freue mich sehr, dass ich bei Vaia Pangea studieren kann. Sie haben einen außergewöhnlichen guten Ruf in der Modebranche. Ich komme da auch mit berühmten Modedesigner in Kontakt. Ich freue mich schon.« Jodi kam ins Schwärmen. »Mein größtes Hobby zum Beruf zu machen, ist das schönste, was es gibt.«

Dann wandte sie sich Snoopy zu.

»Und du kleiner Floh passt auf Mom und Paps auf, damit sie sich nicht zu viel um uns sorgen. Du kleiner Floh schaffst das schon.« Jodi lächelte zuerst Snoopy und dann ihre Eltern an. Romy lachte über den neuen Namen von Snoopy. »Okay Snoopy, Jodi meint, du sollst Floh heißen. Alle lachten.«

Drei Monate später feierte Jodi ihre Abiturfeier, die sie mit Bravour bestand. Das Lernen fiel ihr schon immer leicht. Wie Gina bekam Jodi von ihren Eltern ein neues Auto geschenkt. Dagegen vermochte Jodi nichts zu sagen. Die Zeit vorher hatte sie es immer vehement abgelehnt.

»So meine Lieben, jetzt werde ich mit Piet den Urlaub buchen. Danach fängt der Ernst des Lebens an. Ich habe Gina schon erklärt, sie sollen zusammenrücken, ich würde bald kommen«, dabei lachte sie.

Romy war es nicht so recht, dass jetzt ihr Nesthäkchen ausflog. Sie wusste, es war der Weg des Lebens. Sie zeigte es Jodi nicht. Die Kinder müssen ihrem Weg folgen.

Sina rief eines Tages Romy an und fragte, ob sie es sich überlegt hätte, um Jonas kennen zu lernen.

»Ja liebe Sina, bring ihn einfach einmal mit zu uns. Ich werde sehen, wie ich ihm helfen kann.«

An dem Tag wo Romy Janas kennenlernte, war sie nervös und freute sich zugleich. So lange hatte sie schon nicht mehr unterrichtet.

Es klingelte an der Tür und Sina stand mit Jonas in der Tür. Jonas schaute an alle vorbei. Sina beugte sich zu ihm herunter:

»Hey Jonas, es wäre freundlich, wenn du Romy anschaust.«, flüsterte sie ihm zu. Scheu erblickte er Romy.

Und wieder war es Floh, der das Eis zum Schmelzen brachte. Bellend kam er zur Eingangstür. Da erhellte sich das Gesicht von Jonas.

»Guten Tag, du musst Jonas sein, kommt herein. Sie schenkte Sina ein lächeln.« Der Kaffeetisch ist schon gedeckt.

»Jonas, das ist der kleine Floh, wenn du möchtest, kannst du mit ihm spielen. Du musst nur vorsichtig sein, er ist noch ein Baby.« Zaghaft lächelte Jonas und folgte dem Hund, der vorauslief.

»Das ist mein Sorgenkind. Er hat nicht mehr gesprochen, seit seine Mutter gestorben ist. Selbst Psychologen sind machtlos, sie kommen nicht an ihn ran. Jonas blockt alles ab. Durch das Schreiben von seiner Mutter, haben sie mich als sein Vormund eingesetzt. Sie sind aber auf der Suche nach dem Vater. Bisher vermochte ihn niemand aus der Reserve zu locken. Ich wollte nicht, dass er mit Tabletten vollgepumpt wird.«

»Recht hast du. Lass mich nachher mit ihm allein.« Die Freundin nickte. Zuerst ließen sich alle den Kuchen schmecken. David war auf dem Weg in sein Arbeitszimmer und nahm Sina mit.

»Hallo Jonas, hab keine Angst, manchmal habe ich auch Angst und ich bin schon groß. Das ist völlig in Ordnung. Und wenn du nicht sprechen möchtest, ist es auch gut.« Jonas blickte zu Floh und dann Romy erstaunt an.

Sina unterhielt sich mit Dave in seinem Arbeitszimmer, als sie Jonas lachen hörten. »David, Jonas hat nicht mehr gesprochen und gelacht, seit Antonia tot ist. Was macht Romy mit ihn?«

»Ich sagte dir doch, Romy ist eine verdammt gute Lehrerin. Das bescheinigte mir mehrmals die Schule auf Veranstaltungen in Connecticut. Sie versteht es, mit Kindern umzugehen. Sie hat es dort erreicht, dass die Kinder gerne in die Schule gingen. Ihre Kollegen lernten von ihr und setzten es mit Erfolg um. Ich hoffe, dass diese Aktion für Romy die Rettung ist. Ich bete dafür.« Beide verließen das Arbeitszimmer, weil sie lauschten, was im Wohnzimmer abging.

»Möchtest du Floh und mich wieder einmal besuchen, Jonas«, fragte Romy. Jonas nickte und spielte weiter mit Floh. Jonas wirkte entspannter, als Sina und David zu ihnen kam. Romy sinnierte gedanklich: *So ein kleiner Hund vermag so viel Gutes zu tun. Er ist Seelentröster, Schmuser, Clown, Kobold und ein Zuhörer. Ein Hund vermag das alles zu sein, was Menschen längst verlernt haben.* Romy saß mit Jonas auf dem Teppich und betrachtete ihn. Er erinnerte sie an Jemanden. Sina und David setzten sich zu Romy auf den Boden herunter. David fragte Jonas, ob er mitspielen darf. Jonas nickte. So spielten beide mit einem Ball und Floh holte ihn zurück und legte ihn zu Jonas.

»Hey Jonas, Floh kommt nicht zu mir, wie hast du ihm das denn beigebracht« Beide lachten erneut. Jonas suchte oft die Nähe von David. So ging der Nachmittag vorüber und Sina verabschiedete sich mit Jonas. Nicht ohne das Versprechen abzugeben, bald wiederzukommen.

»Darling, wie hast du das wieder hinbekommen. Der Junge wirkte entspannter.«

»Tja mein Lieber, gelernt ist gelernt.« Auch Romy schien entspannter zu sein. Das freute ihn außerordentlich. Er nahm seine Romy in den Arm und küsste sie.

David saß in seinem Arbeitszimmer und grübelte. *Antonia, die Mutter von Jonas. Ist den Drogentod gestorben. Er kannte vor langer Zeit eine Antonia, gleichzeitig verwarf er seine Gedanken. Es gibt zu viele Antonias auf dieser Welt. Das war damals vor vielen Jahren in England. Seine Nerven spielten ihm nur einen bösen Streich, fand er. Was sagte Sina, wann ist Antonia gestorben? Vier Monate ist das her. Hmmm.*

Sina war hocherfreut, als sie Jonas nach Hause brachte. Der Junge wirkte etwas froher. *Lag das an Romy, verstand sie es so gut, mit Kindern umgehen, besonders schwierigen Kindern? Das wäre der Himmel auf Erden, wenn Janas wieder anfangen würde, zu sprechen. Einen Brief habe ich noch von Antonia, den will ich für Jonas später aufheben. Ich weiß nicht, was drinsteht. Es kommt mir wie ein Betrug vor, wenn ich ihn lese, oder darf ich ihn Jonas vorlesen? Würde es dann mehr Klarheit geben? Wie hat Antonia es nur angestellt, dass Jonas nie eine Schule besucht hat. Sie hatte in der letzten Zeit mehrere Wohnorte. Ob sie noch viele Auftritte in der Modebranche hatte?*

Analphabeten gibt es in Deutschland genügend. Echte Analphabeten, die überhaupt nicht lesen oder schreiben können, gibt es ca. 4% der Bevölkerung über 14 Jahren. Funktionale Analphabeten können zwar Lesen und Schreiben, sie können gelesene Texte nicht verstehen. Schreiben sie Texte, kann es fast niemand lesen. Die Gründe sind vielfältig. Mangelnde Selbstachtung, Kinder ohne Wertschätzung der eigenen Person.

Nicht erkannte Legasthenie und letztendlich geringes Vertrauen in die eigenen Fähigkeiten. Ein absolutes Negativ. Was könnte auf Jonas hindeuten?

Der Brief ließ Sina nicht mehr los. Sie lief zu der Schatulle mit den Habseligkeiten, die man bei Antonia fand. Und darin war der besagte Brief. *Soll ich, oder soll ich nicht? Was ist der richtige Weg? Will er gelesen werden, wenn er mir nicht mehr aus dem Kopf geht? Ich habe Romy erst heute erklärt, dass alles im Leben Bestimmung ist. Ich werde ihn zuerst alleine lesen, bis ich ihn Jonas vorlese.*

In Schönschrift ist er verfasst.

Geliebter Jonas, mein Sohn!

Wenn Sina dir diesen Brief vorliest, dann bin ich schon bei den Engeln. Du weißt, wir haben oft darüber gesprochen. Im Engelreich geht es allen Menschen besser. Ich habe sehr lange geschwiegen, aber jetzt kann ich nicht mehr. Von dem Geld ist nichts mehr übrig. Ich kann dir leider nichts hinterlassen. Oder vielleicht doch. Ich habe eine große Schuld auf mich geladen. Ich hätte es dir erzählen müssen. Das wäre ich dir schuldig gewesen. Du warst noch so klein, hättest du es verstanden?

Ja Jonas du hast einen Vater. Einen bekannten sogar. Gib ihm keine Schuld, denn er weiß nichts von dir. Als ich mit dir schwanger war, brachte ich es nicht über das Herz, es ihm zu sagen. Ich hatte Angst. Ja Jonas, ich habe mich in deinen Vater verliebt. Das durfte nicht sein, denn er war verheiratet und liebte seine Frau. Genau weiß ich das nicht mehr. Als er merkte, dass ich für ihn mehr empfinde, als nur für eine Nacht, bekam ich von ihm sehr viel Geld, um ihn zu vergessen.

Dein Vater heißt David Bennett. Er ist Amerikaner und ein Investment Manager und reiste oft nach Europa. In England lernte ich ihn kennen. Nur die Liebe blieb einseitig. Als ich merkte, dass du unterwegs warst, da war er schon wieder abgereist. Japan war sein Zielort. Wo er wohnt, weiß ich nicht. Ich habe ihn aufrichtig geliebt, leider ohne Gegenliebe. Wir hatten nur eine Nacht für uns, aber er war der beste Liebhaber meines Lebens.

Groll ihn nicht, wir wollen keine Familie zerstören. Wir sind Polen mit Stolz, bitte vergiss das nie. Hätte er zu seiner Verantwortung gestanden? Dass weiß ich leider nicht.

Ich bin an so einen schlüpfrigen Drogendealer geraten, der mir das Blaue vom Himmel versprach. Die Wahrheit sah anders aus. Ich musste für ihn anschaffen. Von diesen Drogen kam ich nicht mehr runter. Erst als es zu spät war, erfuhr ich, was das für ein Teufelszeug war. Mein Kind ich bitte dich, halte dich von Drogen fern. Sie machen dich systematisch kaputt, bevor du es merkst. Und dann ist es zu spät.

Ich ließ dich bei Freunden, damit du das Elend nicht sehen musst. Jonas du warst meine große Liebe. Ich hätte stärker für dich da sein müssen, als ich es war. Im Nachhinein schäme ich mich dafür und bitte dich von Herzen um Vergebung. Ein Bild findest du in dem Umschlag, da ist dein Vater mit mir drauf. Das Bild wurde heimlich aufgenommen und mir für teures Geld verkauft. Ich musste es für dich tun. Du solltest wenigstens ein Foto von uns beiden haben. Als du älter wurdest, habe ich gesehen, dass du deinem Vater sehr ähnlich siehst. Ich hoffe, du wirst seine Cleverness vererbt bekommen. Dann wird dir alles gelingen, wie deinem Vater.

Ich erinnere mich zu gerne an deine Geburt. Als sie dich mir auf den Bauch legten. Ich habe niemals zuvor so viel Liebe empfunden. Ich schwebte auf Wolke 7 mit dir. Die Zeit war nicht gut zu mir. Ich musste mit dir flüchten. Zu viele Menschen waren hinter mir her. Ich kam nicht mehr zur Ruhe. Darum konnte ich dich nicht in einer Schule anmelden. Ich habe versucht, dir alles beizubringen, worum es im Leben geht. Ich bin mir aber sicher, du wirst es eines Tages lernen. Du bist ein schlauer kleiner Junge.

Sina kenne ich schon lange. Seitdem wir in Deutschland landeten. Sie wollte mir immer helfen, von den Drogen runter zu kommen. Oft appellierte sie an meine Aufgabe als Mutter. Ich war doch so schwach. Meine ganze Hoffnung besteht darin, sie zu deinem Vormund zu machen. Einen Brief habe ich separat verfasst.

Mein geliebter Jonas, ich hoffe, dass du deiner Mutter für ihr verkorkstes Leben verzeihen kannst. Ich liebe dich mehr als mein Leben und das wird immer so sein, egal wo ich bin.

Deine Mutter Antonia

P.S. Meine beste Freundin Sina, ich weiß, das wird ein Schock für dich sein. Ich habe nur eine Bitte an dich, hilf meinem geliebten Sohn. Er war und ist mein ein und alles.

Als Sina den Brief sinken ließ, liefen ihr Tränen über das Gesicht. David Bennett? Das ist so ungeheuerlich, aber was schrieb Antonia, er weiß davon nichts? Wenn ich an Jonas denke, fällt mir diese Ähnlichkeit auf. Die gleiche Nase und die gleiche Mundpartie. Die Augen blitzen aus Jonas genauso wie aus Davids. Was ist aus der tiefen Liebe zwischen Romy und David geworden?

Wie soll ich das den beiden erklären? Wie wird Romy, damit klarkommen? Sie ist doch jetzt schon so labil. Wem teile ich das zuerst mit? Ich muss es Jonas vorlesen. Da geht kein Weg dran vorbei. Ob er sich dann noch mehr zurückzieht?

Eins steht fest, David muss sich seiner Verantwortung stellen. Er muss für Jonas geradestehen. Oh je, wie gehe ich da vor?

Sie rief Jonas zu sich.

»Jonas, ich habe einen weiteren Brief von deiner Mama gefunden, möchtest du wissen, was sie darin schreibt? Der Brief ist an dich gerichtet.« *An seinen Augen konnte ich sehen, wie erstaunt er war. Oh ja David, du kannst deinen Sohn nicht verleugnen. So ähnlich sieht er dir.*

Jonas nickte und Tränen standen in seinen Augen. *Ich nahm Jonas zu mir auf die Couch und drückte ihn. Dann las ich ihn den Brief vor. Behutsam machte ich Pausen, aber Jonas gab mir ein Handzeichen, weiterzulesen. Als ich fertig war mit dem Lesen. Brach alles aus Jonas heraus. All den Schmerz der letzten Monate.*

Laut schluchzte er. Ich hielt ihn nur fest im Arm, ohne ein Wort zu sagen. Nach einer halben Stunde beruhigte er sich. Mit zittriger Stimme fragte er mich:

»Ich habe einen Vater?«

»Jonas, du hast deine Sprache wieder. Wie ich mich freue. Ja Jonas, du hast einen Vater, aber er wusste von dir nichts. Du hast ihn schon gesehen. Du hast mit ihm und dem kleinen Hund gespielt. Möchtest du sie erneut Besuchen?«

Als er nickte, fragte ich ihn, ob er mehr mit mir sprechen würde? Er schaute mich spitzbübisch an und nickte erneut.

»Pass auf Jonas, ich glaube ich sollte zuerst mit deinem Vater sprechen. Er weiß nicht, dass du sein Sohn bist. Ist das in Ordnung für dich?«

»Ja, gehen wir dann wieder zu dem kleinen Hund?«

»Ich werde einen Termin ausmachen.«

David wunderte sich, dass Sina ihn anrief und um einen Termin bat. An einem neutralen Ort?

»Sina, warum kommst du nicht zu uns?«

»Das wäre im Moment nicht gut. Bitte lass uns einen Treffpunkt finden. Und das bitte bald. Ich habe mit dir zu reden.«

»Klingt sehr geschäftsmäßig. Was hältst du davon, wenn ich dich zum Essen heute Mittag einlade?«

»Sagen wir um 13 Uhr im Salvatore?«

Sina saß schon im Restaurant, als David kam. Er begrüßte sie und war etwas nervös. Niemals zuvor wollte Sina ihn alleine sprechen. Nachdem sie ihre Bestellung aufgegeben haben, fragte David, was er für sie tun könne. Sina holte eine Kopie von Antonias Brief hervor und gab ihn David. »Lies das bitte.« Sina ließ ihm die Zeit, die er brauchte, um alles zu verstehen. Schweißperlen traten auf seine Stirn. Er war sichtlich nervös. Er bestellte sich zusätzlich ein Glas Wein. Sina beobachtete ihn und wartete, was er zu sagen hat.

»Sina davon wusste ich nichts. Ja ich hatte eine Nacht mit Antonia. Wenn das Romy erfährt. Er sah sie flehend an.«

»Nein David, Romy muss es erfahren. Wenn ich mir Jonas betrachte, kannst du es nicht abstreiten. Er hat deine Züge. Du kannst ein Vaterschaftstest veranlassen. David, der Junge braucht dich. Verwandte hat er nicht mehr. Seine Großeltern sind bei einem Autounfall vor zwei Jahren ums Leben gekommen. Er hat es sehr schwer in seinem kurzen Leben gehabt. Als ich ihm den Brief vorlas, ist er zusammengebrochen. Dann hat er angefangen zu sprechen.« David nickte. »Bitte lass es mich Romy beichten. Jetzt verstehe ich, warum du mich alleine sprechen wolltest. Ich danke dir Sina.«

»Warum David, ich dachte du liebst Romy?«

»Das musst du mir glauben Sina, ich liebe Romy mehr als mein Leben. Auf den langen Geschäftsreisen ist die

Versuchung zu groß. Manchmal kommst du nach anstrengenden Verhandlungen müde in dein Hotelzimmer und da liegt eine hübsche Frau in deinem Bett. Ich weiß selbst, wie verwerflich das ist. Ich hätte für keine Frau der Welt Romy verlassen. Ob du es glaubst, oder nicht, Romy ist meine absolute Traumfrau. Es zerreißt mir das Herz, ihr jetzt weh tun zu müssen.«

»Ganz ehrlich David, mein Mitleid hält sich in Grenzen.«

»Stimmt schon, Frauen Ticken anders als Männer.«, seufzte er.

»Das scheint offenbar so zu sein. Wann sagst du es ihr?«

»Gib mir bitte 3 Tage.«

»Wann möchtest du deinen Sohn sehen?«

»Lass mich bitte erst mit Romy reden und wenn ich dann noch eine Frau habe, ruf ich dich an, Okay?«

Nach dem Essen gingen sie getrennte Wege.

Am nächsten Tag, fragte David, ob sie ein Picknick machen wollten. Romy war einverstanden. Irgendetwas kam ihr komisch vor. Sie ließen sich einen Korb zurechtmachen und bogen in den Wald ein, gleich hinter dem Haus. Auf einer Lichtung breitete Dave die Decke aus. Romy stellte den Korb auf die Decke. Sie setzten sich auf die Decke. David druckste herum. Er hatte vor dem, was nun kam, Angst.

»Geliebte Romy, du weißt, dass ich dich immer noch abgöttisch liebe.«, fing er an zu reden.

»Du warst fremd?«, fragte sie ihn. Damit hatte er nicht gerechnet.

»Na ja, auf der Geschäftsreise in England, ist es wirklich passiert. Darling, ich hätte dich niemals verlassen. Da war keine Liebe dabei. Das musst du mir glauben.«

»So muss ich das? Das du an meinen Depressionen schuld bist, war mir schon lange klar. Du hast es immer weggewischt. Warum beichtest du das mir jetzt?«

»Bitte glaube mir, dass ich nur immer dich geliebt habe. Vor zwei Tagen habe ich erfahren, dass ich einen Sohn habe.«

»Du hast was?«

»Romy, ich verstehe, dass du mit recht sauer bist. Bitte glaube mir, Sina hat es mir gestern gesagt. Ich wusste davon nichts.«

»Sina? was hat Sina damit zu tun. Wollte sie dich auch anspringen?«

»Nein, es ist anders, als du denkst. Kannst du dich an Jonas erinnern?«

»Jonas ist dein Kind?, ich wusste es gleich, als ich ihn sah. Er hat deine Züge. Macht es dir etwas aus, mir die ganze Geschichte zu erzählen? Waren das deine vielen Geschäftsreisen?« Romy wurde immer wütender.

»Darling, höre mir bitte zu...«

»Hör auf mit deinem Darling, wie viele Kinder hast du noch gemacht? Reichlich Zeit hattest du ja.«

»Romy bitte, ich habe von dem Kind erst gestern erfahren. Ruf deine Freundin Sina an, sie wird es dir bestätigen. Ich verstehe deinen Ärger.«

»Nein den verstehst du nicht David Bennett. Du hast nie so gelitten, wie ich. Wenn du alleine warst, hast du dir ein Häschen ins Bett geholt. Was weißt du schon von Einsamkeit? Komm mir nicht so. Wie viele waren es? Eine in jeder Stadt?« Romy stand auf und lief fort. David wollte ihr nachgehen, ihm war klar, dass Romy eine Zeit zum Nachdenken brauchte. Romy fuhr mit ihrem Auto weg. Von unterwegs rief sie Sina an. Sie war aufgebracht.

»Sina, warum triffst du dich mit meinem Mann statt mit mir? Ich dachte, wir sind beste Freundinnen?«

»Romy liebes, es hört sich an, als wenn du im Auto bist. Kannst du bitte zu mir kommen, damit wir darüber reden können?«

Zehn Minuten später war sie bei Sina. Ihre Freundin sah ihr an, dass sie wütend war.

»Liebste Romy, höre dir bitte erst an, warum ich mich mit David getroffen habe. Danach kannst du schimpfen und schreien.«

Romy nahm sich zusammen und Sina hielt ihr Antonias letzten Brief hin. Romy begann zu lesen. Als sie geendet hat, schaute sie hoch.

»Ich wollte es David überlassen, ob er es dir sagen möchte, oder ob ich es tue. Ihr seid meine Freunde. Nie im Leben würde ich etwas tun, was dir schadet. So sind nun einmal die Fakten. Hättest du an meiner Stelle anders reagiert?« Romy wurde nachdenklich.

»Nein vermutlich nicht. Weißt du, es tut nur so unheimlich weh.«

»Romy, das verstehe ich. Mir würde es auch nicht anders gehen. Mal was anderes, David hat mir 70.000€ gespendet. Das ist viel zu viel«

»Nein, das ist schon in Ordnung. Ich weiß nur nicht, wie viele Kinder er produziert hat. Was kann ich ihm jetzt noch glauben.«

»Romy, bei dem Gespräch hat David mir mehrmals erzählt, dass er nie im Leben daran dachte, dich zu verlassen. Du bist seine Traumfrau. Er hätte es lieber verschwiegen, um dich nicht zu belasten. Ich sagte ihm klipp und klar, dass du das erfahren musst, denn er soll sich nicht vor der Verantwortung drücken. Du hast Jonas kennengelernt. Als ich ihm den Brief seiner Mutter vorlas, ist er zusammengebrochen. Er hat herzzerreißend geweint, eine halbe Stunde lang. Dann fing er zaghaft zu sprechen an. Das erste Mal seit Monaten. Er fragte mich ganz ungläubig, er habe einen Vater? Wir beide wissen nicht, was dieses Kind durchgemacht hat. Ich finde nur, er hat ein Leben mit Schulbildung verdient. Jonas ist kein dummes Kind.«

»Nein, ein dummes Kind ist er sicher nicht. Der Meinung bin ich auch, David muss sich der Verantwortung stellen, ob er es wusste oder nicht. Nur so leicht mache ich es ihm nicht. Wo ich zu Hause war und mit den Depressionen kämpfte, hatte er seine Betthäschen. Ich bitte dich, ihm nicht zu sagen, wo ich bin. Ich muss mir über einiges klar werden und dann eine Entscheidung treffen.«

»Romy, ich kenne dich als eine Frau, die besonnen reagiert. Versuche es auch in dieser Situation. Ich glaube nicht, dass ihr euch auseinandergelebt habt. Ihr seid immer noch ein wunderschönes Paar. David hat über dich nur mit dem allerhöchsten Respekt gesprochen.«

»Kein Wunder, ich bin nie fremd gegangen.«, erwiderte Romy.

David lief nachdenklich nach Hause, wo er nur Jodi und Floh antraf.

»Paps, wo ist Mom?«

»Ist sie nicht hier?«, fragte er geistesabwesend. Seine Kinder haben ein Anrecht zu erfahren, dass sie einen Halbbruder haben. Er lief in sein Arbeitszimmer, um darüber nachzudenken. Als er sich daran gewöhnt hatte, dass er einen Sohn hat, schmunzelte er. Sie haben recht, Jonas sieht ihm ähnlich. Wäre er imstande gewesen, Antonia von den Drogen abzuhalten, wenn er rechtzeitig von der Schwangerschaft gewusst hätte? Er hatte sie gewarnt, aber sie meinte, es wären harmlose Drogen, nicht mehr als ein Weinglas. *In erster Linie ist es erforderlich, Romy wieder zurückzugewinnen. Sie ist mit Recht verletzt. Nie im Leben war es mein Bestreben, Romy zu verletzen. Im Gegenteil, ich versuchte, alles Unangenehme von ihr fernzuhalten. Da habe ich versagt. Wie sollte ich mit einer Schwangerschaft rechnen? Ich entlohnte die Damen immer fürstlich. Nein Prostituierte waren sie nie in meinen Augen. Ich war immer ehrlich, dass es nie für mehr reicht. Ich hatte eine angenehme Zeit mit ihnen. Welcher Mann würde da nein sagen? Romy ist sicher zu Sina gefahren. Ich werde nachher dort anrufen und mein Glück versuchen. Romy zu verlieren wäre das Schrecklichste auf der Welt.*

»Jodi, hast du eine halbe Stunde Zeit für mich?«

»Klar doch Paps, um was geht es?« Sie setzte sich zu ihm auf die Couch im Arbeitszimmer. Floh hatte sie auf dem Arm.

»Ich brauche deine Hilfe.«

»Du meine? Was ist passiert?«

»Eine ganz dumme Geschichte.« David hat seine Kinder immer zur Ehrlichkeit erzogen, daran wollte er sich auch halten. Er erzählte ihr die ganze Geschichte.

»Uff Paps, da steckst du jetzt mächtig im Schlamassel. Warum hast du Mom betrogen?«

»Hinterher stellt man sich die Frage, warum man etwas tat. Jodi, ich möchte deine Mutter nicht verlieren. Das war auch nie mein Plan. Ich liebe nur deine Mutter.«

»Na ja, sie wird das jetzt etwas anders sehen. Soll ich mit ihr reden?«

»Könntest du Sina anrufen und herausfinden, ob sie dort ist? Es liegt mir am Herzen, mit ihr zu reden.«

»Wow, wir haben jetzt also einen Halbbruder. Was wirst du in dieser Sache tun? Ja ich rufe sie nachher an.«

»Am liebsten mit deiner Mutter zusammen, mich um ihn kümmern. Der Junge kann nichts dafür. Er ist in eine Welt hineingeboren, die er sich nicht aussuchte. Er muss seine Mutter sehr geliebt haben. Vielleicht – wenn Romys erster Ärger verraucht ist, könnte sie ihm das Lesen und Schreiben lehren. Ich muss herausfinden, zu was Romy bereit ist. Wir müssen dann das Behördliche regeln. Zu allererst muss ich mich Jonas annähern.«

»Jedes Kind wird seine Mutter lieben, egal wie sie ist oder war. Wie du mir das aus dem Brief beschrieben hast, galt ihre Sorge nur ihrem Kind. Das spricht für sie.«

Jodi ging in ihr Zimmer und dachte über das erfahrene nach. Ihre Eltern fanden immer eine Lösung. Mal sehen, was

Gini dazu sagt. Jodi nahm ihr Handy und wählte Gina's Nummer.

»Hi Schwesterchen, ich habe nicht so berauschende Neuigkeiten für dich. Hier hängt der Haussegen schief. Paps hatte bei seinen Reisen ein Techtelmechtel und nun haben wir seit gestern einen Halbbruder.« Jodi war immer eine Person mit klaren Worten.

»Hey Jodi, was knallst du mir da hin? Das ist ein Joke oder?« Obwohl Gina wusste, dass ihre Schwester immer Klartext sprach.

»Wenn das alles stimmt, wie hat Mom reagiert?«

»Außer sich, dass kannst du dir vorstellen. Wir wissen beide, wie sie über die vielen Reisen von Paps reagierte. Es war eine harte Zeit für sie. Sie wird erst einmal zu Sina gefahren sein, um Abstand zu gewinnen. Auf der anderen Seite, ist Jonas dort.«

»Wer ist Jonas?«

»Ach ja, so heißt unser Halbbruder, er ist 9 Jahre alt, war noch nie in der Schule und spricht seit dem Tod seiner Mutter nicht. Ich habe ihn einmal gesehen, scheint ein pfiffiges Kerlchen zu sein. Er war so ein Fall, den Sina betreut. Viel mehr weiß ich auch nicht.«

»Seine Mutter ist an Drogen gestorben? Wie dramatisch für das Kind. Ich komme am nächsten Wochenende nach Hause. Dann können wir über alles ausführlich reden. Das muss ich erst einmal sacken lassen. Wie sieht es bei dir aus, wann fahrt ihr in Urlaub? Ich muss gleich zur nächsten Vorlesung.«

»Gott sei Dank erst in zwei Wochen. Ich bin hier. Lern schön, die Menschheit zu zerschnippeln. Frau bald Dr.«

»Bis dann Schwesterchen.«

»Hallo Sina, hier ist Jodi, ist Mom bei dir?«

»Ja sie ist hier und sehr aufgebracht.«

»Kann ich mit ihr reden?«

»Warte einen Moment.«

»Jodi, was gibt es?«

»Mom, wie geht es dir? Ich habe gehört, was passiert ist. Paps hängt ganz schön in den Seilen, weil er Angst hat dich zu verlieren. Mom, ich glaube er meint das ernst.«

»Er hat mich beim Fremdgehen nicht gefragt, wie es mir dabei geht.«

»Ich verstehe dich. Nicht anders würde ich reagieren. So mal von Mutter zu Tochter, gibst du euch noch eine Chance? Er liebt dich wirklich sehr. Darf er zu dir kommen?«

»Im Moment muss ich meine Gedanken sammeln und überlegen, wie es weitergeht. Er kann Morgen zu Sina kommen, sagen wir um 15 Uhr. Sina wird Jonas zur Nachbarin bringen. Der Bub braucht nicht alles mitbekommen. Er hat genug gelitten.«

»Okay. Am Wochenende kommt Gina, können wir alle zusammen darüber reden?«

»Ja das muss besprochen werden.«

Jodi lief zu ihrem Vater. »Ja Paps, Mom ist bei Sina. Du sollst Morgen um 15 Uhr zu Sina kommen. Sie wird Jonas zur Nachbarin bringen.«

»Ist Romy Morgen auch anwesend?«

»So wie ich sie verstanden habe, ja. Möglich, dass Sina euch alleine reden lässt.«

»Danke Liebes.«

8

Am nächsten Tag fuhr David mit gemischten Gefühlen zu Sina. Er gestand sich Fehler nicht gerne zu. Dann drückte er auf die Klingel. Romy öffnete ihn und bat ihn herein. Sie setzten sich ins Wohnzimmer.

»Liebe Romy, ich weiß ich habe Fehler gemacht. Ich kann sie nicht mehr rückgängig machen. Siehst du noch eine Chance für uns?« Erwartungsgemäß schaut er sie an.

»Möchtest du einen Kaffee.«, fragte sie stattdessen.

»Ja danke gerne.«

»David du hast mich sehr verletzt. Ich möchte nicht wissen, wie viele Frauen es waren.«

»Aber...« Eine Handbewegung von ihr, brachte ihn zum Schweigen.

»Was war sie für eine Frau, die Mutter von Jonas?«

»Was kann ich dir von einer Nacht sagen Romy? Da lernt man keinen Menschen kennen. Ich erinnere mich, dass sie Probleme mit Drogen hatte und ich warnte sie davor. Sie winkte ab, was sie nehme, sei nicht schädlicher als ein Glas Wein.«

Romy wand sich. Insgeheim liebte sie ihren Mann noch immer. Sie wusste, er war ein attraktiver Mann, nur hatte sie keine Ahnung, dass er nicht einmal ein paar Wochen ohne

Sex auskommt. So schien es und das schockierte sie. Es musste jetzt alles zur Sprache kommen, sonst würde sie ersticken.

»David, ich bin nicht mehr bereit alles zu schlucken. Ich war damals mental nicht bereit, nach Connecitcut zu ziehen. Ich habe dir damit deinen Wunsch erfüllt. Ohne an meine eigenen Bedürfnisse zu denken. Das stürzte mich in Schwierigkeiten. Du hast nie etwas mitbekommen. Für dich habe ich funktioniert. Deine Bedürfnisse wurden erfüllt, ich blieb auf der Strecke. Von den vielen Geschäftsreisen möchte ich nicht sprechen. Das war dein Beruf. Wie ich jetzt erkannte, stand dein Vergnügen an erster Stelle, nur nicht mit mir. Meine Depressionen hast du zu verantworten. Auf jeden Fall zu einem großen Teil. Ich muss mir auch eine Mitschuld anrechnen, denn ich hätte öfters NEIN sagen sollen. Liebe geht manchmal eigene Wege.«

»Romy, ich habe dich immer geliebt, daran hat sich nichts geändert. Dass du dich von mir überrumpelt gefühlt hast, wusste ich nicht. Ich empfand es leider nicht so. Ich dachte, ich kann dir die Welt zu Füßen legen.«

»David, der Preis des Reichtums ist manchmal zu hoch. Ich brauche das nicht. Ich möchte nicht in einer künstlichen Welt leben. Nicht mehr. Ich möchte Leben in mir spüren. Ich bin bereit, dir mit Jonas zu helfen. Der Junge kann nichts dafür. Wie ich hörte, kommt Gina am Wochenende nach Hause. Du wirst ihnen Jonas Anwesenheit erklären müssen. Und noch etwas David, ich möchte, dass du keine Entscheidungen über meinen Kopf entscheidest. Ich möchte gefragt werden.« David strahlte über das ganze Gesicht und kam auf Romy zu.

»Liebling, ich danke dir von Herzen, dass du uns noch eine Chance gibst. Ich weiß das nach alledem zu schätzen. Niemals hätte ich mich von dir getrennt. Das wusste jeder. Okay, alles Entscheiden wir zusammen, versprochen.«

»Lass es gut sein. Du solltest jetzt deinen Sohn kennenlernen. Er spricht ein bisschen.« David kam auf Romy zu und nahm sie in seine Arme.

»Ich danke dir Romy. Ich weiß, dass du noch Zeit brauchst. Lass es uns gemeinsam beginnen.« David sah seiner Frau liebevoll an.

»Danke David, ja ich brauche noch Zeit. Es war ein großer Schock für mich.«

»Romy, dass den Girls zu erzählen, bekomme ich hin. Mit Jodi habe ich schon gesprochen.« Romy nickte.

Sina kam mit Jonas ins Wohnzimmer. Es war für alle ein beklemmendes Gefühl. Sina rettete die Situation. Sie kniete sich zu Jonas und flüsterte ihm zu:

»Schau Jonas, das ist dein Vater. Möchtest du zu ihm gehen?« Auch David kniete sich und lächelte seinen Sohn an.

»Hallo Jonas, wir haben uns schon gesehen, erinnerst du dich? Darf ich dein Vater sein?« Mit zittriger Stimme antwortet Jonas:

»Du bist wirklich mein Vater? Kannst du auch Fußball spielen?«

»Ja ich bin dein Vater. Ich glaube, Fußball wirst du besser spielen, als ich. Ich würde mich freuen, wenn du es mir beibringst. Wenn du mich wieder besuchst, können wir es hinter dem Haus im Garten versuchen, ob ich es noch schaffe. Was meinst du?«

»Ja das können wir machen. Ich wollte Romy auch noch mal besuchen und mit dem kleinen Hund spielen.« Romy kam auf ihn zu.

»Ich würde mich freuen, wenn du uns besuchst.« Sina wandte sich an Jonas.

»Was meinst du, wollen wir sie heute Nachmittag besuchen?« Jonas nickte und fasste Davids Hand an. Romy und Sina liefen in die Küche, um Kaffee zu holen. Sie hörten, wie sich Jonas mit David unterhielt.

»Na Romy, was sagst du dazu? Es war auf jeden Fall eine Annäherung. Wir sollten es Jonas überlassen, was in Zukunft wird. Würdet ihr ihn bei euch aufnehmen?«

»Ja unbedingt. Er wird eine Weile brauchen um das alles zu verarbeiten.«

»Von Jonas weiß ich, dass er oft traurig war, weil er keinen Vater hat. Die anderen Kinder in seiner Gruppe, kamen oft mit ihren Vätern. Für Jonas würde ich mich freuen, wenn es irgendwann mit dem Zusammenleben klappt. Aber wie denkst du wirklich darüber? Es war auch für dich ein Schock.«

»Ja das war es. Das hätte ich David niemals zugetraut. Daran habe ich garantiert noch eine Weile, zu knabbern. Du weißt, ich liebe Kinder und wenn ich Jonas helfen kann, würde ich es tun.«

»Das ist schön Romy. Wenn es euch recht ist, kann ich das in die Wege leiten. Dann braucht Jonas auch keine Angst mehr zu haben, in eine Pflegefamilie zu kommen. Meine vorläufige Vormundschaft endet in 2 Monaten. Jonas würde es das Herz brechen, wenn er zu fremden Leuten müsste. Ein leiblicher Vater, ist schon eine andere Schiene. Denkt darüber in Ruhe nach und schlaft eine Nacht darüber. Wir können uns Morgen noch einmal treffen, wie es jetzt mit Jonas weiter gehen wird. Es ist für dich bestimmt keine so leichte Entscheidung.«

»Bis Morgen haben wir sicher eine Entscheidung getroffen. Wir können heute zusammen nach Hause fahren. Dann kann Jonas mit Floh spielen. Hast du Zeit?«

»Ja das können wir gerne tun.« Sina wusste, Romy würde sich für das Wohl von Jonas entscheiden. Sie hoffte, dass Romy über den Vertrauensbruch von David hinwegkommt. Jodi zog sich an, um zu ihrem Freund zu fahren als Romy, David, Sina und Jonas kamen.

»Hallo, wie freue ich mich, euch noch zu sehen. Hallo Jonas, schön dich kennenzulernen. Ich bin Jodi deine Schwester.«

»Ich habe eine Schwester?« Er sah Sina und David an. Jodi lächelte.

»Nein nein, du hast zwei Schwestern. Gina ist noch in Köln. Sie kommt am Wochenende nach Hause. Da kannst du sie auch treffen.« Jodi lief zu ihren Eltern und drückte sie.

»Schön euch Beide hier zu sehen. Liebe Sina, ich freue mich dich zu sehen.«

»Hi Jodi, wohin geht es, in den Urlaub?«

»Dank meiner lieben Eltern auf die Malediven.«

»Du hast tolle Eltern, kannst du sie mir mal leihen?«

»Wenn noch was übrig ist?« Alle lachten und Jodi verließ das Haus. Nicht ohne Jonas die Hand, zu geben.

Floh kam um die Ecke gerannt und erkannte seinen jungen Freund. Er sprang an ihm hoch und Jonas freute sich. Er lief Floh hinterher. Nicht, ohne Sina anzuschauen, und sie nickte als Bestätigung, dass er die Erlaubnis hatte, Floh zu folgen. Romy und David erlaubten es ihm auch.

David suchte Jonas und fragte ihn, ob er den Garten sehen wolle. Als Jonas an der Terrassentür stand, staunte er, weil der Garten so groß war.

»Geh nur hinaus, Floh folgt dir schon.« Dann rannten beide hinaus und nach einer Weile hörte man Jonas lachen.

»Ihr könnt gar nicht ermessen, was das für mich bedeutet, dieses Kind wieder so Lachen zu hören. Er hatte es so schwer.«

Romy ergriff das Wort und schaute dabei David an.

»David, meinst du nicht auch, wir sollten Jonas, wenn er das möchte, bei uns aufnehmen? Platz haben wir genug. Es wäre doch eine Tragödie, wenn er in eine fremde Pflegefamilie käme.«

»Romy, was habe ich doch für eine wundervolle Frau. Ich danke dir. Das wäre mir auch sehr recht.« Sina dachte im Stillen darüber nach: *Was ist nur aus meiner besten Freundin Romy geworden. Keine Spur von Depression. Sie wirkt so stark, wie schon lange nicht mehr. Für sie war das ein heilsamer Schock. Mit Jonas hat sie wieder eine Aufgabe. Sie blüht richtig auf.*

»Ihr Lieben, ich würde mich für Jonas sehr freuen. Das wäre auch im Interesse seiner Mutter gewesen.«

»Sina, was für ein Mensch war seine Mutter?«

»Antonia war eine sehr stolze liebevolle Mutter. Das sieht man schon daran, dass David nie erfahren hat, dass er der Vater ist. Nur leider war sie den Drogen verfallen. Der letzte

Dealer gab ihr den Rest. Sie war noch so jung. Gerade erst 28 Jahre alt. Sie hat alles für Jonas getan, nur von den Drogen kam sie nicht los.« Es herrschte betretenes Schweigen.

»Wenn ihr Jonas wirklich aufnehmen wollt, werde ich das Jugendamt davon unterrichten.«

Mit rotem Gesicht vom Rennen kam Jonas mit Floh ins Haus. Sina wollte mit ihm reden.

»Jonas, möchtest du in diesem Haus bei deinem Vater und seiner Frau Romy wohnen. Du wärst dann nicht mehr so alleine. Wäre das OK für dich.«

»Ich in diesem schönen Haus?« Er strahlte über das ganze Gesicht. Romy sprach zu ihm:

»Komm doch einfach mit mir, ich zeige dir das Haus und dein späteres Zimmer.«

»Oh ja, kann Floh mitkommen?« Romy lachte.

»Ja sicher, Floh kommt von sich aus schon mit.«

Jonas kam aus dem Staunen nicht mehr heraus. Vor einer Tür blieb Romy stehen.

»Jonas, mach die Tür auf, das wäre dein Zimmer.« Zaghaft drückte er die Klinke herunter und öffnete die Tür. Er glaubte nicht, was er dort sah.

Ein großes Bett und passende Schränke. Er betrat langsam das Zimmer und fühlte einen dicken weichen Teppich unter seinen Füßen.

»Wenn das meine Mom sehen könnte.«, flüsterte er leise.

Besser nicht dachte Romy.

»Aber sie sieht es, Jonas. Sie schaut von oben zu.« Eine Träne kam und Jonas wischte sie schnell weg.

»Jonas, das ist okay, wenn du weinen musst. Niemand verurteilt sich dafür. Manchmal weine ich auch und das befreit. Wenn du reden möchtest, sind wir für dich da.« Jonas drehte sich zu Romy und fragte, ob er das Zimmer Sina zeigen dürfte.

»Aber sicher, warte ich hole sie.« Als Sina kam, lief Jonas zu ihr und nahm ihre Hand.

»Schau doch nur, das wird mein Zimmer sein. Ist das nicht schön?«

»Oh ja, es ist wirklich das schönste Zimmer, was es hier im Haus gibt.« Sie zwinkerte Romy zu. Er nahm Floh hoch. »Hast du gesehen Floh, das kann mein Zimmer sein.« Jonas wandte sich zu Romy.

»Darf Floh in mein Zimmer schlafen?«

»Du magst den kleinen Floh was? Soll ich dir etwas verraten? Floh ist ein kleiner Seelentröster. Du kannst ihm deinen Kummer erzählen. Er wird dich verstehen und dich nie verraten. Ich habe es probiert und es klappt. Ja er darf in deinem Zimmer schlafen.«

»Ich mag Floh, er ist so schön knuffig.« Sie liefen zurück, zu den anderen. Jonas war etwas aufgeregt. Auf einmal fing Jonas bitterlich an zu weinen. Er schämte sich dafür, aber er konnte die Tränen nicht zurückhalten. Sina kam zu ihm auf den Boden und nahm ihn in die Arme.

»Warum weinst du denn Jonas. Gefällt es dir hier nicht?« Nachdem er sich ein bisschen beruhigt hat, antwortete er:

»Doch, es ist alles so schön hier. Ich habe noch nie ein eigenes Zimmer gehabt. Mit Mom mussten wir so oft umziehen.«, schluchzte er.

»Floh darf sogar bei mir schlafen.«, versuchte er zu lächeln.

»Wow, das finde ich toll. Bedeutet das, du möchtest hier einziehen Jonas?«

Ganz beschämt antwortete er:

»Wenn ich darf.« Alle waren gerührt.

Floh kam und leckte ihm die Tränen fort und alle lachten.

David antwortete ihm:

»Aber nur unter einer Bedingung Jonas.« David ließ eine Pause verstreichen. Jona schaute ihn besorgt an.

»Nur wenn du mir das Fußballspielen beibringst.« Man hörte, wie Jonas ein Stein vom Herzen fiel.

»Ja das tue ich gerne.«

»Das ist schön und ich freue mich für dich, Jonas.« Sina wandte sich zu Romy und David. »Wenn ihr das wirklich wollt, werde das dem Jugendamt mitteilen. Sie werden sich bestimmt mit euch in Verbindung setzen.« Ängstlich fragte Jonas:

»Muss ich doch zu einer Pflegefamilie? Tränen kullerten erneut über sein Gesicht.«

»Nein hab keine Angst, ich muss ihnen nur sagen, dass du jetzt einen Vater hast, dann geht alles in Ordnung.«

»Aber natürlich wollen wir dich hier haben, rief Romy und David fast gleichzeitig.« Sie sahen sich an und merkten beide, dass alles wieder gut werden kann.

Das Wochenende kam und somit mehr Leben im Hause Bennett. Gina und Jodi fuhren fast gleichzeitig vor. Wenn die Beiden zusammentreffen, geht die Post ab. Für Jonas war alles aufregend. Gina stieg als erste aus ihrem Auto aus. Romy und David kamen ihr entgegen. Sie umarmten sich. Als David sie drückte, flüsterte sie ihm zu:

»Was hört man denn von dir, Paps?«

»Später«, meinte er zu ihr. Sie verstand.

Dann sah sie Jonas und kam auf ihn zu.

»Hallo, du musst Jonas sein. Ich bin Gina, deine Schwester. Keine Angst, ich beiße nicht.« Damit nahm sie ihm die Angst und er gab ihr die Hand.

»Du bist die Ärztin?«, fragte er sie.

»Nee noch nicht, da muss ich noch ein bisschen lernen.«

Jonas verstand sich auf Anhieb mit seinen Halbschwestern. Sie machten es ihm leicht. Schwer beeindruckt war er, dass Gina Ärztin werden möchte. Schade fand er es, dass Jodi nach ihrem Urlaub nach Köln zog, um auch zu Studieren.

Sie hatte die Aufnahmeprüfung von der privaten Hochschule Vaia Pangea bestanden. Jonas fragte, was sie dort arbeiten würde? Sie erklärte es ihm und zählte auf, was sie dort alles lernte. Entwurf, Nähen, Schnitt – historisch, modern, Stoff- und Farb Materialkunde, Gestaltung mit unterschiedlichen Materialien, Zeichnen, Kostüme, Modezeichnen und vieles mehr.

»Ich weiß nicht, wo ich mein Focus ansetzen werde. Eigene Modeshows, oder Kostümbildnerin am Theater.« Die Partner von Gina und Jodi spielten mit Jonas, damit David mit seinen Töchtern in Ruhe die neue Lage besprechen konnte.

Als David ihnen die Geschichte erklärte:

»Vielleicht passiert das in jeder langen Ehe einmal.«, sinnierte Gina.

»Paps ich glaube dir, dass du Mom sehr liebst, kann man trotzdem fremd gehen?«

»Was soll ich euch sagen, es ist passiert und dass daraus ein Kind entstanden ist, konnte ich nicht wissen. Ich passte immer auf und sagte das den Frauen.«

»Frauen, es war nicht nur Antonia.«

»Na ja, es waren drei. Eure Mutter weiß von einer, mehr wollte sie nicht wissen.« *Es ist nicht notwendig, dass ich ihnen mehr erzähle. Schlimm genug die Sache mit Antonia.*

»Ich gehe auch nicht mehr auf Geschäftsreise.«, grinste er.

»Aber Gelegenheiten gibt es immer, wenn man das möchte.«, erwiderte Jodi und lächelte ihren Vater an.

»Könnt ihr euren alten Vater vergeben?«

»Wir haben dir nichts zu vergeben, dass muss Mom tun.«, zwinkerte ihm Jodi zu.

»Nur mit dem Ableger müsst ihr klarkommen. Ich werde die Vaterschaft anerkennen und ihn zu uns nehmen. Wisst ihr, so groß der Schock auch für eure Mutter war, sie hat seitdem keine Depressionen mehr bekommen. Sie kann wieder nach vorne schauen und hat eine Aufgabe.«
Gina erklärte: »Alles hat zwei Seiten, Paps. Ich habe das schon von Studienkollegen gehört, dass ein Schock eine psychische Erkrankung heilen kann. Wenn das auch für euch eine Mehrarbeit bedeutet, wenn Mom nicht mehr so leidet, hast du eine gute Tat vollbracht. Hört sich blöd an, ist aber so. In den Kliniken wird manchmal auch mit Schocks gearbeitet. Man erzielte gute Ergebnisse.«, erklärte Gina.

»Aha, Frau Doktor spricht.«, erwiderte Jodi.

»Du hast aber recht, davon habe ich gelesen.«

»Ja wir sehen, Mom wirkt viel gelöster. Vielleicht hat ihr nur eine Aufgabe gefehlt, die sie ablenkt. Aber Paps, dass sie wieder in ihren geliebten Schwarzwald zurückkam, war schon ein Teil Heilung, glaube ich.«

»Na, ihr zwei macht mir ja Mut.«, lächelte David.

»Ich habe eine fantastische Familie.«

Wie zu erwarten, war es Jonas erlaubt, nach der Vaterschaftsanerkennung bei seinem Vater zu wohnen, mit der Auflage, dass der Junge in die Schule geht. David versicherte dem Jugendamt, dass er dafür sorgen wird. Jonas war gespannt auf die Schule. Romy half ihm bei seinem Einstieg. Es gab in kurzer Zeit viel Neues für Jonas, was zu verkraften war. Er hatte nicht viel, was ihm gehörte, aber das Wenige nahm er mit in das ihm zugedachte Zimmer und räumte es ein. Floh war immer an seiner Seite. Oft stellte Floh sein Kopf schräg, wenn Jonas ihm etwas erzählte. So hatte er das Gefühl, dass Floh in absolut verstand.

Romy gelang es, mit Jonas Einkaufen zu fahren, um neue Kleidung für ihn zu kaufen. Außerdem hatte er die Wahl, sich so manches Spielzeug auszusuchen. Insbesondere Bücher, womit er bestrebt war, schnell das Lesen zu erlernen. Jonas absolute Leidenschaft sind Flugzeuge. So suchte er sich ein Flugzeug als Bausatz aus. Romy erklärte ihm:

»Beim Zusammenbauen hilft dir ganz sicher dein Vater.«

»Oh das würde mich freuen. Ich musste früher immer alleine spielen. Meine Mom war oft krank, da konnte sie sich nicht so oft mit mir abgeben.« Nachdem Shoppen lud Romy

Jonas in eine Eisdiele ein. Mit Empathie versuchte sie, ihm zu erklären, dass es normal ist, wenn sie ihm etwas kauft.

»Deine Schwestern haben genug. Jetzt bist du dran.« Als Dank bekam sie sein strahlendes Gesicht.

Jonas war hin und her gerissen, was er alles bekam. Romy ließ ihn bei allem mitentscheiden. Nichts wurde über seinen Kopf entschieden. David erklärte ihn die Schule. Jonas war begeistert.

Ich habe den Kleinen liebgewonnen. Es tut mir in der Seele weh, wenn ich daran denke, was er alles durchgemacht hat. Das ist nicht leicht für ein Kind, mit einer drogenabhängigen Mutter. Obwohl er es nicht weiß, hat er mich aus einem tiefen Loch gezogen. Wenn ich in seine Augen schaue, meine ich, ich schaue David an. Die gleichen schwarzen Haare, die Mundpartie und das Lachen. Das ist mir nie bei meinen Kindern aufgefallen. Mit Jonas kann ich sogar David ein Stück verzeihen. Was der Bub wohl von seiner Mutter hat? Todsicher das Melancholische. Das besitzt David nicht. Möglicherweise erzählt Jonas mir eines Tages von ihr.

»Danke.«, sagte Jonas.

Wie bei seinen Halbschwestern war geplant, dass Jonas auf eine Privatschule geht. Mit Liebe versuchten sie, ihm den Weg zu ebnen. Romy brachte ihn spielerisch das Lesen und Schreiben bei. Jonas beherrschte das Spiel mit Zahlen. Da hatte er Spaß dran und er lernte es schnell. Erst dann begaben sie sich mit ihm, in die Privatschule zum Test. David hatte schon vorher ein Gespräch mit dem Direktor. Jonas kam mit strahlendem Gesicht vom Test zurück. Der Lehrer kam zu Romy und David.

»Sie haben einen schlauen kleinen Jungen. Er hat logischerweise Defizite, ich glaube, dass er sie schnell aufholen kann. Wenn Sie weiterhin mit ihm üben, Frau Bennett, steht eine Aufnahme in unserer Schule nichts im Weg. Das neue Schuljahr fängt erst in 3 Monaten an.«

»Das war gar nicht schwer.«, berichtete Jonas. Man sah ihn an, er war mit Feuereifer dabei.

Romy und David bedankten sich beim Rektor. Schmunzelten über Jonas, verabschiedeten sich und verließen sein Büro.

Floh ist in Jonas Besitz übergegangen. Sie wurden dicke Freunde. Außer in der Schule sah man die Beiden immer zusammen. Eines Tages kam Jonas ins Wohnzimmer, und fragte, ob er ihnen etwas zeigen durfte. Romy und David freuen sich darauf.

Flohs Debüt war ein voller Erfolg. Jonas zeigte die Kunststücke, die er mit Floh einstudierte. Und Floh schien große Freude daran zu haben sie auszuführen. Eine Rolle, Tanzen, gab High five, sprang durch einen Ring, lief durch einen Tunnel und durch Jonas seine Beine. Floh forderte seine Leckerchen ein, die Jonas ihm gerne gab.

Romy und David applaudierten und lobten beide. Man spürte sofort, das war ein eingespieltes Team. Jonas strahlte übers ganze Gesicht, streichelte Floh.

»Das habt ihr toll gemacht.«, antwortete David.

»Wann hast du ihm das beigebracht?«

»Im Garten und in meinem Zimmer. Floh kann noch mehr, ich wollte ihn nicht überfordern. Er hat alles schnell gelernt, nur Hütchenspiele, die mag er nicht so.«

»Hütchenspiele.«, fragte Romy belustigt. Jonas holte drei Plastikbecher und ein Leckerli und zeigte sie Floh. Dann verdrehte er sie und Floh zeigte mit seiner Pfote auf den richtigen Plastikbecher. Und es stimmte. Alle lachten. Floh wurde unruhig und sprang an Jonas hoch.

»Oh, er muss raus, ich laufe eine Runde mit ihm.« Dann nahm er die Leine, die Kotbeutel stopfte er sich in die Hosentasche. Dann bekam Floh das Geschirr um sein Körper gelegt.

»Ist das nicht erstaunlich, was er in der kurzen Zeit schon gelernt hat.«, sprach David.

»Ja er ist ein gescheiter Junge. Er wird in der Schule schnell aufholen. Es macht ihm viel Freude zu lernen und er ist mit Feuereifer dabei.«

»Liebling, ich danke dir, dass du mir verziehen hast.« David sah Romy dankbar an.

»Ich hoffe, mein Leben wird etwas ruhiger, nicht wegen Jonas, sondern wegen aufregenden Dingen.«

»Romy, ich werde alles tun, damit es dir besser geht.«, erwiderte David.

»Nein Jonas macht kaum Arbeit. Er ist selbstständig geworden. Nur manchmal ist er in sich gekehrt. Ich glaube, er denkt oft an seine Mutter. Das ist normal. Egal, wie Eltern zu ihren Kindern sind, sie sind und bleiben die Eltern. David, du müsstest sehen, was unser Floh doch für ein Seelentröster ist. Er versteht es wie Bambi, den Menschen ein Lächeln ins Gesicht zu zaubern. So auch bei Jonas. Ich habe neulich mitbekommen, wie Jonas Floh sein Leid geklagt hat. Er sei uns dankbar, dass er jetzt ein tolles Zuhause hat, aber er denkt oft an seine Mom. Floh saß neben ihn, stellte sein Kopf schräg, man hatte den Eindruck, dass er alles versteht. Jonas nahm Floh auf dem Arm und der leckte den Jungen. Da erhellte sich das Gesicht von Jonas. Es ist erstaunlich, was Tiere den Menschen an Liebe geben. Und manche werden so sträflich behandelt. Hunde sind die besseren Menschen.«

»Ja Romy, da hast du vollkommen recht«, bestätigte ihr David.

Jonas hat sich in der Schule schnell integriert uns sein Defizit aufgeholt. Er ist in der 7. Klasse und hat einen konkreten Berufswunsch. Er hat ein Faible für die Fliegerei und erkundigte sich schon, was er für eine Schulbildung braucht, um Pilot zu werden. Sein Abi steht im Fokus. Im letzten Urlaub war es ihm erlaubt, das Cockpit zu sehen. Damit wurde ihm sein größter Wunsch erfüllt. Der Co-Pilot erklärte ihm alles. Jonas war begeistert. Er ist mit seinem Vater schon mit einem Segelflugzeug geflogen.

Romy und David fördern ihn, wo es möglich ist. So strengt sich Jonas in Mathematik und Physik an. Belegt einen Kurs in Raumorientierung. Er wächst jetzt zweisprachig auf und hat mit der englischen Sprache keine Probleme. In der Schule ist er einer der Besten. Niemand hätte das gedacht, dass ein Analphabet sich so schnell steigert. Sportlich ist er fit. Er spielt gerne Fußball. Alles was er anpackt, wird gewissenhaft erledigt. Zu seinem nächsten Geburtstag bekommt er einen Flug mit dem Helikopter.

Trotzallem wollen Romy und David abwarten, ob sich der Berufswunsch bei Jonas verfestigt.

Zu seinen Schwestern hat Jonas ein ausgezeichnetes Verhältnis. Jodi wohnt während ihres Studiums bei Gina. Beide sind ehrgeizig. Wenn sie nach Hause kommen, gibt es meistens ein fröhliches, lautes Beisammensein. Romy blüht dann auf, wenn sie die ganze Familie beisammenhat. Ihre Mutter lebt schon lange bei ihnen im Haus. Sie ist nach dem Tod ihres Ehemannes in der Einliegerwohnung glücklich.

Im Haushalt braucht sie nicht helfen, sie haben ihr Personal. Jonas ist gerne bei seiner Oma unten. Oft sind sie alle auf der Terrasse, wenn es das Wetter erlaubt.

Eines Abends, erzählte Jonas Romy von seiner Mutter, die er manchmal vermisst. So erfuhr sie, dass Antonia, ihren Sohn abgöttisch liebte, sie zu schwach war, aus dem Drogensumpf heraus zu kommen. Wegen Schulden bei Dealern mussten sie oft bei Nacht und Nebel verschwinden. Meistens fuhren sie mit dem Zug. Als seine Oma noch lebte, besuchte er sie oft. Seine Mutter brachte ihn dorthin. Es hatte ihm immer gefallen, weil seine Babka ihm tolle Geschichten erzählte. Nur stritten sich die beiden hin und wieder.

»Aber Mama ging dann schnell weg und holte mich irgendwann wieder ab. Wir mussten oft umziehen. Einige Male lag sie krank im Bett und ich machte ihr das Frühstück. Ich konnte nicht alleine raus zum Spielen gehen, falls die bösen Männer kamen, die mich als Pfand mitnehmen wollten. Mama erzählte mir oft, dass es uns eines Tages besser gehen würde, dann hätten wir ein schönes Haus nur für uns alleine.« Eine Träne stahl sich aus seinen Augen. Jonas wischte sie schnell weg. Romy nahm ihn in ihre Arme.

»Und von deinem Papa hat sie dir nie erzählt?«, fragte Romy ihn.

»Nein, ich fragte sie oft danach, weil meine Freunde auf der Straße ihren Papa hatten. Sie sagte, dass ich es irgendwann erfahren würde. Ich soll Geduld haben.«

»Weiß du Jonas, deine Mama hatte es nicht besser gewusst. Deine Mama wird dir niemand ersetzen können. Ich auch nicht und ich möchte das auch nicht. Das wäre für dich nicht richtig. Behalt sie gut in deinen Herzen. Ich bin mir sicher, sie ist immer bei dir und passt auf dich auf.« Jonas nickte.

»Romy, danke dass ich bei euch leben darf. Ich bin so froh, doch einen Papa zu haben. Du bringst mir so viel bei. Schau nur, wie gut ich jetzt lesen kann. Die Schule macht mir großen Spaß. Ich lerne gerne.«

»Das weiß ich Jonas.«, Romy gab ihm einen Kuss auf seinen Kopf. Sie war gerührt.

Später unterhielt sich Romy mit David, über das, was Jonas erzählte. Sie hatte ihm längst verziehen.

»Was der kleine Kerl in so jungen Jahren durchmachte, ist unbegreiflich.«, erwiderte David. »Danke meine Liebe Romy, dass du ihm eine so gute Ersatzmutter bist. Du hättest jedes Recht, ihn zu hassen.«

»Rede keinen Unsinn. Du weißt, ich liebe Kinder. Jonas kann nichts für seine Mutter und seinen Vater.« Romy sah ihn von der Seite an.

»Wie du weißt, habe ich von seiner Existenz nichts gewusst.«

»Stimmt, hättest du mit ihr nichts angefangen, hätte Jonas nicht so eine schlimme erste Zeit in seinem Leben durchgemacht. Du weißt, ich schätze Jonas sehr. Er hat den gleichen Dickkopf wie du.« Romy lächelte.

»Leider hat sie ihr ganzes Geld für immer härtere Drogen ausgegeben. Hätte ich das alles vorher gewusst, vielleicht hätte ich ihr helfen können. Ich kann mich daran erinnern, dass sie sehr stolz war. Heute denke ich, sie hat keinen anderen Ausweg gesehen. Nur hat sie nicht bedacht, dass sie ein Kind hatte. Sie wusste, dass sie mich niemals besitzen würde.«

»Wie auch immer, sie hat einen tollen Sohn auf die Welt gebracht.«

9

Hocherfreut teilte David eines Tages mit, dass sich sein Freund José angemeldet hat, sie zu besuchen.

»Das ist schön David, ihr braucht Zeit für euch, denke ich. Da werde ich mich mit Sina und den anderen zur Buchbesprechung treffen. Es ist sehr interessant die Sichtweisen der einzelnen zu erfahren. Manches sieht man mit anderen Augen. Manchmal gehen wir auch zu Lesungen. Das ist schon längst überfällig. Jonas könnte zu seinem Freund gehen.«

»Erstens störst du nicht, und zweitens kannst du dich jederzeit mit deinen Freundinnen treffen.«

»Ich weiß, es war so viel zu tun, in letzter Zeit. Die Lesungen früher waren es wert. Die Buchbesprechungen machten uns immer wieder Spaß. Man findet schnell heraus, wer ein Buch gelesen hat oder nicht. Das ist immer sehr witzig. Diejenige sitzt oft wie ein begossener Pudel da.«

»Vielleicht macht sie nur mit, um Gesellschaft zu haben«, erwiderte David.

»Möglich wäre das. Ich stelle es mir nur langweilig vor, sie weiß nicht, wovon wir reden. Aber egal, wie sie sich entscheidet. Sie ist immer willkommen.«

Am Montagmorgen kam José an und David holte ihn am Flughafen ab.

David wartete lange auf die Maschine seines Freundes aus Japan. Sie hatte 3 Stunden Verspätung. Als er ihn endlich sah, war die Freude groß.

»Hey Buddy, schön dich wieder zu sehen. Hey hast du zugenommen?«, frotzelte er ihm.

José lachte und erwiderte: »Ich habe es nicht so gut wie du, dass du eine Frau hast, die kocht.«

»Buddy, wenn du Geld hast, dann lässt du kochen.« David blinzelte José an.

»David, können wir in deinem Haus auch ungestört reden?« David verstand nicht, wie er es meinte.

»Ja sicherlich, in meinem Büro, aber wir sind sowieso erst einmal alleine. Die Mädels studieren, Jonas ist bei einem Freund und Romy ist mit Freundinnen weg. Warum?«

»Lass uns erst einmal einen Kaffee trinken gehen. Es ist anzunehmen, dass dein Kaffee immer noch scheußlich schmeckt.«

»Oh oh, aber es stimmt «, lachte David.

Sie kehrten, in der für David besten Adresse in Stuttgart, der Café Bar Milano ein. David war dort bekannt und wurde gleich mit seinem Namen angesprochen. Wie immer, bekam er seinen Stammplatz, etwas abgeschirmt von den anderen Gästen.

»Hey Buddy, du machst ein ernstes Gesicht, was ist los? Ist dir wieder eine Frau weggelaufen?«

»Nein, das würde ich verkraften. Es ist etwas schiefgelaufen, bei unseren Geschäften.«

»Was ist los José, das ist doch schon so lange her.«

»Stimmt schon, aber die sogenannten Geldeintreiber schlafen nicht«, meinte José.

»Wir leben seit rund 10 Jahren wieder in Deutschland. Du weißt, wir sind aus diesem Grund nach Deutschland gegangen. Na ja Romy war schon der Hauptgrund. Es kam damals alles zusammen.«

»Ja ich weiß, du hast jetzt auch einen Sohn, wie ich hörte.«

»Stimmt, kannst du dich noch an Antonia die Polin erinnern. Meine Güte, war die rattenscharf.«

»Oh ja, die hatte fast jeder, was ist mit ihr? Ich muss sagen, die Polinnen haben was, dass kommt nicht so oft vor.«

»Sie ist tot. Drogen und sie hatte von mir einen Sohn. Ich hatte keine Ahnung. Das war vor ca. 4 Jahren. Ich hatte echt Probleme mit Romy.«

»Das kann ich mir vorstellen. Wie ist ihr Sohn so?«

»Jonas lebt jetzt bei uns. Er ist ein taffer Kerl. Romy hat sich seiner angenommen.«

»Echt? Jede andere Frau hätte dich und ihn in die Wüste geschickt. Ein Hoch auf deine Frau. Also wenn du sie mal überdrüssig wirst...«

»Rede keinen Scheiß. Wir lieben uns immer noch, auch mit der Geschichte von damals.«

»Hey reg dich nicht auf, war doch nur Spaß.« Er zwinkerte David zu.

»Zurück zum Geschäft. Ich wollte dich warnen, bevor sie bei dir aufkreuzen. Oder kannst du 5 Mille zahlen. Dann wären wir sie ein für alle Mal los. Ich würde die gleiche Summe zahlen.«

»Wie ist das rausgekommen? So viel? Ich habe das schon, war aber alles anders gedacht. Ich verstehe das nicht. Nach so vielen Jahren kommen die an«, erwiderte David.

»Ich mache mit denen auch schon eine ganze Weile rum. Ich sagte dir damals, dass ich deinen Arsch gerettet hab.«

»Ja ich erinnere mich. Als sie jetzt mir massiv drohten, um dich zu kriegen, habe ich ihnen ein Deal vorgeschlagen. Ich habe die wasserdichten Verträge ausgehandelt und mit meinem Anwalt abgestimmt. Nicht dass das eine Sache ohne Ende ist. Lass sie von deinem Anwalt prüfen.«

»Du hast über Schwarzgel Verträge?
Zeig mal her. Ja ich lasse das prüfen. Davon muss Romy aber nichts erfahren.«

»Ist schon klar.«

»Lass uns fahren. Wir haben es nicht mehr weit.«
Das war eine Freude, als José Romy wiedersah.

»Hallo meine Schöne. Wie geht es dir? Du siehst wie immer strahlend aus.«

»Hallo José, schön dich zu sehen. Immer noch keine Heiratsabsichten?«

David schaltete sich ein.

»Darling, den will doch keine Frau mehr und du mein Freund mach nicht meiner Frau schöne Augen. Sie ist für dich tabu.«

José knuffte seinen Freund in die Seite. Zu Romy gewandt erklärte er:

»Wie kann ich es zulassen, mich an einer Frau zu binden, wo es so viele Schönheiten auf der Welt gibt?« Alle Lachten. Romy verabschiedete sich und fuhr zu ihren Freundinnen.

»Ich muss mich verabschieden, eigentlich wollte ich schon längst weg sein.«

Am nächsten Tag war eine Grillparty geplant. Jodi und Gina haben ihr Kommen zugesagt. David organisierte für die Party genug Personal. Es war für Romy eine große Freude, dass ihre Mädels wieder einmal nach Hause kommen. Es war eine muntere Party. José war von Gina überrascht. Er hatte sie als Teeny in Erinnerung.

»Hallo Gina meine Hübsche. Was macht das Studentenleben.«

»Fertig, ich habe jetzt eine Assistentenstelle im Krankenhaus am Südring. Es macht Spaß, ist durch die

Doppelschichten anstrengend. Wie überall herrscht auch bei uns Personalmangel.«

»Welches Fachgebiet hast du gewählt?«, fragte José.

»Chirurgie mit Schwerpunkt auf plastische Chirurgie.«

»Also für die Reichen und Schönen?«

»Nein, ich denke da eher an die Kriegsgebiete. Ich möchte Kindern helfen. Es gibt so viele Kinder die unsere Hilfe brauchen. Nun werde ich mich der Organisation Ärzte ohne Grenzen anschließen. Ich möchte nur meinen Doktor fertig machen.«

»Bekommt man den Doktor nicht automatisch mit dem Studium?«, fragte Jodi.

»Nein Schwesterherz, dazu musst du promovieren. Das kannst du erst nach der Dissertation. Das heißt eine Doktorarbeit veröffentlichen. Dazu braucht man die wissenschaftliche Arbeit. Ein sehr guter Bekannter war dazu 5 Jahre am Max-Planck-Institut und hat eine experimentelle Arbeit angefertigt, die von 2 Physikern und einem Ingenieur mit summa cum Laude abgesegnet wurde. Solange werde ich nicht warten.«

»Eine Summa was?«

»Liebste Jodi, das lernt man bei Designern nicht. Das ist die beste Benotung der Promotion.«

»Nee so ein Kram haben wir nicht. Ich bleibe da lieber bei meiner Mode.« Beide lachten.

»Willst du auch promovieren Gina?«

»Ja Mom das möchte ich auf jeden Fall. Ich kenne einige niedergelassene Ärzte, die ohne ihren Doktortitel bei manchen Patienten Probleme haben. Sie werden gefragt, ob sie richtige Ärzte sind. Naürlich sind sie es. Der Doktortitel macht aus dir keinen besseren Arzt. Wie du zu den Patienten bist, das zählt in meinen Augen mehr. Ärzte die ihren Patienten mit Empathie begegnen. Sie nicht als Nummer behandeln. Ein normaler Arzt schließt mit der Approbation ab. Das bedeutet mit der staatlichen Berufserlaubnis. Das schließt man mit dem Staatsexamen und nicht mit einer Doktorprüfung ab. Ich kenne viele hervorragende Ärzte ohne Doktortitel.«

»Warum willst du denn den Doktortitel?«

»Wollt ihr ehrlich meine Meinung darüber hören? Ganz einfach, ich will dem ganzen Gelaber aus dem Weg gehen. Frauen haben es sowieso schwerer. Meine Freundin Betty leidet sehr darunter. Sie überlegt, nur wegen diesen Anfeindungen zu promovieren. Das kostet sie ein paar Jahre, Sie kann dann zeigen, dass sie eine richtige Ärztin ist. In Deutschland wird man schnell verunglimpft, zu Unrecht.«

»Mädchen das klingt aber sehr gefährlich in den Kriegsgebieten.«

»Mag sein, dass es nicht ungefährlich ist. Aber hast du mal die Kinder dort gesehen, ohne Beine und Hände. Sie laufen teilweise auf ihren Stümpfen.«

Romy kam hinzu.

»Oh Gina, du hast es doch nicht aufgegeben?«

»Nein Mama, ich war für 2 Wochen in einem der Gebiete. Da blutet dir dein Herz, wenn du das siehst. Besonders dort wo es noch Landminen gibt. Diese verfluchten Kriege. Die Kinder können nichts dafür und sie sind die Leidtragenden. Wie sie mit einfachen Hilfsmitteln versuchen, sich fortzubewegen. Sie haben dort keine Rollstühle. Das sind die Ärmsten der Armen. Ich bin nicht Ärztin geworden, um hier in eine Nobelklinik zu arbeiten. Ich möchte dort helfen, wo die Not am größten ist.

Aber liebe Mom, das dauert bei mir noch ein bisschen.«

»Ich verstehe dich ja, ich habe Angst um dich.« Gina setzte sich zu ihrer Mutter.

»Mom, das brauchst du nicht. Ich könnte aus dem Haus gehen und mir fällt etwas auf den Kopf. Das ist Schicksal, wenn etwas passiert. Nur die Kinder dort haben sonst keine Chance auf ein normales Leben. Ihnen möchte ich helfen.«

Romy tätschelte Ginas Hand. »Ich verstehe dich ja. So habe ich über meinen Beruf auch gedacht. Mit Kindern zu arbeiten ist etwas sehr Schönes.«

»Genau Mom. Schau dir die vielen Amokläufe in den USA an. Wenn du als Lehrerin gerade am falschen Ort bist, kann es dich auch treffen. Von daher bin ich froh, dass wir wieder in Deutschland sind.« Auf einmal musste Gina lachen.

»Oh mein Gott, jetzt rede ich schon wie du. Vergiss das bitte ganz schnell. Gibt es noch was zu trinken?« In dem Moment kam eine Angestellte und verkündete, dass das Buffet angerichtet ist.

»Jodi komm lass uns mal schauen, was es gutes gibt.« Nachdem sich jeder einen Teller mit den Köstlichkeiten genommen hat, kam Sina auf Romy zu.

»Romy, es ist erstaunlich wie sich Jonas verhält. Man erkennt ihn kaum wieder.«

»Das freut uns. Mittlerweile ist er einer der Besten in seiner Klasse. Und er war einmal ein Analphabet.«

»Danke liebe Romy, dass du dich seiner angenommen hast. Siehst du, dass alles im Leben Bestimmung ist? Sonst hätte David wohl nie erfahren, dass er einen Sohn hat.«

»Schon möglich, obwohl mir eine Menge schmerzen erspart geblieben wären.«

»Ja alles im Leben hat seinen Sinn. Ähm Romy, ich habe da noch so ein Fall ...«

»Nur wenn es keine neue Liebschaft von Dave ist.« Beide lachten.

»Ich glaube nicht, Svenja ist auch so ein Drogenkind. Bei ihr ist es so, dass sie ein paar Nachhilfestunden braucht. Jemand der ihr alles genau erklärt. Sie ist 12 Jahre alt und ich möchte sie gerne von der Straße wegbekommen. Darf sie mal vorbeikommen?«

»Okay, bring sie gegen Ende der Woche vorbei. Dann ist David nicht mehr so oft mit José zusammen. Er muss nach Stuttgart fahren.«

»Vielen Dank, ja das werde ich organisieren. Ich muss doch mal schauen, ob es noch etwas von den köstlichen Chicken Wings gibt.« Damit ging sie zum Buffet.

In den nächsten Tagen ließ David die Verträge prüfen. Sein Anwalt wies ihn auf eine Klausel hin, wo bestätigt wurde, dass keine Zahlungen offen sind. Allerdings fand man es nur versteckt ganz unten und kleingeschrieben.
Als David nach Hause kam, bat er José in sein Arbeitszimmer. Er wies ihn auf diesen Passus hin und wartete auf seine Reaktion.

»Mensch David, das ist ja ein Ding. Meine Anwälte fanden es nicht heraus. Dein Anwalt ist ein schlaues Kerlchen.« David nickte nur.

»Lass uns den Leuten ein Schreiben aufsetzen, dass mit diesem Vertrag nichts herauszuholen und der Vertrag bindend ist.«

Zwei Wochen warteten sie, nichts passierte.

Am 06. Juni trafen sich die Freunde wieder.

»Sie haben das wohl endlich kapiert.«, meinte David. José stimmte ihn zu. »Wie gut, dass dein Anwalt so auf Zack war.«

»Du kennst meine Maxime? Mit Geld ist alles möglich. Nur lass das nur nicht Romy hören, sie denkt anders darüber.«

»Wollen wir noch einmal in die gemütliche Bar?«, fragte José.

»Ja gerne, heute wollte Romy sowieso wieder zu einer Buchbesprechung. Lass uns um 19 Uhr losfahren.«

Sie verbrachten ein paar angenehme Stunden in der Bar, nicht ohne die hübsche Bedienung, angemacht zu haben. José war in seinem Element. Auf ihm flogen die Frauen. Sein südländisches Aussehen hatte ihm schon immer geholfen. Nur keiner Frau vermochte er treu zu sein. David hielt sich zurück, zu groß war die Angst, dass Romy etwas erfuhr. Nicht nach der Geschichte mit Antonia. Er lächelte über seinen Freund. Gegen 22 Uhr fuhren sie nach Hause. Sie befanden sich auf der A 81. David sah den schwarzen Wagen zuerst. »Sage mal werden wir verfolgt? Der Wagen hinter uns fährt schon eine ganze Weile immer im gleichen

Abstand. Ich kann niemanden erkennen, die Scheiben sind abgedunkelt.«

Der schwarze Wagen setzte zum Überholen an und rammte dabei die Fahrerseite von Davids wagen. Er schrie, dann war es dunkel um ihn. José sah, wie der schwarze Wagen von der Straße abkam und links über die Leitplanke flog und die Böschung hinunterstürzte. Davids Mercedes rammte die rechte Leitplanke, überschlug sich und blieb auf dem Dach liegen. Fensterscheiben waren zersplittert. Dadurch hatten beide Männer Schnittwunden an Händen und Gesicht. David verlor das Bewusstsein. José war eingeklemmt. Schon bald hörte er die Feuerwehr.

David konnte man herausziehen, nur José musste herausgeschnitten werden. Beide wurden in die Klinik gebracht. Zuvor musste David am Unfallort wiederbelebt werden. Sein Kreislauf brach zusammen. Der Notarzt rief im Klinikum an, dass ein Verletzter sofort operiert werden muss. Später stellte sich heraus, dass auch José operiert werden musste.

Am Abend war Romy wieder zu Hause und wunderte sich, dass David und José nicht da sind. Sie hatte mit ihren Freundinnen einen schönen Tag verbracht.

Es klingelte an der Haustür und ihre Mutter öffnete die Tür. Sie erschrak, als sie zwei Polizisten sah. Man wollte mit Romy Bennet sprechen. Romy zitterte, als sie die Polizisten ins Haus bat.

»Ist was mit meinem Mann?«

»Frau Bennett, wir müssen Ihnen leider mitteilen, dass ihr Mann einen schweren Unfall auf der A81 in Höhe von Rosenfeld hatte. Er wurde in das Klinikum eingeliefert.«

»Oh mein Gott, wie ist das denn passiert? Mein Mann ist ein sicherer Autofahrer.« Romy vermochte ihre Tränen nicht mehr zurückzuhalten.

»War noch jemand im Wagen bei meinem Mann? Er war mit seinem Freund unterwegs.«

»Ja es gab einen weiteren Verletzten in seinem Auto. Ist es möglich, dass Sie jemand ins Krankenhaus fährt?«

»Ja meine Freundin werde ich anrufen«, schluchzte Romy. Die Beamten verabschiedeten sich und Romy musste sich erst einmal fassen. Dann rief sie Sina an. Beide fuhren ins Klinikum. Von unterwegs rief Roma die Mutter von Jonas Freund an und erklärte ihr kurz die Sachlage und fragte, ob Jonas bei ihnen bleiben kann. Sie hole ihn, sobald sie nach Hause kommt. Es war kein Problem. Sie bat noch, Jonas nichts zu sagen. Als sie im Krankenhaus ankamen, erfuhr sie, dass David im Intensivbereich lag. Sie musste eine Weile warten, da man David immer noch operierte. Nach einer Stunde wurde sie zum Arzt gebeten.

»Guten Abend Frau Bennett.«

»Was ist mit meinem Mann?«, verlangte Romy zu wissen.

»Frau Bennett, ihr Mann hat sich leider sehr schwer verletzt. Er musste noch am Unfallort wiederbelebt werden. Das ging sehr rasch und war erfolgreich.«

»Oh mein Gott, schluchzte Romy.«
Der Arzt ging ans Telefon: »Bringen Sie bitte Frau Bennet ein Beruhigungsmittel und ein Glas Wasser.«

»Hier nehmen Sie, das wird Ihnen helfen.« Romy nahm es dankend an. Sie zitterte am ganzen Körper. Dann fuhr der Arzt fort.

»Wie weit die Wirbelverletztung in Mitleidenschaft geraten ist, können wir zum jetzigen Zeitpunkt nicht sagen. Erst Morgen können wir eine MRT machen. Wir haben zur Sicherheit seinen Kopf stabilisiert. Er hat einen Armbruch, Rippenbrüche, ein Beckenbruch und eine Gehirnerschütterung erlitten. Die Wirbelsäule wurde leider auch getroffen. Den Arm, sowie den Beckenbruch konnten wir stabilisieren. Es kommt auf die nächsten 24 Stunden an, dann können wir mehr sagen. Es sieht sehr ernst aus. Er hat auch Schnittstellen im Gesicht die wir versorgt haben und ein blaues Auge. Wenn Sie möchten, können wir jetzt zu ihm gehen.«

»Herr Doktor im Auto von meinem Mann ist sein Freund mitgefahren. Wie geht es ihm? Er heißt José Martinez.«

»Er ist leichter verletzt. Ich werde auf Station anrufen und Sie anmelden. Herr Martinez konnte nach der OP auf eine normale Station verlegt werden.«

»Danke Herr Doktor.«

Als Romy David sah, erschrak sie. Er war überall verkabelt und bandagiert. Sie hörte die Geräte piepsen. Das machte ihr Angst. Sie lief an sein Bett und berührte seine Hand. Sie küsste ihn auf die Stirn. David fing an zu stöhnen. Man hatte ihm eine Halskrause umgelegt und den Kopf fixiert, dass er ihn nicht bewegen konnte. Im Gesicht sah er wirklich wie nach einem Boxkampf aus. Ganz leicht öffnete er seine Augen.

»Romy wie schön, flüsterte er.«

»David mein Schatz, wie fühlst du dich.«

»Romy, ich fühle meine Beine nicht.« Angst klang in seiner Stimme, was sie so gar nicht von David kannte.

»Du musst Geduld haben, Morgen wird es bestimmt besser.«

Sie merkte, dass er Schwierigkeiten mit dem Atmen hat. Sie schaute die Schwester an, die eben hereinkam. Sie erklärte ihr, dass es an seinen gebrochenen Rippen liegt. Die werden ihn eine Weile wehtun.

»David, ich komme Morgen wieder und bringe dir ein paar Sachen. Ruhe dich aus. Ich muss leider gehen.«

»Ja, was soll ich sonst tun?«, lächelte er.

Als sie aus dem Zimmer lief, konnte sie ihre Tränen nicht zurückhalten. Sina hat auf sie gewartet.

»Sina das ist so furchtbar David da liegen zu sehen. Die ganzen Schläuche und Gepiepe.« Sina nahm sie in den Arm und drückte sie.

»Ich weiß, wie du dich fühlst. So hilflos, weil man selber absolut nichts tun kann. Ich kenne das. Du musst Geduld haben.«

»Ich muss José noch besuchen. Er liegt auf der anderen Seite der Station.«

»Ich begleite dich.«

José hatte die Augen geschlossen, als Romy das Zimmer betrat. Sina wartete draußen. Als Romy ans Bett trat, öffnete José seine Augen.

»Hallo meine schöne Romy.«

»Hallo José, wie geht es dir?«

»Wie sie mir sagten, haben sie mich zusammengeflickt. Die Milz ist raus und das Bein genagelt. Wie geht es David?«

»Er liegt auf der Intensivstation.«, meint Romy leise.

»Ist es sehr schlimm?«

»Das wissen wir noch nicht. Es müssen noch Untersuchungen gemacht werden. Er sieht übel aus. Er hat wie du Schnittstellen im Gesicht. Und ein blaues Auge. Bist du dir sicher, dass ihr euch nicht geschlagen habt?«, meinte Romy scherzhaft, soweit sie es konnte. Das Beruhigungsmittel tat seine Wirkung.

»Nee, also daran hätte ich mich erinnern können.«

»José, wie ist der Unfall passiert?«, wollte Romy wissen.

»Ich kann mich an den dunklen Wagen erinnern, ab dem Aufprall weiß ich nichts mehr.«

»Was für einen dunklen Wagen?«

»Hinter uns fuhr ein dunkler Wagen, er setzte zum Überholen an und dann krachte es auch schon. Ich weiß nicht, wie das passiert ist. Wie gesagt, ab dem Aufprall weiß ich nichts mehr. Ich grüble schon die ganze Zeit nach.«

»Ich gehe davon aus, dass die Polizei euch befragen wird.«

»Ja Romy, das ist gut möglich.«

»Ich muss jetzt gehen José, ich komme dich Morgen besuchen. Brauchst du etwas?«

»Das wäre lieb von dir Romy. Bitte bring mir meine Kulturtasche mit. Wie sie mir sagten, darf ich in diesem tollen Hotel noch etwas bleiben«, witzelte José.

Draußen wartete immer noch Sina. »Soll ich dich nach Hause begleiten?«

»Nein, das ist nicht nötig, du hast mir schon so viel geholfen. Ich muss es erst einmal den Kindern Mitteilen. Das wird kein leichter Weg. Besonders Jonas liebt seinen Vater. Dann ist meine Mutter noch da. Sei mir nicht böse, da muss ich selber durch. Ich darf dich anrufen, wenn ich dich brauche?«, fragte Romy.

»Jederzeit, das weiß du.«

Als Romy zu Hause ankam, lief sie gleich zu ihrer Mutter und berichtete, was geschehen ist.

»Ach Gott Romy, wie schrecklich. Ich fahre Morgen mit ins Krankenhaus. Danke Mutsch. Ich fahre jetzt Jonas abholen und dann informiere ich die Mädchen.«

Jonas fragte, was los sei. Er merkte Romy an, dass etwas passiert sein musste. Das Sensible hatte er von seiner Mutter. Roma wartete, bis sie zu Hause waren. Im Wohnzimmer saß seine Oma schon.

»Hey, was ist los?«

»Jonas, dein Vater hatte einen Unfall.« Jonas nahm es mit verbissenen Zügen auf.

»Ist er auch tot?«, fragte er tonlos.

»Nein habe keine Angst. Er ist schwer verletzt und er wurde schon operiert.« Sobald es die Ärzte erlauben, fahren wir zu ihm. Jetzt liegt er auf der Intensivstation. Er nickte unmerklich. Jonas dachte an seine Mutter, die er auch in einem Krankenhaus verloren hat.

»Mutsch, bleibst du bitte bei Jonas, ich gehe jetzt die Mädchen informieren«

»Ja sicher, Jonas komm zu mir. Das ist bestimmt nicht schlimm, in ein paar Tagen besuchen wir ihn gemeinsam.«

»Was sagst du da Mom, Dad ist im Krankenhaus? Wie schwer ist er verletzt?« Gina ist nun Assistenzärztin. Sie kennt sicher ein paar Koryphäen, die Dad weiterhelfen.
Beide versicherten, so schnell wie möglich, nach Hause zu kommen. Romy fuhr am nächsten Vormittag wieder ins Krankenhaus. Der Stationsarzt lief den Gang der Station entlang, als er Romy sah. Er lud sie in sein Büro ein. Als sie ihn in sein Büro folgte, war ihr nicht wohl zu Mute. Nachdem er sie begrüßt hat, fing er gleich zu erzählen an:

»Frau Bennett, wir haben heute eine MRT wegen der Wirbelsäule bei ihrem Mann anfertigen lassen. Es tut mir leid, er hat sich bei dem Unfall den 7. Halswirbel gebrochen.« Der Arzt machte eine Pause, um das erst einmal sacken zulassen.

»Das bedeutet?«, fragte Romy und ihre Stimme zitterte.

»Das bedeutet leider, dass ihr Mann querschnittsgelähmt ist. Und doch hat er großes Glück gehabt, denn er kann seine Hände und Arme bewegen. Ich weiß, es ist ein großer Schock für Sie. Dennoch bitte ich Sie, ihm Zuversicht zu vermitteln. Es wird alles für ihn getan.«

»Querschnittsgelähmt?«, fragte Romy ungläubig? »Mein Mann war zeit seines Lebens immer aktiv, auch sportlich.«

»Das ist gut, denn das wird ihm in der nächsten Zeit helfen. Er wird ein bisschen länger brauchen durch den Becken- und Armbruch«

»Herr Doktor, weiß er das schon?«

»Ja wir haben es ihm gesagt. Ich möchte Sie bitten, ihm Zuversicht zu geben. Die kann er im Moment gebrauchen. Sehen Sie zu, dass er nicht zu sehr in Mitleid verfällt. Viele Männer neigen dazu.«

»Mein Mann war noch nie krank und dann gleich so etwas. Darf ich jetzt zu ihm?«

»Aber sicher. Er liegt auf Zimmer 312.«

Langsam erhob sich Romy, bedankte sich für die Offenheit und öffnete gebeugt die Tür. Draußen setzte sie sich erst einmal auf die Bank und weinte bitterlich. Eine Schwester kam vorbei und fragte, ob sie ihr helfen kann. Romy schüttelte nur den Kopf. Wische ihre Tränen weg und lief ganz langsam zum Zimmer 312.

David schaute zur Zimmerdecke, als er sie sah.

»Romy du brauchst nicht mehr zukommen. Mach dir ein schönes Leben ohne mich«, meinte Dave zu ihr, ohne sie anzuschauen.

»David Bennett, nur weil man einen Unfall hatte, geht die Welt nicht unter. Was soll dein Gerede? Haben wir uns nicht geschworen in guten und in schlechten Tagen?«

»Ja da konnte ich noch laufen.«, erwiderte er bitter.

»Könnte der Herr mich bitte ansehen, wenn ich mit ihm rede? David, ich habe deinen Unfall nicht verursacht. Du hast einen 13jährigen Sohn zu Hause, der sich die Größen Sorgen um dich macht. Meinst du nicht auch, wir sind es wert? Was willst du Jonas erzählen? Ich bin nicht mehr dein Vater? Also bitte nimm dich zusammen. Wenn nicht für mich, dann für Jonas.«

Romy wusste nicht, wo sie die Kraft dazu hernahm. Sie konnte David doch nicht im Mitleid ertrinken lassen. Romy stellte sich so, dass David sie ansehen kann, wenn er nur wollte.

Langsam schaute er sie an.

»David ich habe das eben erst erfahren. Ich bin genauso schockiert wie du. Aber war es nicht so, dass wir immer aus allem das Beste gemacht haben? Es fängt ein neuer Lebensabschnitt für uns an. Und den Weg schaffen wir gemeinsam, dessen bin ich mir sicher. Du hast mir immer bei meinen Depressionen geholfen und bitte, lass dir jetzt helfen. Auch wenn es dir schwerfällt.«

»Romy, ich weiß nicht, ob ich das kann.« Tränen liefen ihm über das Gesicht. Niemals hatte sie David weinen sehen. Auch nicht auf Beerdigungen.

»Sicher kannst du es. Sie wischte ihm die Tränen weg und küsste ihn. Deine Familie steht hinter dir. Heute Nachmittag kommen Gina und Jodi. Sie werden dich besuchen. Du hast sogar einen Vorteil, sagte der Arzt, weil du immer sportlich warst, dass wird dir jetzt helfen. Hast du starke Schmerzen?«

»Die haben mich vollgepumpt. Wie geht es José?«

»Er liegt auch hier im Krankenhaus. Er hatte einen Milzriss und hat sich ein Bein gebrochen. Er wurde operiert. Wenn du auf die normale Station kommst, versuchen wir, ob man euch nicht zusammenlegt.«

Das erfolgte ohne Probleme.

»Hi Buddy wie geht es dir?«, fragte José seinen Freund. Von Romy erfuhr er von der Querschnittslähmung.

»Das siehst du ja, wenn ich jetzt noch aus dem Bett springen könnte, würde ich es nicht aushalten.«, grinste David.

»Mensch das tut mir so leid. Ich hörte davon. Aus dem Bett springen kann ich zwar auch nicht, ich hoffe aber irgendwann.«

Bei der ersten gemeinsamen Visite kam das ganze Ausmaß zum Vorschein. »Mr. Bennett, wir müssen Sie noch einmal operieren. Wir werden versuchen ihre Wirbelsäule soweit zu stabilisieren, wie es irgend geht.«

Der Professor erklärte es ihm genau an einer Abbildung, aber David hörte kaum zu.

»Tun sie was getan werden muss, sagte er resignierend.«

»Na na Mr. Bennett, versuchen Sie, etwas positiv zu denken. Ich gebe zu, der Unfall war schlimm, aber was ich vor der Tür gesehen habe, das haben nicht viele Menschen. Eine tolle Familie und ihr Sohn brennt darauf sie zu besuchen. Er schein ein taffer Bursche zu sein.«
Jetzt schmunzelte David. »Ja das ist er.«

»Wir versuchen alles, um ihre Wirbelsäule zu stabilisieren. Nach der Operation kann ich Ihnen mehr sagen.«

»Bitte geben Sie sich Mühe, dass ich wieder laufen kann.«

»Wir werden sehen. Jetzt lasse ich Ihre Familie rein.«
José meldete sich zu Wort. »Herr Professor, wann kann ich mit dem Rennen starten?«

»Noch so ein ungeduldiger Patient. Mr. Martinez auch Sie brauchen noch etwas Geduld. Die Physiotherapeutin kommt ab heute zu Ihnen beiden, für die gesunden Beine. Sie hatten eine Trümmerfraktur der Kniescheibe, wir mussten eine ganz schöne Puzzlearbeit leisten. Morgen lernen Sie, mit Krücken zu laufen.«

»Herr Professor, wenn ich wieder zurückfliege, lasse ich dann den Metalldetektor klingen?«

»Nein Sie bekommen von uns einen Pass, wo die Metallteile aufgeführt sind.«

»Meine Herren.« Mit einem Lächeln verließ er das Zimmer. Herein kamen Jonas, Gina und Jodi. Jonas kämpfte mit den Tränen, als er seinen Vater sah.

»Na na wer wird denn?«, zwinkerte er seinem Sohn zu. Sofort lächelte er.

»Mensch Dad, was machst du denn für Sachen. Kann man euch nicht mal einen Tag alleine lassen«, Gina erhob ihren Finger und schaut auch José an.

»Hättet ihr euch keinen anderen Grund aussuchen können, um in den Schwarzwälder Boten zu kommen? Ihr seid im Moment das Tagesgespräch in Wolfach.«

»José grinste, ach sind die Paparazzi hier so schnell?« Jodi lächelte, als sie Ihren Vater begrüßt hatte.

»Was belustigt dich Jodi?«, fragte David.

»Entschuldige Dad, aber wenn man euch so liegen sieht. Ich meine eure Gesichter. Dann möchte ich nicht wissen, wie eure Gegner im Ring ausschauen.« Alle lachten.

»Buddy, ist das die Tochter von dir, die schon immer ein freches Mundwerk hatte? Genannt Jodi, die Vorlaute?«

»Sorry Onkel José, aber schaut euch doch mal im Spiegel an. Im Ring muss es hoch hergegangen sein.« Dann wandte sich Jodi zu ihrem Vater.

»Hast du Schmerzen, Dad?«

»Ja Morgen werde ich operiert, die wollen die Wirbelsäule stabilisieren. Sie pumpen mich hier mit Medikamenten voll.«

»Dad, auch wenn du vielleicht nicht mehr laufen kannst, geht das Leben weiter. Ich kenne Spezialisten. Wir gehen das gemeinsam an«, erwiderte Gina.

»Ich sah, dass Gina mit dem Professor sprach. Sie hat ihm garantiert die Hölle wegen Morgen heiß gemacht«, witzelte Jodi.

»Schwesterchen worauf du deinen süßen Hintern verwetten kannst.«

»Wir bleiben ein paar Tage bei Mama und schauen noch einmal zu dir herein. Ich glaube, du brauchst ein bisschen Ruhe«, meinte Gina. Kaum einer merkte, dass Jonas die ganze Zeit die Hand seines Vaters hielt. Alle wussten, was er dachte. Gina legte ihre Hand, auf seine Schulter.

»Mach dir keine Sorgen Jonas. Unser Vater wird wieder gesund. Er wird in der ersten Zeit im Rollstuhl sitzen und ihr könnt zu Hause eine Rally fahren.« Man merkte, wie sich das Gesicht von Jonas aufhellte. Gina wollte ihm noch nicht sagen, dass sein Vater, nie mehr laufen kann. Jodi und Gina wollten Jonas ein paar Minuten alleine mit seinem Vater lassen.

»Papa du musst nicht sterben?«

»Aber nein Kleiner, ich weiß, du hast deine Mutter im Krankenhaus sterben sehen. Schau mich an, ich habe noch eine Rechnung mit meinem Gegner offen. Ich kann mir also nicht leisten, zu sterben. Außerdem brauche ich dich noch. Wir müssen üben, auch mit so einem blöden Rollstuhl Fußball zu spielen.« Jonas lachte.

»Ja das müssen wir. Ich helfe dir dabei. Und wenn du das mit dem Fußball nicht hinbekommst, spielen wir Basketball.«

»Sieh an, sieh an. Mein schlauer Sohn denkt schon weiter. Ja Jonas, so machen wir es. Jetzt lass deine Schwestern nicht zu lange warte«, David zwinkerte Jonas zu. Als Jonas draußen war, meinte José:

»Mensch Buddy, wie du mit deinen Kindern umgegangen bist. Besonders mit Jonas – Respekt. Er hat die Augen seiner Mutter.«

»Danke. Ja das stimmt. Er ist ein schlaues Kind. Weißt du, was er werden will? Pilot. Ach du Scheiße, Jonas hat in 2 Monaten Geburtstag, ich wollte ihm einen Hubschrauberflug schenken. Wenn die mich Morgen nicht richtig zusammenflicken können, was mach ich dann? Das sollte unser Ding sein. Weißt du, er genießt es, wenn er etwas mit mir zusammen erleben kann. Wir waren schon Segelfliegen. Scheiß Unfall aber auch.«

»Mach dich nicht verrückt. Erkundige dich, ob das mit den größeren Helis geht. Ich habe in den Staaten gesehen, dass man die Leute mit Rollstuhl mitgenommen hat. Erkundige dich.«

»Danke für den Tipp, das werde ich tun.«

»Siehe zu, dass es mit deiner Reha terminlich übereinkommt.«

»Ach ja, das kommt auch noch. Dann unterbreche ich die Reha. Jonas hat Vorrang.«

Die OP wurde für den nächsten Tag angesetzt. Als sie ihn zur OP abholten, wünschte ihm sein Freund José alles erdenklich gute.

»Buddy halt die Ohren steif.«

Nach drei Stunden war David noch nicht im Zimmer. Romy besuchte José, sie hielt es zu Hause nicht mehr aus. Nach fünf Stunden brachten sie David. Er brauchte nicht mehr auf die Intensivstation.

»Wie geht es meinen Mann?«, wollte Romy von der Krankenschwester gleich wissen.

»Warten Sie bitte auf den Arzt«, vertröstete die Krankenschwester Romy.

David kam zu sich, hatte starke Schmerzen. Sie brachten ihm ein Schmerzmittel.

»Hi Liebling, wie geht es dir?«

»Wie durch einen Fleischwolf gedreht, flüsterte er.«

Professor Weber kam zur Tür herein.

»Wie geht es ihnen Mr. Bennett?«

»Ich habe Schmerzen.«

»Sie bekommen gleich ein starkes Schmerzmittel. Ihre Schmerzen werden ab jetzt jeden Tag besser werden. Können sie meine Hand drücken. Es ging ein kleines Bisschen. Treten sie mich bitte Mal. Hmm ja Ok. Wir konnten ihre Querschnittslähmung nicht beseitigen. Der Wirbel hat das Rückenmark penetriert. Die Wirbel haben wir verschraubt und verplattet. Die Metallteile verbleiben im Körper. Was erfreulich ist, dass sie jetzt alle Finger bewegen können. An beiden Händen. Sie werden sehen, an das andere werden Sie sich gewöhnen. Mit der Hilfe ihrer Familie können sie ihre Krankheit leichter akzeptieren.«

»Glauben Sie Herr Professor?«

»Ganz sicher, wir helfen Ihnen. In der Reha lernen Sie mit dem Rollstuhl umzugehen. Wir machen Ihnen einen Termin im Querschnittgelähmtenzentrum in Ulm. Das ist eine Spezialklinik. Sie werden fort fit für das Leben im Rollstuhl gemacht. Dort sind sie sehr gut aufgehoben. Ich würde Ihnen zuerst einen Elektrorollstuhl empfehlen. Wenn Ihre Rippen und der Arm geheilt ist, können wir auch die anderen Rollstühle nehmen. Ich wünsche Ihnen gute Besserung.«

Damit verabschiedete sich der Professor.

»Bist du bereit Morgen deine Kinder noch einmal zu sehen? Sie freuen sich auf dich.« Romy schaute ihn liebevoll an.

»Ja, wenn sie einen Krüppel sehen wollen!«

»Hör auf so zu reden. Hast du eine Ahnung, wie viele Rollstuhlfahrer es gibt? Erinnere dich daran, dass wir immer gerne die Paralympics geschaut haben. Denk darüber nach, was diese Leute leisten. Das kannst du auch.«

»Hmm«

Jonas rannte zu seinem Vater. Dahinter kamen Gina und Jodi.

»Papa, wie geht es dir, schon besser?«, fragte Jonas.

»Das weiß ich nicht, sie geben mir viele Schmerzmittel. In zwei Woche komme ich nach Ulm in das Krüppelzentrum.«

»Dad rede bitte nicht so. Ich kenne das Zentrum, es ist Modern eingerichtet. Mit allen modernen Geräten. Du wirst sehen, dir wird dort mehr geholfen. Das sind andere Spezialisten. Dort kannst du die Rollstühle testen, mit denen du am besten zurechtkommst. Wie dir der Professor schon sagte, wird er dir zuerst einen elektrischen Rollstuhl empfehlen. Hast du noch arge Schmerzen in den Rippen?«

»Manchmal beim Atmen und wenn mein Buddy neben mir mich zum Lachen bringt.« Gina lächelte. Sie wandte sich an

ihre Geschwister: »Lasst ihr mich kurz mit Dad alleine?«
Jonas und Jodi liefen raus. José steckte seine Kopfhörer in die
Ohren, um den beiden etwas Privatsphäre zu lassen. Gina
dankte ihn lächelnd. Dann fing sie zu erzählen an:

»Dad, wie geht es dir wirklich?«

»Du weißt?«

»Ja Dad, ich bin Ärztin und als diese möchte ich jetzt auch
mit dir reden. Nicht als deine Tochter.«

»Kannst du dir vorstellen, wie erniedrigend das ist, wenn
du nicht mal mehr zur Toilette gehen kannst?«

»Genau darüber möchte ich mit dir reden Dad.« Gina
nahm seine Hand.

»Es gibt einen Vorwurzelstimulator. Damit kannst du mit
ein bisschen Training Blase und Darm wieder alleine steuern
lernen. Das würde ich dir empfehlen. Das Implantat kommt
unter die Bauchdecke. Das gibt dir mehr Selbstvertrauen
zurück. Damit ist ein fast normales Leben möglich. Ich weiß,
das ist ein Thema, worüber die Menschen nicht gerne
reden.«

»Was ist doch meine Tochter so schlau geworden. Ich
danke dir Gina, ich werde mit den Ärzten sprechen. Ja das
wäret schon sehr unangenehm.«

Am Nachmittag klopfte es an der Tür. David nahm an, es wäre eine Krankenschwester. Herein kam seine Schwester Doreen und sein Bruder Ben. Davids Gesicht hellte sich auf.

»Hallo ihr zwei, schön euch zu sehen, ich kann euch leider keinen Gin anbieten, ihr seht ja...«

»Hey Bruderherz, was machst du denn für Sachen. Wie geht es dir? Romy hat uns auf dem Laufenden gehalten. Können wir dich nicht mal ins Ausland schicken?« Beide hatten sorgenvolle Gesichter. »Du bist ein vorsichtiger Autofahrer.

Wo ist José? Wir hörten, er liegt ausnahmsweise mit dir zusammen. Du hättest auch ein Einzelzimmer haben können.«

»Er wird eine Rauchen, denke ich. Das ist schon in Ordnung mit ihm in einem Zimmer. So habe ich ein bisschen Unterhaltung.«

Mom kann leider nicht kommen, sie ist im Garten gestürzt und hat einen einfachen Beinbruch. Es geht ihr wieder recht gut. Nur sie kommt mit der Gipsschale nicht zurecht. Du kennst sie ja, Geduld ist nichts für sie. Hier haben wir eine Videobotschaft von jemand. Doreen tippte auf ihr Handy herum.

»Hi David mein Sohn. Ich hörte schlimme Sachen von dir. Dagegen ist mein Minibeinbruch eine Lappalie.« Eileen zeigte auf ihr Bein.

»Mal im Ernst, wie geht es dir? Kommst du klar damit? Das war für uns und sicher auch für dich ein großer Schock. Ich wünsche dir, dass du eines Tages wieder laufen kannst und das du bald ohne Schmerzen bist. Love you mein Sohn. Ich soll dich von allen grüßen.«

David hatte eine Träne im Auge.

»Drückt sie von mir. Wie geht es ihr mit ihrer Arthritis?«

»Altersentsprechend, sie geht schon zum Heilpraktiker, weil sie der Schulmedizin nicht traut.« Alle Lachten.

»Wie geht es mit dir weiter?«

»Ich komme bald in die Reha, dort lerne ich mit dem Krüppeltaxi umzugehen.«

Doreen schimpfte mit David. »Höre auf so zu reden. Es gibt so vieles, was man vom Rollstuhl austun kann.«

»Stimmt schon Doreen. Lass es gut sein«, erwiderte David.

»Das ist typisch Mutter«, meinte David, seine Geschwister stimmten ihm zu. So langsam wurde er wieder müde, wie so oft in letzter Zeit. Seine Geschwister merkten das und verabschiedeten sich.

»Wie lange seid ihr noch in Deutschland?«

»Nur noch 2 Tage. Ben muss leider wieder in die Firma. Er wollte noch einen Freund in Mainz besuchen.«

»Passt auf euch auf, ihr seht ja, wie schnell so etwas gehen kann.«

»Bruder, halt die Ohren steif. Du weißt, es gibt schlimmeres.« David grinste, dann fielen ihm die Augen zu. Nach und nach kamen sie alle, Freunde und Verwandte. David war das nicht so recht. Er mochte es nicht, dass sie ihn als Krüppel sahen, nur sagen wollte er es nicht. David sah den guten Willen.

10

Am nächsten Tag kam die Polizei zu ihnen.

»Guten Tag meine Herren. Ich bin Polizeihauptwachtmeister Klingel und das ist mein Kollege Herr Tanner. Darf ich Ihnen ein paar Fragen stellen? Herr Bennett, fühlen Sie sich dem gewachsen?«

»Fragen sie schon.«

»Am Unfall ist Ihnen da etwas aufgefallen?«

»Ja«, sagten David und José aus einem Mund.

David erklärte: »Hinter uns fuhr recht lange ein schwarzes großes Auto hinterher. Ich konnte nichts erkennen, die Scheiben waren getönt. Sie setzten zum Überholen an, es krachte und von diesem Augenblick, wurde es bei mir dunkel. Ich erwachte erst hier im Krankenhaus.«

»Stimmt, was mein Freund erzählt. Ich kann mich noch erinnern, dass David mich fragte, ob die uns verfolgen, weil sie im exakt gleichen Abstand fuhren. Wir dachten uns nichts dabei. Dann begannen sie uns zu überholen, dann krachte es und auch bei mir wurde alles schwarz vor Augen.«

»Hmm das stimmt überein mit unseren Ermittlungen.«

»Herr Polizeihauptwachtmeister, gibt es so ein Auto, wie wir es gesehen hatten?«

»Ja ein Auto ist von der linken Fahrbahn abgekommen, über die Leitplanke geflogen und die Böschung hinuntergestürzt. Es war ein schwarzer Porsche Cayenne S, der ist schrottreif. Die zwei Insassen waren auf der Stelle tot.«

»Wow, was wollten die von uns?«, meinte David. José stimmte ihm zu.

Der ältere Polizeihauptwachtmeister erklärte, dass sie genau das ermitteln werden.

»Ein Porsche Cayenne S? Kein billiges Auto, ich glaube es geht mit 100.000€ los«, erklärte José.

»Ja wir ermitteln in alle Richtungen. Sagen Sie, haben sie Feinde?«

»Wir Feinde? Nein. Wie kommen Sie darauf?«

»Unsere Spurensicherung haben beide Autos untersucht und auf dem Porsche sind Farbabschürfung von ihrem Wagen Mr. Bennett. Es sieht nach Absicht aus.«

»Wollen Sie damit sagen, man hat es auf uns abgesehen?«

»Wer wusste aber, dass ich in Deutschland bin? Niemand. Ich habe nur meinen Freund besucht.« José war erstaunt.

Beide bekamen die Visitenkarte von Herrn Klingel.

»Wenn Ihnen noch irgendetwas einfällt, bitte rufen Sie mich an. Ich halte Sie auf den Laufenden.«

»Ja sicher doch.«

Als die Polizisten gegangen sind, war David erschüttert.

»Ich bin in dieser beschissenen Situation, weil irgend so ein Idiot meinte, uns killen zu müssen?« José stimmte ihm zu.

»David, dem will ich auf den Grund gehen. Wir müssen nur abwarten, bis wir die Namen der Toten erfahren. Vielleicht hilft uns das weiter. Ich habe da eine Idee, aber ich will noch keine Pferde scheu machen.«

»Wie du meinst ...«

»Könnte sein. Lass uns abwarten. Auf jeden Fall hat es die Beiden zerbröselt.«

Romy hat in Davids Abwesenheit das Haus umbauen lassen, damit es rollstuhlgerecht ist. David kommt erst später in die Reha, da hat sie mehr Zeit, sich um so Einiges zu kümmern. Ihren Lebensabend hat sie sich wahrlich anders vorgestellt. Sie hatte zudem große Sorgen um ihre Mutsch. Es ging ihr gesundheitlich nicht gut. Um einen Pflegedienst, falls David ihn brauchte, holte sie Informationen ein. Jonas drängelte, weil er gerne seinem Vater besuchen wollte. Er sah ihn drei Tage nicht. Heute wollte sie Jonas Drängen nachgeben. Sie hatte Sehnsucht nach David.

Als sie zu der Einfahrt der Klinik fuhr, war Jonas aufgeregt. Sie mussten eine Weile in seinem Zimmer warten, da David bei einer Behandlung war. Er staunte nicht schlecht, als er seine Familie sah.

»Papa.« Jonas stürzte zu ihm hin. Vorsicht, ermahnte Romy ihn.

»Wann kommst du endlich nach Hause. Wir haben schon alles für dich vorbereitet.« Oops, das war Jonas peinlich. Er sollte nichts verraten.

»Sorry Mom.«, meinte er kleinlaut. Aber Romy lächelte.

»Okay erzähle es ihm.«

David schaute von einem zum anderen. Er verstand nichts. Jonas nannte Romy Mom?

»Seit wann nennt dich Jonas Mom?«, fragte David. Vor ca. 2 Wochen fragte er mich, ob er das dürfe. Er weiß, wer seine echte Mom ist.«

Jonas tat erschrocken. »Dad, ist es dir nicht recht?«

»Doch mein Sohn, ich war nur überrascht. Das freut mich sogar. Jetzt sind wir komplett eine große Familie.« Romy sah David dankbar an.

»Was habt ihr vorbereitet? Ich habe das nicht vergessen.«

»Na Papa, damit du überall mit deinem Rollstuhl hinkommst. Du kannst in jedes Zimmer und die Tür zum Badezimmer ist auch breiter,« sprudelte es aus Jonas heraus. David sah Romy groß an.

»Ja David ich habe das Haus umbauen lassen. Du wärst in kein Zimmer gekommen. Nur mit unserem Bett müssen wir uns etwas überlegen. Es muss tiefer sein, damit du da rein und raus kommst.«

David lächelte Romy verliebt an. Er liebte seine Frau.

»David schau nicht so, du weißt das geht nicht mehr:«

»Mein Schatz, da irrst du dich. Wenn nicht mehr alles funktioniert, aber das schon.«

»Wie? Das verstehe ich nicht.«

David wandte sich an Jonas.

»Würdest du uns bitte aus der Cafeteria Kuchen besorgen?« Er fuhr zu seinem Nachttisch und gab seinem Sohn Geld.

»Ja gerne was wollt ihr denn?«

»Das überlassen wir dir. David zwinkerte ihm zu.«

Der Weg wurde ihm erklärt und schon war er zur Tür raus.

»Ja mein Schatz, ich kann meine ehelichen Pflichten wieder nachgehen. Fühl doch mal.«

»David wie ist das möglich?«

»Ganz einfach, Gina gab mir den Tipp mit dem Implantat, wo ich Blase und Darm wieder selber steuern kann. Dadurch ist auch wieder Sex möglich.«

Er sah sie wie früher lüstern an. Romy wusste nicht, was sie sagen sollte.

»Wir können nur nicht mehr alle Stellungen absolvieren. So bekomme ich mein altes Leben ein kleines Stück zurück.«

»Komm her,« ermutigte David seine Romy. Sie setzte sich auf seinem Schoß. Sehr vorsichtig, sie wollte ihm nicht wehtun. Sie merkte in der Tat, was sie glaubte, dass es niemals mehr ginge.

»Lass uns herausfinden, ob es die Bettboxen auch tiefer gibt. Dann können wir sie ordern.«

»Ja ich kümmere mich darum.« Lächelte sie. Dann kam Jonas mit einem Tablett Kuchen. Den Kaffee bekamen sie von der Station.

»Wie fit bist du Papa und wann kommst du wieder nach Hause«, fragte Jonas.

»Stellt euch vor, ich kann in drei Tagen nach Hause. Ich muss nur warten, bis der Krankentransport frei ist. Ich kann schlecht von hier nach Wolfach fahren.«

»Und wenn wir dich abholen?«, fragte Romy schmunzelnd.

»Romy, in deinem Auto geht der Rollstuhl nicht rein.«

»Jonas lachte, erzählte aber nichts.«

»Doch in unserem neuen Auto schon.«
David konnte das nicht glauben, er wusste nur, dass man Autos umbaute. Romy klärte ihn auf.

»Wir haben jetzt einen blauen Bierman Caddy. Der ist von VW und nur für Rollstuhlfahrer. Aus der Seitentür kommt die Rampe heraus, fährt hydraulisch runter. Du kannst darauf fahren und kommst ohne Probleme ins Auto. Ich habe das Auto in Rheine abholen lassen. Ich hoffe, es ist dir recht David.« Romy reichte ihm die Prospekte.

»Was es nicht alles gibt. Und ich habe so eine schlaue Frau. Danke Romy. Was würde ich nur ohne dich tun? Ja das ist in Ordnung.«

Romy fiel ein Stein vom Herzen, sie wusste nicht, wie David reagieren wird. Sie freute sich, dass er wieder positiv dachte.

»Ich mache mir große Sorgen um Mutsch. Sie ist vorgestern ins Krankenhaus gekommen. Verdacht auf einem Schlaganfall. Heute habe ich erfahren, dass es Gott sei Dank nur ein leichter war. Sie muss noch eine Weile in der Klinik bleiben. Sie wollen noch ein paar Tests machen.«

»Das hört sich nicht gut an. Kann sie keine Medikamente dagegen bekommen?«

»Ich muss den Arzt danach fragen.«

Und ich werde den Arzt fragen, wann ich genau nach Hause komme. Es wird langsam Zeit. Sie haben mir schon fast alles beigebracht. Ich war in einer Gehhose drin, leider habe ich in den Beinen gar kein Gefühl. Das war schon toll, wieder stehen zu können.«

»Das ist wundervoll David. Glaubst du, du hast Hoffnung eines Tages wieder zu Laufen?«

»Die Hoffnung gibt dir keiner liebe Romy. Aber sie sagten auch nicht, dass es niemals möglich ist. Ich trainiere sehr hart. Ich habe auch schon eine Physiotherapeutin für zu

Hause bekommen. Natürlich kommt das Alter auch dazu. Warten wir es ab.«

Jonas fragte, ob er an seinem Geburtstag wieder zu Hause sein kann.

»Aber natürlich Sportsmann. Ich habe denen hier gesagt, dass ich an deinem Geburtstag nach Hause muss. Denn ich habe eine Überraschung für dich. Noch wird nichts verraten«.

»Oh Super Papa.« Jonas kam auf David zu und drückte ihn.

»Können wir dann eine Party geben?«, fragte er zögerlich.

»Ich habe schon José eingeladen. Er ist vor fast drei Wochen wieder nach Hause geflogen und auch gut angekommen. Nur hat er nicht so eine tolle Familie wie ich.« David grinste. Drei Tage nach dem Besuch von Romy und Jonas, holten sie David ab. Er verabschiedete sich noch vom gesamten Klinikpersonal. Spendete einen größeren Betrag in die Kaffeekasse. Dann fuhr er zum Ausgang, Romy folgte ihm.

»Oh Romy endlich weg von den ganzen Kliniken. Das ist eine Erfahrung, die niemand braucht. Alles ist so monoton. Frühstück, Anwendung, Mittagessen, Anwendung. Das ging bis zum Abendessen. Dann hatte ich Ruhe. Lass uns fahren, wo steht unser Auto?«

»Genau vor deiner Nase.« Romy öffnete die Türen und die Rampe fuhr heraus und herunter. David fuhr auf die Rampe, eine Hydraulik fuhr ihn hoch. David staunte, wie einfach das alles ist. Er war stolz auf seine Frau. Sie waren lange getrennt.

Jonas Geburtstagsparty wurde zeitlich verschoben. Zuerst war er enttäuscht, doch als David sich mit ihm zu einem Flugplatz fahren ließ, strahlten seine Augen.

»Jonas, ich habe dir etwas versprochen und das halte ich ein.«

»Aber Paps, du kannst doch nicht.« Jonas sah, dass ein großer Helikopter auf dem freien Feld stand und die Rotorblätter drehten sich. Sie konnten mit dem Auto bis zum Helikopter fahren. Zwei Leute vom Team halfen David in den Innenraum. Der Rollstuhl blieb unten bei Romy.

»Habt Spaß«, rief sie ihnen zu. Jonas winkte ihr nach und dann zog er sich die Kopfhörer auf. Vor allem durfte Jonas neben dem Piloten sitzen. Er erklärte ihm die Instrumente. Sie flogen 30 Minuten und als sie wieder festen Boden berührten, kam Jonas als erster heraus. Er wartete bis man David herunter in seinen Rollstuhl trug.

»Mom das hättest du sehen sollen.«
Er lief zu seinem Vater und drückte ihn dankbar.

»Papa das war eine Show. Ich habe mir alles gemerkt, was der Pilot mir erzählte.« David lächelte ihn an. Romy stand neben ihm.

»Du hättest ihn erleben sollen Darling. Dieses Geschenk kann nichts toppen. Ich glaube er wird einmal ein guter Pilot.«

»Ja David, das wird er.« Anschließend fuhren sie nach Haus zu der Party für Jonas.

»Ich kann es gar nicht glauben, dass er schon 14 Jahre alt ist. Die Zeit vergeht so schnell. Sie zogen sich zurück und ließen die Jugend feiern.

Ach Romy, José hat sich angekündigt. Er lässt sich mit der Taxe zu uns fahren.«

»Wir können ihn doch abholen lassen.«

»Das wollte er nicht. Er hat auch noch ein paar Probleme mit seinem Knie, seit unserem Unfall.«

»David, wie kannst du jetzt mit deiner Behinderung umgehen? Haderst du immer noch damit?«

»Romy, als ich das mit dem Kopf kapiert habe, da konnte ich damit besser Leben. In der Reha hatte ich keine Zeit zum Grübeln, die haben mich ganz schön gescheucht.« Beide lachten.

»Romy bitte komm her und setz dich zu mir. Ich möchte mit dir reden.«

»Ich hole uns einen Rotwein und etwas zum Knabbern.« David wartete auf sie.

»Romy, du weißt, seitdem das mit Antonia passiert ist, habe ich dir geschworen, immer ehrlich zu sein. Nein keine Angst, es gibt kein weiteres Kind. Erinnerst du dich an Dubai?«

»Oh ja, dort war es in dem Hotel sehr luxuriös.«

»Dort habe ich neben meiner Arbeit, oft Schwarzgeschäfte getätigt. In Dubai war das Gang und gebe. Zusammen mit deinen Depressionen kamen auch bei uns Probleme. José wies mich daraufhin, dass es langsam zu brenzlich wird. Ich plante den Rückzug nach Deutschland. In erster Linie, dir einen Gefallen zu tun. Es tat mir in der Seele weh, dich so leiden zu sehen. In Deutschland wurde es für dich besser. Ich dachte, damit aus dem Schneider zu sein. Als José das letzte Mal hier war, erfuhr ich, dass dem nicht so war. Wenn wir eine entsprechende Summe zahlten, würden keine weiteren Forderungen im Raum stehen. Wir ließen uns nicht darauf ein und verlangten einen Vertrag. Diese Idioten gaben uns das wirklich schriftlich. Josés Anwälte fanden keinen Fehler. Als ich es meinem Anwalt zeigte, fand er im Kleingedruckten einen Passus, dass wir denen gar nichts schuldig seien, weil alles abgegolten war.«

»Aber warum dann der Vertrag?«

»Weil das Stümper waren, die keine Ahnung hatten. Wer gibt einen Vertrag, wenn es um Schwarzgeld geht? Wir setzten ein Schreiben auf, dass wir laut dem Vertrag nicht zahlen müssen. Wir warteten ab, wie sie reagieren. Es geschah nichts. Wir fühlten uns sicher und waren laut Vertrag im Recht. Jetzt kommt leider der Knackpunkt. Wir hatten einen Unfall. Das Wort Unfall war nicht so ganz richtig. Wie wir von der Polizei erfuhren, war das ein Mordanschlag auf uns.«

»David...«

»Diese Idioten nahmen keinen Kontakt mehr zu uns auf. Sie haben unser Auto gerammt, sind selber über die Leitplanke geflogen und die Böschung hinuntergestürzt. Sie waren auf der Stelle tot.«

»Ach Gott wie furchtbar.«

»Im Prinzip gebe ich dir recht. Leider geht es noch weiter. Der eine Killer, war der Sohn vom Kopf der Organisation. Als er erfahren hat, dass sein Sohn in Deutschland tödlich verunglückte, bekam er einen Herzinfarkt und starb daran. Und somit jegliche Forderung an uns. Sie hatten nun keine Handhabe mehr. Und als Bestrafung – so sehe ich das – bin ich ein Krüppel. Die Geldwäsche, die wir betrieben, hat sich definitiv nicht gelohnt. Was glaubst du, wie oft ich im Krankenhaus und Reha an deine Worte dachte? Zum ersten Mal gab ich dir recht: Der Preis des Reichtums war zu hoch.«

»David, wie konntest du nur solche Geschäfte tätigen? Du hast doch mit deinem Beruf weiß Gott genug verdient.«

»Die Gelegenheit war einfach zu groß. Was soll ich sagen? So war das damals. Die Geldwäsche war so einfach, wenn man weiß wie. Ich hätte nie gedacht, dass es mich nach so vielen Jahren einholen würde. Liebe Romy, ich weiß, dass du sehr gradlinig bist. Darum habe ich dir früher nie etwas erzählt. Ich glaube nicht, dass du es verstanden hättest.«

»Nein David, das hätte ich nicht toleriert Ich bin ein grundehrlicher Mensch.«

»Ich weiß Darling. Bevor José kommt, wollte ich mit dir gesprochen haben. Wir brauchen nicht in mein Arbeitszimmer gehen. Er kann ganz offen hier reden.«

»Danke für deine Ehrlichkeit. Glaube bitte nicht, dass ich früher nichts mitbekommen habe. Ich habe dich gesehen, als du von der Arbeit kamst und Probleme hattest. Ich war sehr verletzt, weil du mir nie etwas erzählt hast. Ich dachte, du hast kein Vertrauen zu mir.«

»Dadurch entstehen Missverständnisse. Das sehe ich heute ein. Ich hatte und habe grenzenloses Vertrauen zu dir Romy. Ich wollte dich nur nicht belasten.

Sag, wie geht es deiner Mutter?«

»Leider nicht so gut. Sie ist vergesslich geworden. Die Ärzte wollen sie auf Alzheimer testen.«

»Meinst du, es sind schon Anzeichen da?«

»Ich weiß es nicht genau. Wir vergessen alle mal etwas. Auch junge Leute. Wenn ich sie Morgen besuchen fahre, werde ich nach dem Ergebnis fragen.«

Am nächsten Tag kam Romy aufgelöst nach Hause. David fragte gleich, was die Ärzte sagten?

In den Augen von Romy schimmerten Tränen.

»Sie sagten, es sind kleine Vorboten von Alzheimer. Morgen kann sie nach Hause. Ach David das ist so schlimm.«

»Ja ich weiß mein Liebes. Können wir irgendetwas tun?«

»Der Arzt meinte, sie am Familienleben teilhaben lassen, aber das tun wir doch sowieso.«

»Darling, wir werden alles für sie tun, damit es ihr so lange wie möglich gut geht.«

Am nächsten Tag kam Romy aufgeregt, zu David.

»David, David, Jodi ist eine der Jungdesigner. Schau doch nur die Überschrift.«

Jungdesigner, deren Namen wir uns merken müssen.

Romy las weiter:

Viele spannende Jungdesigner sind auf der Mercedes Benz Fashion Week Berlin. Sie zeigen ihr können. Auf ihre Talente freuen wir uns ganz besonders.

Romy gab David die Zeitung. »Die kam gerade mit der Post. Jodi hat sie uns geschickt. Schau doch nur, ein Bild von ihr ist dabei.«

David las den ganzen Artikel.

»Das ist wunderbar. Schau dir an, unsere Tochter.«

»David, bei ihrer nächsten Show müssen wir dabei sein. Ich bin so stolz auf Jodi.«

»Ja Romy, wenn es mit dem Rollstuhl geht, dann fahren wir hin.«

David hat noch nie Romy so euphorisch erlebt. Er sah sie lächelnd an. Das gefiel ihm, sie hatte vor Aufregung rötliche Wangen.

»Aber natürlich geht es mit deinem Rollstuhl, ich freue mich so für Jodi.«

»Ich auch Romy.«

Zwei Tage später fuhr José mit dem Taxi vor. Die Freude war übergroß, als sich die Freunde sahen. Bestürzt merkte David, dass José immer noch leicht hinkte.

»Komm herein mein Freund.« Nachdem sie sich begrüßt hatten, zeigte Romy José das Gästezimmer. Später saßen sie im Wohnzimmer zusammen bei einem Glas Rotwein. Das Abendessen gab Romy in Auftrag.

»Warum hinkst du immer noch?«

»Tja, irgendwie hat die OP nicht ganz geklappt. Es war noch ein Stück Knochenabsplitterung vorhanden. Das wurde bei einer 2. OP entfernt. Und nun habe ich hin und wieder meine Probleme. Besonders beim Wetterumschwung. Sie sind nichts gegen deine David. Wie kommst du zurecht?«

»Als ich das alles mit dem Kopf begriffen habe, dass es keine andere Möglichkeit gibt, seitdem geht es mir besser. Schau dich um, Romy hat das Haus umbauen lassen, damit ich überall hinkomme. Das ist natürlich gut, dass ich in jedes Zimmer komme. Und eine Behindertenkutsche steht auch draußen. Ich war zuerst erstaunt, aber nun bin ich ihr dankbar.«

Das Telefon klingelte, Romy hob ab und sie erschrak.

»Schon wieder? Ja ich komme sofort.« David schaute fragend zu ihr.

»Es war wieder die Bäckerei. Mutsch ist wieder dort und findet nicht mehr nach Hause zurück. Ich muss sie rasch holen. So langsam mache ich mir Sorgen. Bis gleich.«

»Was hat ihre Mutter?«, fragte José.

»Ich bin noch nicht so lange hier, Romy sagte mir, dass ihre Mutter vergisst, wie sie wieder nach Hause kommt. Dabei muss sie nicht fort. Romy bringt ihr alles mit, was sie möchte. Sie vergisst ständig etwas.«

»Oh je. Das hört sich nicht gut an. Meine Mutter hatte das. Es ist sehr anstrengend. Gut, dass wir das Geld hatten. Ich wollte sie nicht ins Heim tun. Meine Geschwister und ich engagierten eine Pflegekraft. Am Ende war das schlimm. Da war eine 24 Stunden Pflege von Nöten.«

»Nein ins Heim kommt Karin auch nicht. Wir haben hier genug Platz, dann kommt eine Pflegerin ins Haus, mit der kann sie dann losziehen.«

»Hat man noch etwas von dieser Familie gehört?«, fragte David.

»Die Kinder wollten weiter machen und sind aufgeflogen. Alle verhaftet. Was hältst du davon, wenn ich in eure Gegend ziehe? Eigentlich dürften sie nichts mehr von uns wollen, aber das ist mir zu heiß, in der gleichen Stadt zu leben. Ich kann auch von hier aus meine Geschäfte nachgehen. Ich wollte es ohnehin ruhiger angehen.«

»Hey Buddy, das wäre toll. Ich möchte, wenn möglich meine Beratertätigkeit gelegentlich wieder aufnehmen. Ich kann mir das aussuchen. Als Frührentner ist das kein Problem. Romy wird das nicht gefallen, aber ich komme jeden Tag nach Hause. Außerdem brauche ich einen Fahrer. Wenn Romy einmal nicht kann, würdest du das übernehmen, wenn du hier sesshaft geworden bist? Oder wir machen das zusammen.«

»Was wird mir nicht gefallen?«, rief Romy, die die letzten Wortfetzen mitbekam.

»Das ich wieder Beratertätigkeit wahrnehmen möchte.« David sah, dass sein Freund große Augen machte.

»Buddy, Romy kann alles hören, sie weiß Bescheid.«

»Ihr plant doch nicht wieder so ein Mist?«
Beide riefen wie aus einem Mund: »Nööö.«

»Romy, das war auch nicht so lange geplant und dass es so eskalieren wird, konnte niemand ahnen.«, rief José. »Eine fast geniale Extraeinnahmequelle.«

»Habt ihr nicht einmal gedacht, dass der Preis des Reichtums zu hoch sein könnte, wenn ich mir David anschaue?«

»Meine Liebe, das war so nicht geplant. Wie geht es deiner Mutter?« David wusste, damit war Romy abzulenken.

»Sie hat sich hingelegt. David, ich würde gerne eine Pflegerin engagieren. Mit der kann Mutter einkaufen gehen, wenn sie meint, dass sie das braucht.«

»Ja gerne Darling, mach das nur. Sie könnte in der Wohnung von Karin wohnen und deine Mutter hätte eine Rundumpflege.«

»Stell dir vor, José möchte hier in die Gegend ziehen.« Romy sah das Strahlen in Davids Augen. Romy spielte die Entsetzte:

»Ach Gott, dann habe ich zwei Chaoten, auf die ich aufpassen muss. Der eine hätte mir gereicht.«

»Oh oh oh, meine Schöne Romy, so schlimm bin ich doch nicht.« José spielte den Eingeschnappten. Auf einmal lachten die drei.

»Damit es euch nicht zu gut geht, heute hat die Polizei ihr Kommen angekündigt. Sie hätte noch ein paar Fragen.«

»Was will sie denn jetzt noch?«, rief David genervt.
Als es an der Tür klingelte, rief José:
»Wenn man vom Teufel spricht.«
Herein kamen zwei Männer in Zivil. Sie stellten sich als Kriminalbeamte vor.
Sie zeigten ihre Dienstmarken.

»Mein Name ist Kommissar Schubert und das ist mein Kollege Peters.«

»Das ist schön Herr Martinez, dass wir Sie auch hier antreffen.«

»Ja ich habe meinen Freund besucht.«

»Wir haben Ihren Fall auf dem Tisch bekommen, weil es nun um versuchten Mord geht und nicht um einen normalen Unfall, am 06. Juni dieses Jahres.«

»Waren sie oft in Dubai?«

»Ja wir haben dort einige Geschäfte abgewickelt. Wir waren nicht nur in Dubai, sondern auch in dem kleineren Emirat Ras Al Khaimah. Dort habe ich hin und wieder meine Frau und meine Kinder mitgenommen.« Romy stimmte dem zu.

»Kennen Sie die getöteten Herrn Abdel und Temiz?«
David und José verneinten dies, nach einer Zeit der Überlegung.

»Nein sie kommen mir nicht bekannt vor. Wir haben meistens mit einer Japanischen Delegation verhandelt, nicht mit der arabischen. »Waren das die beiden, weshalb ich im Rollstuhl sitze?«, fragte David erregt.

»Ja das waren die beiden, die ihren Wagen gerammt haben. Ich frage mich nur, warum sie in Dubai verhandelt haben und nicht in Japan?«

David antwortete drauf: »Herr Kommissar in unseren Kreisen damals bestimmt der Kunde, wo er denkt, zu verhandeln.«

Hmm, machte der Kommissar.

»Wir haben bei Herrn Abdel sein Notizbuch gefunden und dort steht ihr beider Namen drin. Ganz oben auf einer Liste. Können Sie sich das erklären?«

»Nein, nicht im Geringsten. Ich habe die Namen nie gehört. Wie gesagt, der Kunde sucht sich die Orte aus und meistens sind es solche Orte, wo die Ambiente auch stimmt. Warmes Wetter, Meer und schöne Frauen.« José stimmte ihm lebhaft zu. Verlegen schaute David zu Romy. Sein Blick war verzeihend.

José meldete sich zu Wort. »Herr Kommissar, weiß denn die Familie von den Beiden nichts?«

»Nein, das ist schon mehr wie komisch. Als der Vater von Abdel vom Tod seines Sohnes erfahren hat, bekam er einen Herzinfarkt und starb. Und nun kommt das kuriose. Weitere Familienmitglieder sind nicht zu ermitteln. Für eine arabische Familie sehr ungewöhnlich. Meistens ist das ein ganzer Clan. Die dortige Polizei ist auch nicht fündig geworden. Wir nehmen an, sie kommen aus der Unterwelt und sie wollen nicht behelligt werden. Wenn Sie zu dem Fall auch nichts mehr beitragen können, müssen wir die Akte leider als unerledigt schließen. Somit haben Sie keine Möglichkeit, Schmerzensgeld einzuklagen.«

»Damit kann ich leben, nicht so gut mit dem Rollstuhl, aber ich habe keine Macht, etwas dagegen zu tun. Es gibt viele

Unzulänglichkeiten, die man nicht mehr ändern kann. Es ist schwer, nicht daran zu verzweifeln.«

Romy musste schmunzeln, so hat sie David noch nie jammern hören. Empfindet er wirklich so?

Die Kommissare verabschiedeten sich und Romy führte sie zur Tür. Dann lief sie zu David.

»Liebling, du hast mir nie erzählt, dass du mit deinem Schicksal so haderst.« Sie streichelte ihm den Kopf.

»Also wirklich David, so kenne ich dich gar nicht. Du hast eine echte Show hier abgezogen«, meinte José.

»Darling, mach dir keine Sorgen. Ich wollte nur die Kommissare loswerden. Und siehe da, es hat geklappt. Der Fall wird zu den unerledigten Fällen gelegt und das ist gut so.«

Jonas kam von der Schule und stürzte zu seinem Vater.

»Wie wäre es mit einem Ballwurf... oh Onkel José, ich habe dich nicht gesehen.« Er wollte schon gehen, als José ihn ansprach:

»Bin ich so leicht zu übersehen? Hey, wenn dein alter Herr nicht kann, versuche es mit mir.« Die Augen von Jonas strahlten.

»Ja gerne. Fußball oder Basketball?« Jonas sah, dass José humpelte.

»Okay Basketball«, lachte er.

»Buddy du hast einen vorlauten Bengel. Warte ich werde es dir zeigen.«

Frustriert kam José nach einer ¾ Stunde außer Atem zurück.

»Jonas ist einfach zu gut.« Jonas lachte erneut.

»Ich bin auch in der Schulmannschaft.«

»Das sagst du erst jetzt? Kein Wunder, dass er mich so niederspielen konnte.« Er verwuschelte die Haare von Jonas.

»Super, ich bin stolz auf dich mein Sohn«, rief David.

Nach drei Monaten musste Romys Mutter erneut ins Krankenhaus eingeliefert werden. Sie hatte einen erneuten Schlaganfall, den sie nicht überlebt hat. Romy war in den letzten Tagen viele Stunden bei ihrer Mutsch. Romy war untröstlich und doch empfand sie den Tod ihrer Mutter als eine Erlösung für sie. Die Alzheimerkrankheit war schnell fortgeschritten. Die Beerdigung war schmerzvoll. Es kamen viele Leute zur Aussegnung. Die Familie war in Wolfach bekannt und beliebt. Die kleine Kapelle reichte nicht aus. Es standen Leute vor der Kapelle. Die Türen der Kapelle blieben offen, damit die Leute draußen die Predigt verfolgen konnten. Romys Mutter hatte eine Beerdigung, wie sie sich das immer gewünscht hatte. Niemand kam in schwarzer Kleidung. Man sprach nicht nur vom Tod, sondern was sie mit ihr erlebten. Der Pfarrer erzählt auch lustige Anekdoten von ihr. Spät abends saßen Romy und David in ihrem Wintergarten »Genauso hat sich Mutter das immer gewünscht«, meinte Roma unter Tränen.

»Ja mein Darling, so sind die Beerdigungen in den Staaten auch. Die Leute kommen in bunten Kleidern. Ich möchte das auch einmal so haben. Das nimmt den Menschen die Traurigkeit. Der Tod ist nicht für immer. Stell dir vor, deine Mutter ist nur durch eine andere Tür gegangen. Sie ist immer in deinen Herzen. Wir können sie nur nicht mehr sehen.«

»Ja David, das ist ein schöner Gedanke. Und doch tut es weh.«

»Das ist OK Romy. Irgendwann muss ich bei meiner Mutter auch daran denken. Sie ist jetzt 91 Jahre alt. Noch bei guter Gesundheit.«

»Das ist schön David, sie soll ihr Leben genießen. Gut, dass sie deine Geschwister hat.«

Im Juni kam Romy ganz aufgeregt zu David.

»Was ist denn geschehen Romy?«

»Stell dir vor David, wir haben von Gina die Einladung bekommen. Ihr wird die Promotionsurkunde in der Medizinischen Fakultät verliehen. Unser Kind bekommt ihren Doktortitel.«

»Da schau an, unser schlaues Kind. Romy ich freue mich für sie. Sie musste lange dafür lernen. Wann ist der genaue Tag?«

»Oh schon am Mittwoch.«

Zur Verleihung kamen viele Leute. Romy und David waren ergriffen, als man Gina lobend erwähnte. Romy sah, dass Gina eine Träne wegwischte. Die Dankesrede bestand sie mit Bravour. Als sie ihre Eltern dankte, war es, Romy nicht möglich ihre Tränen zurückzuhalten. Die anschließende Feier fand im kleineren Kreis statt.

»Gina, das war wundervoll. Du hättest uns nicht erwähnen müssen.«

»Doch Mom und Dad, ihr seid es einfach Wert.«

»Dein Kleid ist wunderschön Gina. Wie auf Maß geschnitten.«

»Kein Wunder Mom, das habe ich von Jodi. Sie ist eine fantastische Designerin. Sie hat auch eine Überraschung für euch. Jodi komm doch Mal.«

»Was ist Schwesterchen?«

»Hast du es Ihnen schon gesagt?«

»Nein noch nicht, ich wollte es in einem feierlicheren Rahmen tun, aber was ist feierlicher als die Fakultät?«

»Mom, Dad, ich habe jetzt mein eigenes Label. Mom bei deinem Kostüm habe ich es absichtlich noch nicht reingetan.

Aber in Dad's Krawatte. Dad, drehe deine Krawatte um. Und dort sahen sie es. Jodi B.«

»Wow, ich bin beeindruckt«, staunte David und auch Romy schaute es sich genau an.

»Zu meiner nächsten Modeschau lade ich euch ein. Deshalb war ich in letzter Zeit viel auf Reisen.«
Romy hatte Tränen des Glücks in den Augen.
David meinte: »Was haben wir doch schlaue Kinder.«

An diesem Abend gingen alle zufrieden und ergriffen nach Hause.

11

Drei Jahre später kam Gina nach Hause und teilte ihren Eltern mit, dass sie gerne die Familie und Freunde zu einer Party einladen würde. Der Garten mit Wintergarten bot sich an. Alle kamen und sogar Jodi konnte sich freimachen. Das ist bei ihr selten geworden. Meistens flog sie in der Weltgeschichte der Mode herum. Es war ein herrlicher Sommer und so wurde die Party im Garten veranstaltet. Einige Leute fragten nach dem Grund. Gina hatte nichts verraten. Als alle vollständig versammelt waren, ergriff Gina das Wort, neben ihr stand ein gutaussehender Mann.:

»Liebe Familie und liebe Freunde. Ich freue mich, dass ihr alle gekommen seid.«

Gina legte eine kleine Pause ein.

»Ich möchte euch meinen Verlobten Dr. Klaus Weber vorstellen.«

So nun war es raus. Alle riefen durcheinander und beglückwünschen sie zu ihrer Verlobung. Gina lief zu ihren Eltern, die sie erstaunt ansahen. Sie hockte sich zwischen Romy und David.

»Mom, Dad, ich verdanke euch so viel. Ihr habt mich immer unterstützt. Das ich für mein Studium nicht jobben gehen musste, hat mir viel Zeit fürs lernen gegeben, na ja auch ein bisschen zum feiern. Ich werde euch mein Leben lang dankbar sein. Klaus ist ein toller Mensch und ein guter Arzt. Tja was soll ich sagen, nun habt ihr bald 2 Ärzte in der Familie. Denn wir wollen irgendwann heiraten. Wir werden beide bei Ärzte ohne Grenzen mitmachen. Dort habe ich ihn kennengelernt.«

David antwortet:

»Unsere Gina hat uns schon immer überrascht. Herzlich willkommen in der Familie Klaus.« Sie gaben sich die Hand.

»Wenn wir jetzt zwei Ärzte in der Familie haben, ist einer in der Lage, dass ich wieder laufen kann?«

»Dad, darüber haben wir schon gesprochen.«

»War nur eine Frage«, lachte er verschmitzt.«

Romy war fassungslos, freute sich aber für ihre Tochter.

»Das ist ja Wahnsinn mein Kind. Ich freue mich für euch. Klaus ich möchte mich den Worten meines Mannes anschließen. Herzlich Willkommen. Das kam doch etwas überraschend.«, lächelte Romy.

»Das tut mir leid, Miss Bennett, dass ich sie überfallen habe, Ihre Tochter meinte ...«

»Das glaube ich Ihnen gerne, ich kenne meine Tochter.«

»Oh Mom, wenn du wüsstest, wie ich mich zusammenreißen musste, euch am Telefon nichts zu verraten.

»Und bitte seid uns nicht böse, dass wir uns schon verlobt haben, wir wollten kein großes Aufheben darum machen. Nein Dad, ich möchte nicht so eine Prunkhochzeit, wie ihr sie hattet.«

Sie gab ihrer Mutter und ihren Vater einen Kuss auf der Wange. Alle fanden Klaus sympathisch. Es wurde eine ausgelassene Party. Romy und David zogen sich bald zurück und ließen die Jugend feiern. An der Tür drehte sich Romy noch einmal um.

»David, schau dir nur einmal Jonas an. Seine Freundin ist sehr eifersüchtig. Bald macht er sein Abi und dann wird er auch fortgehen. Die Zeit vergeht so schnell.«

»Mein Darling, das ist der Lauf der Welt.«

»Wer uns wohl zuerst einen Enkel schenkt?«

»Hmm das ist schwer zu sagen. Wenn Gina die Kinder der Welt retten möchte, muss sie sich neun Monate verpflichten. Und Jodi mit ihren Ausstellungen, Fashion Weeks? Es wird spannend werden, warten wir es ab.«

Drei Wochen später war Romy überrascht, als Sina unangemeldet zu Besuch kam. Als sie Romy und David begrüßte, fragte sie:

»Komme ich ungelegen? Romy kann ich dich bitte sprechen?«

»Nein du störst nicht, das weißt du doch. David ich gehe mit Sina in den Wintergarten.«

»Ja macht das nur, viel Spaß wünsche ich euch.«

Der Wintergarten ist eine neue Errungenschaft und sie haben ihn jetzt fertig gemütlich und geschmackvoll eingerichtet. In der einen Ecke ziert ihn ein Kamin. Rechts und links stehen die Engelleuchten von Goldie. Auf der gegenüberliegenden Seite waren die Kübel mit der wunderschönen Bougainville. Ihre Hochblätter bestechen durch ihre Farbenpracht. Das sind eigentlich Kletterpflanzen, mit auffällig gefärbten Hochblättern als Blüten. Diese Pflanzen gibt es rund um das Mittelmeer. In Deutschland sind es Zimmerpflanzen. Sie sind der ganze Stolz von Romy. Besonders in Orange sehen sie ausgesprochen schön aus.

Romy und Sina nahmen auf dem gemütlichen Sofa Platz. Romy sah es ihrer Freundin an, dass sie Kummer hat.

»Romy, jetzt brauche ich deine Hilfe. Ich bin fix und fertig. Ich habe mich von meinem Manne getrennt. Er betrügt mich schon sehr lange. Nach so langer Zeit hat er es endlich zugegeben. Er will mit seiner jungen Freundin zusammenziehen. Ich würde zu viel mit fremden Kindern unternehmen. Das lasse ich mir nicht nehmen, schau dir doch nur Jonas an, was aus ihm geworden ist. Vom Analphabeten zum Besten seiner Klasse.«

Romy nahm ihre Freundin in die Arme.

»Ach Mensch Sina, das tut mir leid. Gibt es denn keine Männer mehr, die treu sind? Ich weiß, wie du jetzt leidest. Kann ich dir irgendwie helfen?«

»Ich brauchte jemand zum Reden. Mit meinen Kunden rede ich nicht über private Dinge.«

»Wann hast du das gemerkt, dass da was laufen könnte?«

»Ach schon vor einem Jahr. Er hat es immer abgestritten. Manche Männer sind echt blöd. Er hat nicht versucht das zu vertuschen. Ich merkte es am neuen Parfüm, dass er sportlicher wurde. Auf einmal mussten es die ganz teuren Anzüge sein. Es ist zwar klischeehaft, aber das läuft immer nach dem gleichen Muster. Man hört überall das Gleiche.«

»Wenn du mal zum Essen ausgehen möchtest. Du weißt ja, José hat sich hier niedergelassen. Ich meine nur zum Ausgehen. Ich will euch um Himmelswillen nicht verkuppeln. Du musst nur aufpassen, er sieht südländisch aus und so gibt er sich. Der haut dich um mit Komplimenten.«

»Ach weißt du, gegen ein bisschen schönreden habe ich nichts. Ich weiß schon nicht mehr, wie das ist. Mein Mann und ich haben genau seit einem Jahr nicht mehr miteinander geschlafen.«

»Oh Boy, du hast es so lange mitgemacht, Sina?«

»Ich weiß es ist falsch, aber ich hatte gehofft.... Obwohl er schon lange nichts mehr für mich und meine Agentur gemacht hat. Dass ich die große Spende von euch bekam, habe ich ihm nie erzählt. Das tut auch nichts zur Sache, das ist beruflich und nicht privat.«

»Wollen wir vier Mal zum Essen ausgehen? Nicht mit deinem Mann, sondern José, grinste Romy. Ich kann das arrangieren. Warte einen Moment, ich werde David nach seinen Terminen fragen. Was hältst du vom nächsten Samstag. Wo David ruft, ist José gleich dabei.«

Abends sprach Romy mit David darüber.

»Möchte Sina das echt? Wie lange ist sie denn getrennt?«

»Sie sind schon drei Monate getrennt, seit einem Jahr hat er seine Freundin.«

»Oh je, ich hoffe, das zerstört dein Bild von den Männern nicht.«

»Ich gebe zu, ihr kommt im Moment nicht gerade gut dabei weg.« Romy lächelte darüber.

»Mal sehen, was der alte Haudegen sagt.«
David rief José an.

»Hi Buddy, hast du Lust mit uns am Samstag Essen zu gehen. Romys Freundin Sina braucht eine Abwechslung. Sie ist von ihrem Mann getrennt. Hättest du Lust?«

»Was? Du hast eine schöne Frau für mich? Aber immer doch.«

»Buddy, wenn du ihr wehtust, bekommst du es mit mir zu tun.«

»ICH? Aber du kennst mich doch.«

»Eben deswegen.«

»Ha ha, das muss mir der Richtige sagen.«

»Romy holte mit David Sina ab. Sie hatte sich sehr hübsch gemacht. Romy dachte sich: *und sie möchte nur Essen gehen? Ich bin gespannt.*« Im Restaurant hatten sie schon einen Tisch bestellt. Als sie reinkamen, saß José schon am Tresen im Foyer und wartete mit einem Cocktail in der Hand.

»Hallo ihr Lieben.«, begrüßte er Romy und David.

»Hallo schöne Frau, was für eine Augenweide in einem ausgesuchten Ambiente.« Galant gab er Sina einen Handkuss. Romy schmunzelte. Sie sah, dass es Sina sichtlich gefiel. Welcher Frau gefällt so etwas nicht?

»Danke José.«, lächelte sie ihn an. Den ganzen Abend hatte er nur Augen für Sina. Als die Damen sich erhoben, um gemeinsam zur Toilette zugehen, ergriff David das Wort.

»Du alter Schwerenöter«, lachte David.

»Was denn, das muss mir der Richtige sagen. Hast du unsere Zeit in Japan vergessen? Wer war denn hinter jedem Rock her?«

»Ha, das ist schon so lange her. Im Ernst, tu mir bitte einen gefallen, spiele nicht mit Sina. Sie ist die beste Freundin von Romy.«

»Komm runter Buddy, habe ich nicht vor. Ich finde sie reizend. Wir werden sehen, was daraus wird. Falls es dir entgangen sein sollte, bin ich wie du, älter geworden.«

»Nein ist mir nicht. Bist du ernsthaft an einer längeren Beziehung interessiert?«

»Seitdem ich Romy hier erlebe, bin ich ins Nachdenken gekommen. Ich kann nicht dafür, dass wir Südländer besser flirten können, als ihr«, das konnte er sich nicht verbeißen, zu erwähnen.

»Schau an schau an«, meinte David. Hätte ich Romy nicht, würde ich dich ausstechen. Mit dem Krüppeltaxi halt nicht. Und schon kamen Sina und Romy wieder an den Tisch. Es wurde ein lustiger Abend. José verabredete sich mit Sina für den nächsten Tag. Beide verstanden sich so gut, dass sie beschlossen, zusammen zu bleiben. Sina reichte die Scheidung ein. Romy war erstaunt. Dann musste es in Sinas Ehe schon länger nicht gestimmt haben. Sie freute sich für ihre Freundin. Sie strahlte wieder vor Glück.

Zwei Jahre später absolvierte Jonas sein Abitur. Er hatte einen erstklassigen Notendurchschnitt. Romy und David waren so stolz auf ihn. Die Abiturfeier fand bei einen seiner Freunde statt. Er bekam zum Abitur ein Auto von David, wie schon Gina und Jodi zuvor. Seinen Führerschein bestand er ein Jahr zuvor. Nach der Feier lief er zu seinen Eltern, Floh noch immer hinterher.

»Mom, Dad, ich bin euch für mein Leben so dankbar. Mom, durch dich habe ich schnell Lesen und Schreiben gelernt. Ich habe das nicht vergessen. Darum war es leicht für mich, dich als Mom anzusehen. Ich denke oft an meine Mutter, das wird sich nie ändern. Ich weiß, sie hätte mir solch einen Start nie geben können. Sie gab mir Liebe und Zuneigung, wenn es ihr durch die Drogen besser ging. Mom, ich danke dir, dass du mir nie das Gefühl gegeben hast, ein Kind 2. Klasse zu sein. Das rechne ich dir hoch an. Ich kann mir vorstellen, dass es für dich nicht leicht war. Ihr seid zwei tolle Menschen, dass euch die größte Krise nicht auseinandergebracht hat.«

Romy war von seinen Worten sehr gerührt.

»Jonas du weißt, ich liebe Kinder und ich habe meinen Beruf immer geliebt. Ich bin Sina dankbar, dass sie dich zu mir schickte. Es sollte einfach so sein. Nein, ich habe gegen dich nie Kroll gehabt. Ein Kind kann nichts für seine Eltern. Ich wollte nie deine Mutter ersetzen. Du sollst sie immer in deinen Herzen tragen. Ich habe mich gefreut, als du mich Mom nennen wolltest. Alles im Leben geschieht aus einem Grund, das hat mir einmal eine gute Freundin gesagt und ich finde, sie hat recht. Ich glaube, es gibt keine Zufälle, nur eine Bestimmung.«

»Mein Sohn, das hat seine Richtigkeit, wie alles gekommen ist. Klar war ich schockiert, als ich erfuhr, ich habe einen Sohn. Insgeheim war ich aber stolz. Nicht unbedingt, was ich Romy damit antat. Ich stimme Romy zu, alles geschieht aus einem Grund. Sowie mein Krüppeltaxi. Ja ich weiß, was ihr sagen wollt.« Alle grinsten.

»Eins kann ich euch sagen, der Herr über mir muss sich gute Argumente einfallen lassen, warum dieser Scheiß sein musste.«

»Ja zeig ihm. Wo die Harke hängt«, lachte Janas.

»Jonas, wie ich dich einschätze, wirst du dich bei deinem späteren Arbeitgeber, bald anmelden.«

»Tja ich weiß nicht, es ist ziemlich teuer. Die Bundeswehr hat auch die Pilotenausbildung.«

»Bedenke dabei, dass du dich bei der Bundeswehr 16 Jahre verpflichten musst.«

»Ja das ist hart.«

»Jonas, ich bezahle dir die Ausbildung für die zivile Luftfahrt. Mach dich schlau, was du bei der großen Fluggesellschaft für Anforderungen hast. Dort kannst du ohne Probleme wechseln.«

»Ehrlich gesagt, habe ich das schon. Ich hätte diese Eignung. Ich war einmal mit Pit bei denen. Sie suchen händeringend.«

»Danke Dad, dass du mir das bezahlen wirst.«

»Wie steht deine Freundin Jenny zu deinem Berufswunsch?«

»Erfreut ist sie nicht, weil sie weiß, sie wird oft alleine sein.«

»Jonas, Jenny muss sich im Klaren sein, ob sie das auch kann. Sie muss die rosarote Brille für einen Moment absetzen. Ich wusste damals nicht, wie lange dein Vater wirklich weg sein wird. Aus heutiger Sicht kann ich dir sagen, ich hätte es nicht gemacht, wenn ich das vorher gewusst hätte, was auf mich zukommt. Ich habe die Depression nicht umsonst bekommen. Deine Freundin muss sich im Klaren sein, dass sie eure Kinder alleine erzieht. Das ist eine Mammutaufgabe. Ohne meinen Beruf hätte ich das nicht geschafft«, erklärte Romy.

»Mein Sohn, ich habe damals vieles falsch gemacht. Ich habe nicht damit gerechnet, dass Romy so arge Probleme hat. Es war mein Beruf, in der Welt herum zu düsen. Glaube mir, dass es sehr schwer ist, mit Depressionen umzugehen. Gott sei Dank hat es bei uns geklappt. Wir haben beide die Hilfe einer Selbsthilfegruppe in Anspruch genommen. Da haben wir gesehen, wie manche Menschen leiden. Als wir das ganze Elend sahen, sind wir ganz schnell rausgegangen. Du brauchst viel Zeit um für deine Freundin da zu sein, ob das mit deinen Terminen in Einklang zu bringen ist, musst du sehen.«

»Danke, dass ihr so ehrlich zu mir seid. Ich sehe schon, ich muss mit Jenny ein klärendes Gespräch führen.«

»Ja sie soll sich im Klaren sein, dass sie manchmal Wochen alleine sein wird.«

Es klingelte an der Tür und Jonas ging öffnen. Sina und Josè kamen herein.

Sie begrüßten sich. Als sie hörten, was Jonas beruflich vorhat, meinte José zu ihm:

»Mein Freund, ich würde dir, wenn möglich, die zivile Luftfahrt empfehlen. Bei unseren Oberhäuptling momentan ist es nicht so erstrebenswert. Lese die Zeitungen, dann weißt du Bescheid. Es fehlt an allem. Das ist nur was, für Leute, die gerne Krieg spielen. Wie ich meinen Buddy kenne, würde er dir da finanziell helfen.«

David nickte dazu. Romy holte Wein und etwas zum Knabbern.

An Sina und José gerichtet fragte sie:

»Was führt euch denn zu uns?«

»Ein Anliegen hätten wir schon. Habt ihr schon Mal Trauzeugen gespielt?«

»Das gibt es doch nicht, ihr wollt es wirklich wagen?«, rief Romy.

Sina schaute José verliebt an. »Ja wir glauben, wir haben uns genug getestet. Meine Scheidung ist schon lange durch.«

»Buddy, du hast sie rumgekriegt? Wie das denn?«

»Tja du Weißgesicht, das wüsstest du gerne was? Na mit meinem südländischen Charme.«

Alle lachten. Jonas ließ sie alleine und rief seinen Kumpel an.

»Hey hast du Zeit, die hier raspeln wieder Mal Süßholz.«

»Nun aber raus«, riefen José und David aus Spaß.

Romy erklärte ihnen: »Aber sicher spielen wir bei euch Trauzeugen.«

David schaute unglücklich aus. »Würde ich ja, aber wie komme ich die Treppen in der Kirche hoch?«

»Ganz einfach wir tragen dich mit der Sänfte«, frotzelte José.

»Humpelbein sei vorsichtig was du sagst«, ulkte David. Wann immer sie sich treffen, müssen sie sich gegenseitig auf die Schippe nehmen. Romy kannte das schon.

Jonas flog nach seinem Abitur mit Jenny in den Urlaub. Dort wollte er mit ihr reden. Die Unterredung lief nicht so, wie Jenny es sich vorgestellt hat. Jonas testete sie mit Folgendem:

»Jenny mein Schatz, nach dem Urlaub werde ich zur Bundeswehr gehen, um eine Pilotenausbildung zu bekommen. Dort ist sie kostenlos. Wir werden längere Zeiten haben, wo wir uns nicht sehen können.«

»Aber warum denn? Du hast einen reichen Vater, der kann doch die Kohle locker machen. Gehe doch zur Lufthansa.«

»Weißt du, dass dort die Ausbildung 80.000€ kostet? Das will ich meinen Vater nicht antun. Schau er ist seit dem Unfall im Rollstuhl und muss für die Pflege viel Geld ausgeben.«

»Jonas für ihn sind die schlappen 100.000€ doch ein Kinderspiel. Oder ist er so geizig?«

»Jenny rede so nie wieder über meinen Vater. Er ist der Beste der ganzen Welt. Du weißt genau, dass mir Geld nicht viel bedeutet. Und dieses Geld würde ich niemals von meinem Vater verlangen. Ich will es aus eigenem Antrieb schaffen. Ich werde zur Ausbildung auch ein paar Jahre in den USA arbeiten müssen. Willst du auf mich warten?«

»Sag mal, hast du sie noch alle. Kaufst du mir denn wenigstens die eine Wohnung?«

»Jetzt hast du dein wahres Gesicht gezeigt. Dir ging es nicht um mich, sondern um Geld. Jenny ich beende hiermit unsere Beziehung.«

»Aber Jonas, so kannst du mit mir nicht herumspringen.«

»Oh doch und nun entschuldige mich. Ich habe vor, mein Urlaub zu genießen.« Damit stand er auf, lief zur Rezeption und buchte sich ein Einzelzimmer. Als er wieder zu Hause war. Bat er um ein Gespräch mit seinen Eltern.

»Das tut mir leid, dass eure Beziehung auseinander gegangen ist«, meinte Romy.«
David überlegte eine Weile, dann erwiderte er:

»Jonas das war ein schlauer Zug von dir. Respekt. Ich weiß nicht, ob ich den Schneid gehabt hätte.«

»Dad, nur so habe ich herausgefunden, ob Jenny etwas an mir liegt. Ihr wahres Gesicht zeigte sie schnell. Wisst ihr, mir hatte schon vorher einiges nicht gefallen. Es ist gut so, wie es gekommen ist. Ich werde für eine Freundin ohnehin nicht viel Zeit haben. Mein Beruf geht mir vor.

Ich habe mich zur ATPL = Airline Transport Pilot Licence beworben und auch schon eine Einladung bekommen. Sobald ich den Eignungstest bestehe, kann es losgehen. Ich danke dir, dass du mir die Ausbildung finanzierst. Bei der Bundeswehr find ich die 16 Jahre Verpflichtung zu hoch.«

»Du bist mein Sohn, da ist es normal, dass ich die Ausbildung zahle.«

»Ihr wisst, dass ich dann auch Flügge werde? Wenn ich genommen werde beginnt die theoretische Ausbildung in Bremen. Sie dauert ein Jahr. Anschließend vier Monate in Arizona, wieder vier Monate in Bremen usw.«

Romy seufzte. »Das ist der Lauf der Welt Jonas. Geh deinen Weg.«

»Darling, das bedeutet nicht, dass du ihn nie wiedersiehst. Im Notfall müssen wir dann wieder einmal fliegen.« Alle lachten. »Ja Dad, da hast du recht.«

Zwei Monate später erfuhr Jonas, dass er angenommen wurde. Er hatte alle Tests bestanden. Er packte seine Koffer für Bremen.

In der gleichen Woche erfuhr David, dass seine Mutter sanft eingeschlafen ist. Ben rief ihn an. Alle waren traurig. David besorgte sich von seinem Arzt die

Flugtauglichkeitsbescheinigung und buchte für Romy und sich die Flüge nach Connecticut. Schnell waren die Koffer gepackt. Jonas konnte nicht mit, weil er sich in Bremen einzufinden hatte. Er war traurig darüber, denn er liebte seine Oma. Den meisten Kontakt hatte er telefonisch. So auch zu seiner Tante und Onkel. Seitdem Unfall von David, flogen sie nur selten.

»Jonas mach dir keine Gedanken. Jeder versteht das. Du verlierst ein ganzes Jahr, wenn du jetzt nicht pünktlich bist.«

»Danke Dad, bitte Grüße sie alle von mir.«

»Ja das werde ich ausrichten. Gina kann auch nicht hinfliegen, sie ist im Moment in Mombasa. Wir versuchen noch Jodi zu erreichen.«

»Mom ich bin mitten in einer Modenschau, hier ist es gerade sehr hektisch. Pass auf, ich fliege mit Gina, wenn sie wieder im Lande ist zu Omas Grab. Das sind wir ihr schuldig. Bitte sei nicht zu traurig. Für Oma war es bestimmt eine Erlösung, oder? Wie geht es Dad?«

»Ist Okay Jodi. David gehe es so lala. Morgen Abend fliegen wir. Pass auf dich auf meine Kleine.«

»Danke Mom, passt auf euch auf und gib Dad ein Kuss von mir. Tschau.«

»Romy, meine Mutter hätte es verstanden. Mach dir keine Sorgen.«

Doreen, Ben und dessen Kinder freuten sich, Romy und David zu sehen. Zur Beerdigung kamen viele Leute. Danach traf man sich im Haus von Eileen. Doreen hatte verweinte Augen und David bat sie zu sich. Sie setzte sich auf die Couch.

»Schwesterchen, sei nicht traurig, dass hätte sie nicht gewollt.«

»Ich weiß David, aber es ist echt nicht leicht. Mom hat in der letzten Zeit nicht mehr alles mitbekommen. Es war kein Alzheimer, ich glaube sie wollte nicht mehr. Ich weiß, sie hat mit ihren 96 Jahren ein schönes Leben gehabt. David wie geht es dir.«

»Ja das hatte sie. Hmm wie es mir geht? Ich habe mich an mein Krüppeltaxi gewöhnt.«

»Mein Bruder, immer noch der gleiche Zyniker«, sie tätschelte Davis Hand.

»Wollt ihr hier übernachten, oder wollt ihr in eurem Haus wohnen?«

»Ich werde Romy fragen. Wir müssen uns auch noch überlegen, was wir mit unserem Haus machen.«

Am Abend saß David und Romy auf ihrer Veranda und schauten sich den farbvollendeten Sonnenuntergang an. David fragte sie, was mit dem Haus hier passieren kann. Behalten oder verkaufen.

»Glaubst du nicht, verkaufen wäre besser. Wir werden nicht jünger. Ist die Frage, wie lange wir fliegen können. Du weißt, meine Beine tun mir auch immer öfter weh, da bin ich froh, wenn ich sie hochlegen kann. Schau David, du bist jetzt 64 Jahre alt. Du hast auch deine Probleme.«

»Du hast recht, ich werde einen Makler beauftragen. Ich spreche mit meinen Geschwistern darüber. Sie werden das beaufsichtigen.«

Sie nahmen sich ein paar Tage mit der Familie. Ben versprach das mit dem Haus zu regeln. Das Haus der Mutter wollten sie zusätzlich verkaufen.

Als sie wieder in Deutschland landeten, gab David Romy recht, nicht mehr zu fliegen. Das war für ihn anstrengend.

Vier Jahre später bekamen Romy und David Besuch von ihren Kindern mit Partnern, bis auf Jonas, er kam alleine. Es war eine Seltenheit, dass einmal alle Drei Zeit hatten. Heimlich haben sie sich verabredet, die Eltern zu überraschen. Sie begrüßten sich überschwänglich. Romy brachte gleich Getränke und etwas zu Knabbern. Später kamen noch Sina und José hinzu. Jonas ist längst Pilot geworden. Gina schaute sich Jonas genau an. Ihr gefiel seine schicke Uniform.

»Die Girls stehen bei dir doch bestimmt Schlange mit deinen drei Streifen. Wann kommt der nächste dazu?«

»Das dauert noch Schwesterchen. Um Kapitän zu werden, braucht es 15-20 Jahre Flugerfahrung. Das sind bis zu 15.000 Flugstunden. Danach kann ich mit dem Kapitänstraining beginnen. Aber glaube mir, irgendwann ist es soweit. Vorerst reichen meine drei Streifen. Ja die Girls stehen Schlange, aber es gibt so viele hübsche Girls auf dieser Welt, ich kann mich noch immer nicht für eine entscheiden.« David musste grinsen, er wusste von was sein Sohn sprach. Romy und David sind sehr stolz auf Jonas.

»Junge, das hast du toll gemacht. Ihr alle Drei habt euren Weg gemacht«, sprach David.

Sina hatte feuchte Augen.

»Ist das wirklich der Junge der mit neun Jahren erst angefangen hat mit dem Lesen und Schreiben? Jonas, deine Mutter wäre auch stolz auf dich. Romy bitte entschuldige.«

»Ist schon in Ordnung Sina, es ist ja so. Ich wette sie beschützt ihren Sohn von oben.«

Jodi saß etwas blass auf ihrem Stuhl. Romy sah es und fragte nach dem Grund.

»Na ja irgendwann müsst ihr es erfahren.« Sie prustete los: »Ich bin wohl die erste, die euch zu Großeltern macht.« Dabei drückte sie die Hand von ihrem Pit.

Gina ging sofort auf ihre Schwester zu und drückte sie.

»Mensch Jodi, ich freue mich so für euch. Ihr übt schon eine Weile«, zwinkerte sie Jody zu.

»Ich habe auch etwas zu verkünden. Das Geld haben wir jetzt zusammen und wir werden uns hier mit eigener Praxis niederlassen. Klaus möchte es auch etwas ruhiger angehen lassen. Nach dem anstrengenden Job in Kriegsgebieten haben wir uns das verdient.« Klaus bekräftigte das.

Romy war ganz aus dem Häuschen.

»Gina du weißt nicht, was für eine Freude du uns machst. Und Jodi, wann ist es denn soweit? Wir können es fast nicht erwarten.«

»Da müsst ihr noch 6 Monate warten.«

David, der nach einem leichten Schlaganfall wieder sprechen kann meldete sich zu Wort:

»Wow jetzt kommt endlich wieder Leben in die Bude.«

Jody fragte Gina:

»Habt ihr ganz das Heiraten vergessen, oder wurde ich nicht eingeladen?«

»Es lag einfach an Terminschwierigkeiten, solange wir bei Ärzte ohne Grenzen waren. Das wollen wir aber in Kürze nachholen«, lachten sie und Klaus.

José ging zu seinem Kumpel David.

»Hey Buddy, geht es dir jetzt wieder besser?«

»Ja danke, ich bin zufrieden und jetzt total glücklich«, er zeigte auf seine Kinder.

Die Hochzeit von Gina wurde gefeiert, im kleinen Rahmen, wie sie sich das immer gewünscht hatte. Jodi brachte ein kleines Mädchen zur Welt. Romy und David waren ganz aus dem Häuschen und überschütteten ihr erstes Enkel mit Geschenken. Jodi und Pit fanden wieder Gefallen am Schwarzwald. Sie suchten in Ruhe ein Haus. Nur noch Jonas flog in der Weltgeschichte herum.

Eines Abends saßen Romy und David in ihrem Wintergarten und reflektierten ihr Leben. David begann:

»Darling, wir haben mit Sicherheit nicht alles richtig gemacht, hatten unsere Krisen. Wenn ich Plus und Minus zusammenrechne, kommt immer noch ein großes Plus heraus. Somit ist unser Leben fantastisch geworden. Ich habe keine Sekunde mit dir bereut mein Darling. Ich würde fast alles genauso machen.«

Romy stimmte David zu.

»Ja wir hatten und haben ein großartiges Leben und tolle Kinder. Nur manchmal dachte ich, der Preis des Reichtums ist zu hoch.«

Danksagung

An dieser Stelle möchte ich mich bei all denjenigen bedanken, die mich während der Arbeit unterstützt und motiviert haben.

Mein Dank gebührt den Mitarbeiterinnen und Mitarbeiter des Verlages Books on Demant. Wann immer ich eine Frage hatte, wurde sie kompetent und schnell beantwortet.

Mein besonderer Dank geht an die Familie Haas, vom Naturparkhotel Adler St. Roman. Herzlichen Dank für das Telefonat Herr Haas. Ihre Mitarbeiter waren nicht müde, mir meine Fragen zu beantworten. Das Naturparkhotel hat einen großen Stellenwert in meinem Buch. Ein Besuch lohnt sich dort immer.
https://www.naturparkhotel-adler.de

Ebenfalls möchte ich mich bei Patricia Deines, für ihre Offenheit und Erlaubnis den Text in mein Buch einzubinden bedanken. Sie kämpft seit 2010 gegen den Krebs. Ich wünsche ihr von Herzen, dass sie diesen Kampf gewinnt. Sie hat auf Facebook einen eigenen Blog: »Der Kampf gegen den Krebs seit 2010, the fight against cancer since 2010.«

Vielen Dank an meinen Illustrator Kellepics, für die tolle Illustration. Sie ist wirklich gelungen.

Und auch dem Modell Reggi Tirtakusumah, danke ich. Sie macht mein Buchcover einzigartig.

Ein besonderer Dank gilt an meinem Ehemann Karl-Heinz Bergbauer. Danke dass du immer für mich da bist, du mich immer und überall unterstützt. Dass du die Geduld aufbringst, wenn ich wieder einmal die Nächte durchschreibe. Und vor allem, dass wir konstruktiv diskutieren können. Du bist ein ehrlicher Ratgeber. Deine Vorschläge nehme ich dankbar an.

Weitere Bücher sind von mir erschienen.

Ein Kobold mit weißen Haaren, 2014

Pennys Vermächtnis, 2015

Die Siegerin, 2015

Kleine Wunder zur Weihnachtszeit, 2016

Krimitrilogie:

Die falsche Person - Band 1, 2016

Anschlag im Schauspielhaus - Band 2, 2016

Tödliches Spiel einer Frau - Band 3, 2017

Kobold Tinka, 2017

Sternenkuss im Fairyland, 2017

Honigblüte am Strand, 2017

**Von meinem Ehemann Karl Bergbauer
sind erschienen:**

Mein amerikanischer AlpTraum, 2015

Gosheven, 2017

**Alle Bücher sind im Buch- und Onlinehandel
erhältlich.**

Informative Links

Illustrator Kellepics / Kellerwelten
Hier findet ihr wunderschöne Illustrationen.
https://pixabay.com/de/users/kellepics-4893063/
https://www.kellerwelten.com

Naturparkhotel Adler in St. Roman
Ein Urlaub, der sich wirklich lohnt. Ein tolles Ambiente.
https://www.naturparkhotel-adler.de/de/hotel-adler/

Patricia Deines
Eine sehr starke Frau. Ich bete, dass sie den Kampf gewinnt.
https://www.facebook.com/derkampfgegenkrebs/

Deutsche Depression Hilfe
Viele Tipps rund um Depressionen.
https://www.deutsche-depressionshilfe.de/start

Asperger-Syndrom
*Wie verbreitet sind Aspis? Hier findet man hilfreiche Tipps
und Antworten.*
https://autismus-kultur.de/autismus/asperger.html

.